4 JOURS DE FOLIE

Collection New Romance® créée par Hugues de Saint Vincent,
dirigée par Arthur de Saint Vincent
Ouvrage dirigé par Bénita Rolland
Traduit par Caroline de Hugo

Image de couverture : © CoffeeAndMilk / Getty Images
Couverture : Ariane Galateau

34-36, rue La Pérouse
75116 Paris
www.hugoetcie.fr

ISBN : 9782755648409
Dépôt légal : juillet 2020
Imprimé par Corlet
N° d'impression : 20020466

NEW ROMANCE®

EMMA HART

4 JOURS DE FOLIE

Traduit de l'américain par
Caroline de Hugo

Hugo Roman

Chapitre un

Poppy

Le lendemain matin

J'ai connu bien des situations embarrassantes dans ma vie.

En fait, on peut même dire que je suis une experte en situations délicates. S'il existait un diplôme, je l'aurais obtenu dès l'âge de dix ans et, à seize, j'aurais passé ma soutenance de thèse.

Ce qui, comme l'histoire l'a démontré, ne s'est pas passé sans heurts. Comme, par exemple, quand j'ai rencontré mon ex-petit ami à l'occasion d'une partie de tennis assez intense qu'il jouait avec mon cousin, âgé de vingt-sept ans.

C'est en partie ma faute si je suis sortie avec un type assez âgé pour pouvoir légalement glisser son petit robinet dans la culotte d'une fille qui, elle, n'avait pas l'âge légal, mais tout de même.

C'était embarrassant.

Et, ensuite, il y a eu ce jour où je me suis battue très sérieusement, enfin aussi sérieusement qu'on puisse se battre en troisième, avec Millie Turner. Il s'agissait de savoir laquelle de nous deux était la plus rapide aux barres parallèles.

Il s'est avéré que ça n'avait aucune importance. J'étais la plus rapide, mais aussi la plus maladroite.

À mi-chemin, mes mains ont lâché, voilà ce qu'elle a écrit. Bon, en fait, pas tout à fait. Ce qu'elle a écrit, c'est comment je me suis retrouvée le cul par terre, la robe remontée jusqu'à la taille, avec ma culotte de Barbie bien en vue, devant toute la classe.

Je ne vais pas vous raconter en détail tout ce qui s'est passé par la suite. Quand j'ai eu mes règles au beau milieu d'un aéroport, alors que je portais un short blanc... La fois où j'ai embrassé un garçon sur la bouche en neuvième, avant de découvrir qu'il voulait juste me dire bonjour... Ou lorsque j'ai découvert que mes parents avaient un véritable faible pour ma grande sœur, qui est super-bien gaulée et pas maladroite pour un sou, une semaine avant qu'elle épouse son amour de jeunesse.

Il se trouve qu'il est aussi le plus jeune médecin de tout l'État à ouvrir son cabinet de pédiatrie et à employer quatre autres médecins, rien que ça. Qui en a quelque chose à foutre que ce soit papa qui ait acheté l'immeuble, je vous le demande ? Pas mes parents. Ni personne en ville. Tout le monde adore le Docteur Mark Perkins.

Même moi. Surtout parce que c'est quelqu'un de vraiment gentil, pas parce qu'il n'a jamais dit à personne qu'il m'avait surprise en train de me masturber.

Vous voyez ?

Em-bar-ra-ssant.

Mais sans conteste, je n'ai jamais rien vécu d'aussi embarrassant que la situation à laquelle je suis confrontée ce matin.

Avec ce type super-canon qui dort dans son lit.

Il est beau. Oh, tellement beau, putain ! Un admirable fouillis de cheveux brun foncé s'étale sur son oreiller couleur crème. Ici, là, partout, un truc du genre « tu t'es vraiment réveillé coiffé comme ça ? »...

Ses yeux bleus perçants sont clos puisqu'il dort et ses cils couleur d'encre reposent sur ses pommettes scandaleusement hautes, je...

Il tousse dans son sommeil, roule sur le côté, puis sur le dos. Il lance un bras sur son visage et s'en couvre les yeux. La barbe de trois jours qui ombre son menton paraît très sombre dans la lumière qui pénètre à travers les rideaux gris foncé.

Mon Dieu, il est magnifique, d'une beauté digne d'être gravée dans le marbre. Le genre de beauté à être exposée dans les musées. C'est certain, dans cent ans, les gens s'émerveilleraient encore devant son portrait, comme nous le faisons aujourd'hui devant La Joconde.

Mon Dieu, qu'est-ce que je fais, moi, plantée là, à le regarder comme une idiote ? Il faut que je lui écrive ce petit mot, ou que je décampe.

Non, ce n'est pas un mot pour m'excuser de le quitter, c'est pour lui donner mon numéro de téléphone.

Si ma vie était une série télé, à ce moment précis, le public retiendrait son souffle. Ou bien il murmurerait ce fameux « oooh » qu'il prononce habituellement.

Je soupire et m'appuie contre le mur. Est-ce que je suis folle ? Laisser mon numéro à un coup d'un soir et lui demander d'être mon cavalier pour le mariage de ma sœur qui a lieu ce week-end ?

Oui. Je veux dire, je sais. C'est dingo. Une fille normale ne ferait jamais ça.

Mon Dieu. Il y a une crosse de hockey accrochée au mur au-dessus de son lit. Il me paraît de plus en plus tentant de m'en servir pour me donner un bon coup sur le crâne. Je ne peux pas demander à un parfait inconnu d'être mon cavalier. Même si je suis totalement désespérée. À la place, je vais emprunter la canne de ma mère, ou bien je prétendrai que mon cavalier a eu une urgence familiale et qu'il ne peut pas venir.

Je ne peux certainement pas demander à Monsieur le Roi de la Baise, au physique de dieu grec, de m'accompagner.

Pour être honnête, je sais qu'il suffira à ma mère de lui jeter un regard pour comprendre que c'est bidon. Je suis loin d'avoir suffisamment de qualités pour me dégoter un mec comme lui.

C'est l'enfer. Il est sept heures et demie du matin, et je suis debout, le regard fixe, dans un tee-shirt qui proclame que je carbure au café, au chaos et aux jurons.

Je le portais déjà au bar hier soir.

Vous comprenez maintenant à quel point j'ai la classe.

Pour ma défense, nous ne devions prendre qu'un seul verre, et c'est la faute de ma meilleure amie, Avery, elle n'aurait jamais dû nous emmener dans ce bar pour un happy hour...

Bon, ça n'a plus d'importance.

À moins que quelqu'un invente la machine à remonter le temps dans les deux secondes et demie, voilà la situation dans laquelle je me trouve.

Comment est-ce que je vais tourner ce mot ?

– Tu mates souvent les gens dans leur sommeil ?

Je sursaute en pressant une main contre ma poitrine. Apparemment, j'ai zappé à un moment donné de mon monologue intérieur, et pendant que j'admirais Monsieur le Roi de la Baise, il s'est réveillé.

Eh merde !

Maintenant, c'est gênant.

La reine des gaffes a encore frappé...

– Eh bien ? (Il s'assied dans le lit, avec un petit sourire.) Je sais que tu n'es pas muette. Si c'était le cas, tu n'aurais pas fait autant de boucan cette nuit.

J'ouvre la bouche, mais mes joues sont en feu avant même que j'aie pu dire quoi que ce soit.

Monsieur le Roi de la Baise glousse.

– Désolé, mais tu es flippante à me regarder comme ça. (Ses yeux bleu foncé s'arrêtent sur mon tee-shirt.) Est-ce que tu as besoin de café pour faire fonctionner ta langue ?

– Quoi ?

– Ah, voilà ! (Il sourit.) Ton tee-shirt. Il dit que tu es accro au café, au chaos et aux jurons. J'imagine que tu as quelques jurons qui te passent par la tête en ce moment, et que c'est vraiment un peu le chaos.

Il se lève, rejette les draps sur le côté... et pose un regard appuyé sur mes fesses nues.

Et sur sa bite.

À nouveau rougissante, je cligne des yeux en détournant le regard. Pourquoi suis-je étonnée ? J'étais nue quand je me suis réveillée. Il est logique qu'il soit nu, lui aussi.

– Ne t'inquiète pas, me dit-il d'une voix grave qui peine à dissimuler un rire contenu, j'ai enfilé mon caleçon.

– Oui. Bien. (Je m'éclaircis la voix.) Hum...

– Et mon pantalon de survêt aussi. Voilà.

Il m'attrape par les épaules et me pousse vers la porte.

– Je vais faire du café, et ensuite tu arriveras peut-être à prononcer une phrase.

Son idée n'est pas débile. Je ne vais pas mentir.

Les mains toujours sur mes épaules, il me guide dans les escaliers et me mène vers la cuisine. Elle est grande et lumineuse, avec des placards blancs et de grandes baies vitrées qui laissent entrer la lumière du soleil.

Je regarde le jardin. Il est... tellement masculin. Il y a une piscine de belle taille juste à côté de la terrasse qui abrite un impressionnant espace barbecue. Je suis pratiquement certaine d'apercevoir le bout d'un jacuzzi de l'autre côté.

– Comment tu aimes ton café ? me demande-t-il en s'approchant du placard du haut. (Ses muscles dorsaux se gonflent lorsqu'il descend deux tasses.) De la crème ? Du sucre ? Noir ? Ou bien tu es le genre café au lait ou cappuccino ?

– Mon Dieu, tu as ton Starbucks perso ?

– Non. (Il jette un coup d'œil par-dessus son épaule en souriant.) Mais comme ça, je t'ai fait parler !

Je me pince les lèvres.

– Café crème, un sucre. S'il te plaît.

– C'est parti, Red.

– Red ? Pourquoi ?

– Bah, c'est le genre de surnom que je donne à une rousse dont je ne me rappelle pas le prénom, répond-il simplement, en appuyant sur le bouton de son impressionnante machine à café.

Ah, Dieu merci. Il n'y a pas que moi.

Ces cocktails d'happy hour étaient vraiment corsés.

Je sais qu'il m'a dit son nom, l'autre, le vrai, pas Monsieur le Roi de la Baise. Je crois que ça commence par... un E ? Non. Il y avait un A. Oui, définitivement un A.

– À en juger par ton regard, le doute est réciproque. (Il fait glisser une tasse de café pleine sur l'îlot central de cuisine.) Tu peux t'asseoir, Red[1]. Je ne vais pas te mettre dehors.

– Je m'appelle Poppy[2], je réponds en m'asseyant sur un des tabourets noirs. Et je me souviens parfaitement de ton nom.

– Très bien. Comment je m'appelle ?

J'hésite.

– Aaron.

Il secoue la tête en riant.

– Adam.

– Quoi ?

– Adam. Mon prénom, c'est Adam.

Il marque une pause.

– Et, aussi joli que soit Poppy, je m'en tiendrai à Red.

– Pourquoi ?

---

1. « Rouge », en français. (NdT, ainsi que pour les notes suivantes)
2. « Coquelicot » en français.

– Parce que les coquelicots sont rouges, c'est logique.

– Wouah. Tu as vraiment la gueule de bois à ce point-là ?

– Assez pour être content de ne pas devoir aller bosser, répond-il en appuyant une deuxième fois sur le bouton de la machine. (Il se retourne et me regarde.) Alors, tu veux bien me dire pourquoi tu m'observais pendant que je dormais ?

Non.

Hors de question.

– Je ne te regardais pas. Pas intentionnellement. Je pensais...

C'est nul, Poppy. Complètement nul.

– Penser. Je ne peux pas dire que ce soit quelque chose que les filles font habituellement dans ma piaule.

Il prend son café et s'installe face à moi. Ses biceps se tendent lorsqu'il pose ses avant-bras sur le comptoir en marbre noir et je suis soudain captivée par les veines qui courent le long de ses avant-bras.

Pourquoi ai-je envie de les lécher ?

Est-ce à cause de la gueule de bois ?

J'ai vraiment besoin de ce café.

– Tu reçois beaucoup de filles ici ? je lui demande en haussant un sourcil.

– Pas particulièrement. Ça donne l'impression que je suis un mec à femmes, ce qui n'est pas vraiment le cas.

– Excuse-moi, mais je pense que tu me racontes des bobards.

– Pourquoi ?

– Tu t'es regardé dans un miroir récemment ?

Adam baisse la tête et se met à rire,

– Tous les jours, dit-il en levant à nouveau les yeux vers moi. Quel rapport avec tout ça ?

Je pointe mon doigt vers lui.

– Je ne vais pas tomber dans le panneau. Je dis juste que tu ressembles à ce genre de mec qui trace son chemin dans la vie en passant d'une fille à l'autre.

– Tu juges drôlement, pour une fille qui ne peut pas se passer de café.

– Si tu trouves que mon tee-shirt est nase, tu devrais voir les autres.

– Tu fais collection ?

Je hausse les épaules.

– Certaines personnes collectionnent, je ne sais pas, les puzzles par exemple. Moi, je collectionne les tee-shirts rigolos.

– Je ne connais vraiment personne qui collectionne les puzzles.

– C'était une façon de parler.

– Tu ne peux pas trouver mieux ?

– Tu sais... je t'aimais beaucoup plus quand tu avais la bouche entre mes jambes.

Adam éclate de rire.

Et... oh mon Dieu, c'est un rire merveilleux. Comme du Nutella sur les gaufres. De la sauce au chocolat sur de la crème glacée. De la glace sur un gâteau.

Uhh. J'ai faim maintenant.

– Ça ne me déplaisait pas trop non plus, dit-il, une lueur dans les yeux. Mais ça n'explique toujours pas pourquoi tu me regardais dormir.

– Ok. Je ne te regardais pas dormir. Sincèrement j'étais en train de réfléchir, mais je peux comprendre que se réveiller avec une rousse qui a la gueule de bois, en train de vous dévisager dans votre lit, puisse paraître un peu bizarre.

– Bon, eh bien, on s'en fout. J'ai juste eu les jetons d'avoir ramassé une folle dingue.

– Ça t'est déjà arrivé ?

– Tu ne peux pas savoir, murmure-t-il en avalant une gorgée de café. Alors, pourquoi étais-tu plantée devant moi ?

Aïe.

Je fais claquer ma langue.

– J'espérais éviter cette conversation.

Adam me regarde fixement.

– Bon, je sais que j'ai utilisé un préservatif, ce qui élimine tout un tas de scénarios problématiques.

Je soupire en faisant les gros yeux.

– Merci d'avoir éclairci ce point. Je ne savais pas à quoi servait un préservatif.

Ses lèvres se recourbent. Il a un sourire super-contagieux. À chaque fois, il gagne ses yeux et les fait briller encore plus.

Cela m'ennuie parce que je ne suis pas en situation de sourire. Bien sûr, je viens de faire l'amour avec un mec super-sexy, mais peu importe.

– Écoute, il va probablement falloir que j'y aille, dis-je en finissant mon café.

– Tu as faim ? me demande Adam en se redressant.

Je me fige :

– Je... quoi ?

Il s'avance et ouvre un placard devant lui, qui va du sol au plafond.

Son frigo...

– Tu as faim ? J'ai de quoi faire une omelette. Tu en veux une ?

Que se passe-t-il ?

– Euh... ouais ?

– Tu n'as pas l'air d'être sûre. Il y a du bacon, des tomates, du jambon, du fromage, des champignons...

– Je déteste les champignons. Et les tomates.

Il secoue la tête.

– Comment est-ce possible ?

– C'est visqueux.

– Pas faux. Alors, omelette au bacon. Avec du jambon ? Du fromage ?

Sérieusement. Qu'est ce qui se passe ?

– Ok, je suppose que oui.

Il sort des trucs du frigo et les pose devant moi.

– Ne t'inquiète pas. Je sais faire la cuisine. Je ne vais pas t'empoisonner.

Je fixe la myriade d'ingrédients sur le comptoir.

– Tu me vois rassurée.

Chapitre deux

Poppy

Omelettes et embarras

Il s'avère qu'Adam sait cuisiner.

Et mon estomac est très, très heureux de l'apprendre.

– Bon, dit-il en repoussant son assiette. À quoi pensais-tu ?

Je soupire en remuant ma tasse de café.

– Je savais qu'il y avait un piège.

– Hé, je t'ai préparé le petit déjeuner et je ne t'ai pas trouvée complètement zarbi en me réveillant. Accorde-moi un peu de crédit.

Il sourit.

– Tu as fini ?

Je hoche la tête. Il se lève, ses abdos se bandent lorsqu'il se penche sur le comptoir pour ramasser mon assiette.

Mon Dieu, ce n'est pas juste. Il est torride, il a un corps de rêve et sait se servir à merveille de son pénis, qui est de fort belle taille. Existe-t-il le moindre défaut chez lui ?

– Tu m'observes à nouveau. Tu as un problème ?

– J'ai beaucoup de problèmes. Et tous commencent avec ma famille. C'est pour cela, en fait, que je te regardais tout à l'heure.

– Voilà qui est intéressant, et bizarre en même temps, admet Adam en faisant glisser un tabouret sous ses fesses.

(Il s'assied en imitant ma pose.) Vas-y, lance-toi, et je déciderai à quel point tu es chelou !

– Oh, bon sang. Là, tu prends des risques. (Je désigne mon tee-shirt.) Tu connais beaucoup de filles qui portent ce genre de truc pour sortir le soir ?

Ses lèvres se mettent à trembler et il baisse les yeux.

– Je ne voulais pas en parler, mais...

Je pince les lèvres et lui lance un regard noir. Il lève les mains au ciel et éclate de rire.

– Je plaisante. Je plaisante.

Je ne vais pas m'en sortir. Quand ce type s'est réveillé, il a cru que j'étais en train de planifier son assassinat, puis il m'a préparé un petit déjeuner.

C'est manifestement un type bien, et je n'ai plus rien à perdre, n'est-ce pas ?

De toute façon, j'irai toute seule au mariage de Rosie, alors qu'est-ce que ça peut bien faire ?

– Ok. (Je jette un coup d'œil à ma tasse de café.) Je vais commencer par te dire que ma mère a... des idées préconçues sur la plupart des gens.

Il hausse un sourcil, mais ne dit rien.

– Ma sœur se marie ce week-end avec son amour de lycée. C'est un médecin qui a incroyablement bien réussi, et ma mère est absolument folle de joie que ma sœur n'ait pas tout fait foirer.

Je marque une pause.

– Et elle m'a clairement fait comprendre que si je viens sans cavalier, je suis morte pour elle.

Son sourcil gauche rejoint son sourcil droit.

– Ok, j'exagère, mais c'est ce qu'elle a pensé.

Je me marre, tout en mordillant ma lèvre inférieure.

– Pour te la faire courte, j'ai lamentablement échoué à trouver un cavalier. Alors... la raison pour laquelle je te dévisageais ce matin, c'est que j'essayais de trouver le moyen de te laisser mon numéro et de t'expliquer la situation, sans avoir l'air... de la foldingue à laquelle je ressemble en ce moment.

Il éclate de rire.

– Ton mot aurait paru encore plus dingo. Crois-moi.

– Vraiment ?

– Ouais. En me réveillant, j'aurais découvert qu'une fille avec qui je venais de faire l'amour m'avait laissé un mot pour m'inviter au mariage de sa sœur ? J'aurais eu les jetons. Et j'aurais espéré que tu ne me retrouves jamais.

– Mais je ne t'ai pas foutu les jetons ?

– Si un peu. Mais, hé, je t'aime bien, Red.

Il me sourit et penche la tête de côté.

– Et je comprends ta situation. J'ai quatre sœurs, et si jamais je déboulais à leur mariage sans cavalière, ma mère me tuerait.

– Ça correspond assez précisément à ce qui risque de m'arriver ce week-end. Avec un peu de chance, elle va m'ignorer complètement. Et pour être honnête, je passerai probablement un meilleur week-end si elle le fait.

Adam porte sa tasse à ses lèvres, puis s'étouffe en plaquant sa main devant sa bouche.

– Seigneur. Je connais bien ce sentiment.

– Avec elle, j'essaie au maximum d'éviter de prendre des coups. D'autant plus qu'après le mariage, elle va faire de ma vie un enfer.

Il tousse à nouveau, en se frappant la poitrine.

– C'est quoi, le problème avec ce mariage ?

– Quoi ?

– Quel est le problème ? C'est l'histoire d'une journée ? D'un week-end ?

Est-ce qu'il serait en train d'envisager la chose ? D'être le cavalier d'une rousse démente qui l'épiait pendant son sommeil ?

Je ne l'ai pas épié, mais ça sonne plus dramatique comme ça. Je réponds lentement :

– C'est un truc sur quatre jours. C'est à Key West. Arrivée vendredi matin, départ lundi soir. Le mariage a lieu le dimanche soir.

– Ce vendredi ?

J'acquiesce.

– C'est bon. C'était une idée ridicule. J'ai paniqué.

– Hé, je n'ai pas dit non. Je voulais juste que tu me confirmes que c'était bien ce week-end.

Je le regarde fixement.

Non. Il ne va pas être d'accord, n'est-ce pas ?

– Je ne peux pas arriver vendredi matin parce que j'ai une réunion de travail, mais je peux partir après et t'y rejoindre.

Il pose ses bras sur le comptoir et se penche en avant.

– Si tu veux que je vienne, c'est d'accord.

Je cligne des yeux à plusieurs reprises.

– Tu ferais semblant d'être mon cavalier tout un week-end, uniquement pour que je ne sois pas harcelée par ma mère ?

– Oui, mais si jamais la situation s'inverse et que nous sommes toujours célibataires, je compte bien que tu me rendes la pareille.

– Tu vas jouer à être mon petit copain ?

– Est-ce que le rôle de faux petit copain inclut le sexe pour de vrai ?

Je n'avais pas envisagé ce scénario...

– Je vais devoir évacuer mon stress d'une manière ou d'une autre, et je suis tout sauf une joggeuse. En plus, la nuit dernière n'a pas été si terrible que ça.

Il sourit, l'air sûr de lui.

– Je suis bien d'accord. Écoute, Red. Je suis libre. Je peux le faire. Tant que ça ne devient pas trop gênant.

– Pourquoi cela deviendrait-il gênant ?

Son sourire s'évanouit un instant et il me regarde comme s'il ne comprenait pas pourquoi je pose cette question.

– Je suis ton petit copain pour de faux, dit-il, presque comme s'il venait de réaliser la chose. Et tout ce que je sais de toi, c'est comment te faire jouir.

– C'est déjà une bonne base. C'est tout ce dont tu as besoin pour faire de ce week-end un véritable succès.

Et je lui balance mon plus beau sourire.

– Très bien, Red. Faisons comme ça.

***

– Tu as complètement perdu la tête, me lance Avery en débouchant la bouteille de champ. Je ne peux pas à croire que tu as fait ça. Il a une quéquette magique ou quoi ?

Peut-être bien.

– Il se contente de m'aider, c'est tout, j'avance prudemment. Je veux dire, lui aussi en tire un bénéfice : du sexe.

– Ah d'accord ! Tu te débarrasses de ta mère tout le week-end et tu baises.

Elle s'interrompt, la bouteille toujours à la main.

– Attends. Là, je te suis mieux.

Je ris en glissant mes pieds sous mes fesses.

– C'est dingue, je reconnais. Je ne sais rien de lui, à part qu'il s'appelle Adam, qu'il a une maison vraiment chouette, qu'il a une queue magique et qu'il fait une sacrément bonne omelette.

Elle croise mon regard et lance d'un air sérieux :

– Épouse-le.

– Avery...

– Je suis sérieuse. Les omelettes, ce n'est pas facile du tout à réussir, ma chérie. Je crois que je ne suis jamais arrivée à en faire une qui ne se termine pas en œufs brouillés.

– Tu fais cramer les toasts.

– C'est arrivé une seule fois. Et c'était parce que mon idiot de frère avait tripoté la minuterie du grille-pain. Tu le sais très bien.

Elle achève de remplir le deuxième verre et me le tend.

– Je m'inquiète pour toi, c'est tout. Je sais comment est ta mère.

– Exactement. C'est pour ça que je suis contente d'avoir un cavalier.

– Un cavalier que tu ne connais pas.

– Je le connais suffisamment bien. Je sais comment le faire grimper au rideau.

– Oh ben ça, c'est le genre d'info que ta mère va adorer.

– Il se pourrait qu'elle arrête de me poser des questions si je lui réponds ça.

– Elle appellera son directeur de conscience à la rescousse pour que tu lui confesses tes péchés.

– Tu rigoles, ce sera plutôt un exorcisme.

– Elle en aurait bien besoin elle-même, à l'occasion, s'amuse Avery.

– À l'occasion ?

– Hé, c'est tout de même ta mère. J'essaie juste d'être objective.

– Être objective, ça veut dire la comparer au démon en personne. Ou à elle-même. Quelqu'un a-t-il un jour obtenu la confirmation du sexe du diable ?

Je fais tourner mon verre.

Avery secoue la tête.

– Arrête d'essayer de changer de sujet. Ton cavalier est quelqu'un que tu ne connais pas, à part qu'il s'appelle Adam.

– Encore une chance que je ne m'appelle pas Ève !

– Poppy !

Je soupire.

– Avery.

– Tu as bien réfléchi ? Je veux dire, à tout ce que cela implique, du début à la fin, vis-à-vis de ta mère, depuis l'instant où tu vas arriver jusqu'à l'instant où tu vas repartir ?

Non, pas du tout.

– Elle va se demander pourquoi tu ne lui as pas parlé de lui. Elle va te demander où vous vous êtes rencontrés, depuis combien de temps vous sortez ensemble, ce qu'il fait dans la vie, quelle est la fortune de sa famille...

– Et je lui répondrai ce bon vieux truc, que l'argent ne fait pas le bonheur.

– Dit la fille pleine aux as.

– Qui vit en coloc avec sa meilleure amie et bosse à la *Cheesecake Factory*, je réplique. Mes parents ont de l'argent. Pas moi.

– Tu marques un point. Mais tout de même. Elle va te poser toutes sortes de questions avant que tu aies le temps de préparer la moindre réponse. Et tu sais qu'elle va faire la même chose avec lui, dès qu'il montrera le bout de son nez. Tu ne te souviens plus du bal de fin d'année scolaire ?

– J'essaie de l'oublier depuis des années.

– Elle avait poireauté debout une demi-heure au bout de votre allée, jusqu'à l'arrivée de Percy Hamilton, pour interroger ce pauvre garçon sur la situation financière de sa famille et ses intentions à ton égard. Tu avais dix-huit ans.

– Et si je me souviens bien, dis-je lentement, il en avait tellement marre d'elle que, lorsqu'elle en est arrivée à ses intentions, il lui a répondu qu'il allait me prendre mon absence de virginité.

Avery pouffe dans son verre.

– J'ai bien cru qu'elle allait nous faire une attaque. Une bonne grosse attaque. Elle était furieuse, mais elle a dû te laisser partir.

– Et c'est exactement pour ça que Percy ne m'a pas baisée ce soir-là, J'avais dix-huit ans, et elle m'a quand même confisqué mes clés de voiture.

– Tu t'es déjà dit que ta mère était une maniaque du contrôle ?

Je hoche la tête d'un air solennel.

– Chaque jour, depuis que je suis assez grande pour comprendre ce que c'est. C'est pourquoi je pense pouvoir m'en tirer en amenant quelqu'un de totalement étranger au mariage.

– Je ne comprends pas du tout ta logique.

Je me redresse en passant une main dans mes cheveux. Je pose mon coude sur le dossier du canapé, et ma tête dans ma main.

– Songes-y. C'est le mariage de Rosie. Elle sera tellement occupée à s'assurer que tout se passe bien qu'elle oubliera vite Adam.

– Tu sous-estimes ta mère.

– J'ai un tempérament optimiste.

– Sur ton tee-shirt, il y a trois verres de vin. Les deux qui sont à moitié pleins sont légendés « optimiste » et « pessimiste », le troisième est vide et légendé « réaliste ». Pop, c'est toi la réaliste. La seule chose qui te rende optimiste, c'est la quantité de sauce au fromage que tu as sur tes frites.

– C'est vrai, s'il existe une seule raison d'être optimiste, c'est bien celle-là.

Je lui souris.

– Je pense que ça va aller. Nous vivons à une heure de notre ville natale. Mes parents ne peuvent pas le connaître, et nous ne communiquons pas suffisamment pour qu'ils s'inquiètent de savoir si j'ai un petit ami ou non. En plus, maman ne me l'a même pas demandé. Je pense qu'elle m'a tout bonnement crue quand je lui ai dit que j'avais un cavalier.

– C'est parce que tu lui as dit que penser que sa fille ment est un péché, et qu'elle est tellement ménopausée qu'elle t'a crue.

– Elle s'est jouée de ma puberté. À moi de jouer avec sa ménopause.

– Je ne pense pas que ça marche comme ça.

– Probablement pas, mais l'idée est séduisante.

– Tu devrais arrêter de regarder des sitcoms britanniques. Tu commences à t'exprimer d'une façon ridicule.

– Écoute, ce n'est pas parce que j'ai une obsession pour la Couronne et que tu continues à utiliser l'abonnement de ton ex pour regarder *Friends* que je suis ridicule. Utilise au moins les mots de passe de Greg pour quelque chose de décent. Comme commander du porno avec des nains pour tout son immeuble.

Elle s'arrête en rejetant ses cheveux noirs en arrière.

– Je pourrais faire ça ?

– Moi, je le ferais. Mais je suis une vraie salope.

– Il m'a trompée. (Elle s'interrompt, réfléchit.) Tu sais, toi, où je peux trouver du porno avec des nains ?

– Je t'enverrai un lien.

– Tu sais où... (Elle se fige.) Non. Tu as abonné ta mère ?

– Non. C'est Rosie qui l'a fait. Je lui ai juste trouvé l'abonnement. Je ne suis pas mauvaise à ce point.

– Qu'est-ce qu'elle a bien pu faire à Rosie ?

– Je ne sais pas. Je ne lui ai jamais posé la question.

– Eh bien, dit Avery, je vais considérer la question du porno de nains. Tu es sûre que tu n'as pas besoin de moi ce week-end ?

Je voulais que ma meilleure amie et colocataire soit présente au mariage. Elle avait une invitation permanente, en fonction de l'heure à laquelle elle pourrait quitter le travail. En d'autres termes, mes parents ne voulaient pas contrarier ses parents car, au fond, nos vies entières sont très liées, et ma mère adore Avery.

– Ave, si tu peux quitter ton boulot, même seulement dimanche, tu sais que ta place t'attend.

– Ce n'est pas ce que je demande. Je te demande si tu as besoin de moi. C'est différent. Tu as besoin de moi ?

– Seulement si tu peux te libérer.

Elle me fait un clin d'œil.

– Je suis sûre que je pourrai trouver une solution.

Chapitre trois

Poppy

Famille, je t'emmerde

BIENVENUE À KEY WEST.

Je ne me sens pas hyper-bien accueillie. Le panneau lumineux est beau, c'est sûr. Sympathique et touristique, mais je préférerais être ailleurs.

Le fait que j'aie vu ce panneau il y a déjà quarante-cinq minutes n'a pas grande importance. Les routes se ressemblent toutes, et c'est un miracle avec tous les touristes qui les empruntent chaque jour dans les deux sens.

Je sais déjà comment ce week-end va se passer. Mon neveu va faire des bêtises à chaque occasion qui se présentera. Grand-père va nous sortir une bonne blague d'on ne sait où et la raconter à tout le monde, qu'on veuille l'entendre ou pas. Ma sœur, qui est une maniaque du contrôle, va passer en mode Bridezilla[3]. Ma mère va la jouer Reine de la Nuit et faire peur à tous ceux qui oseront dire un mot plus haut que l'autre.

Et mon père ? Eh bien, il s'enfilera probablement un verre de whisky dans les toilettes, à intervalles réguliers.

---

3. Jeu de mots intraduisible entre Bride (mariée) et Godzilla.

Et moi, je ferai comme lui. C'est la seule bonne façon d'affronter ma famille.

Je soupire quand apparaît devant moi l'immense complexe que ma sœur a réservé pour le mariage. Avant même d'avoir pénétré sur la propriété, je peux déjà dire que je me sens comme un poisson hors de l'eau.

Ma mère et ma sœur vont sans doute être toutes les deux sur leur trente et un. Je porte un tee-shirt avec un coq et la mention « What the cluck[4] ? », sur un short en jean déchiré.

Mon Dieu, j'aurais dû avoir une crise de foie. Faire semblant. Parce que la situation ne pourra qu'empirer quand Adam va se pointer cet après-midi.

Ce qu'Avery m'a dit est parfaitement sensé et j'ai passé mon temps ces derniers jours à me demander ce que j'étais en train de fabriquer.

Je ne connais pas Adam depuis, eh bien... depuis... Adam. Je ne sais rien de lui. Bien sûr, je sais qu'il a un corps qui ferait sangloter une pièce remplie de femmes, une jolie queue magique... et une langue de ouf.

Mais ça ne change rien au fait que je ne sais rien de lui. Je ne sais même pas où il est né, où il a grandi ? Ce qu'il fait comme boulot ? S'il a été à l'université ? Quelle est sa spécialité ? S'il a des passions ? Qui il est vraiment ?

Comment je vais m'en sortir sans que ma mère comprenne tout en un clin d'œil ? En fait, quoi qu'il arrive, je suis dans le pétrin. Pour avoir menti, triché, ou Dieu seul sait ce qu'elle va trouver à redire.

Ça va tout bonnement être l'enfer sur terre, non ?

---

4. « C'est quoi ce gloussement ? » Jeu de mots qui joue sur les consonances, avec l'expression *What the fuck* qui signifie « c'est quoi ce bordel » et *cluck*, qui signifie « gloussement ».

Pourquoi est-ce que je me pose la question ? Je connais la réponse. J'ai su que ce week-end serait un enfer à la seconde même où Rosie a annoncé qu'elle était fiancée, qu'elle avait fixé une date pour le mariage et réservé le lieu. Tout ça dans la même phrase.

J'ai quitté Key West pour voir ma famille le moins possible. Vous pouvez imaginer à quel point j'ai été ravie d'apprendre que je devrais passer quatre jours entiers avec elle.

Et maintenant, me voilà arrivée sur le vaste parking qui va rapidement se remplir d'invités de ma sœur.

Je coupe le moteur et reste assise un moment. Avec un peu de chance, je vais pouvoir aller directement dans ma chambre déposer ma valise avant de croiser un membre de ma famille.

En fait, si c'est mon père, ça peut aller. Il me fera passer en douce par le bar et me donnera une dose de courage liquide pour survivre à ce week-end.

Seigneur, j'ai bien besoin de descendre toute une bouteille.

Ouille. Double ouille. Triple ouille.

Toc toc.

Je sursaute au toc contre ma tête en agrippant le levier de vitesse. Je ravale littéralement un gémissement, je secoue la tête et découvre le visage de ma mère appuyé contre ma vitre.

Elle tape dessus avec un ongle rose bonbon, puis le secoue comme pour me dire que la partie est terminée et qu'il est temps d'ouvrir la vitre.

J'appuie sur le bouton.

– Salut, maman.

– Poppy !

Elle passe pratiquement sa tête à travers la portière et glisse sa chevelure couleur acajou derrière son oreille.

– Pourquoi restes-tu assise dans le parking ?

Je lui mens.

– Je viens juste d'arriver.

Comme si par « juste », je voulais dire il y a vingt minutes.

– Non, c'est faux. J'ai vu ta voiture s'arrêter il y a vingt minutes.

– Tu faisais le guet ?

– Bien sûr. Tu as dit que tu serais là vers onze heures, et il est onze heures et demie.

Super. J'aurais dû m'en douter.

– Pourquoi restes-tu assise dans le parking ? répète-elle en faisant claquer ses lèvres rose clair et en me lançant un regard perçant bleu foncé. Est-ce que tu cherches à retarder ton arrivée ? Pour le mariage de ta propre sœur ?

Mon Dieu. Je ne suis pas encore sortie de ma voiture que mon côté vilain petit canard surgit déjà.

– Non. J'ai mal au crâne. J'ai pris de l'Ibuprofène, j'attendais que ça fasse effet avant d'entrer.

Un autre mensonge, mais cette fois, un peu plus crédible.

Maman plisse les yeux.

– Tu n'as pas l'air d'avoir mal à la tête.

Je la regarde fixement.

– Ils ont découvert des symptômes visibles à présent ?

– Pour la migraine, oui.

– Je n'ai pas la migraine. J'ai mal au crâne. C'est complètement différent.

– Parfait. Eh bien, vingt minutes devraient suffire pour que les comprimés fassent effet. Viens. Nous avons à faire.

Elle sort la tête de la voiture et ouvre la portière.

Et tout à coup, ça a fait tilt.

J'attrape mon sac à main sur le siège passager et je sors.

– Nous ? Qu'est-ce que je dois faire ?

– Tu es la demoiselle d'honneur. Tu dois t'assurer que ta sœur a tout ce dont elle a besoin.

Je manque m'étouffer avec ma propre salive.

– Tu exiges que je sois son esclave tout le week-end ?

– Non. Mais tu dois diriger les demoiselles d'honneur, veiller à ce que les fleurs soient livrées dans la bonne salle dimanche après-midi, t'assurer que les barmans du bar de la plage ne ratent pas les cocktails. Oh, et tu dois aussi essayer les cocktails spéciaux qu'ils proposent et choisir les deux qui seront servis pendant la réception.

D'accord. Je suis partante pour la dernière partie de mes tâches.

– Dois-je régler les cocktails ?

Maman s'arrête devant le coffre de ma voiture.

– C'est ça qui t'inquiète ?

– Cet endroit facture quinze dollars le cocktail. Je suis serveuse. Bien sûr que ça me préoccupe.

Quoi ? Je ne vais quand même pas tourner autour du pot.

Elle soupire.

– Non, tu n'auras pas à les payer. Mais tu ne dois pas te saouler pour autant. Oh, et aussi, garde un œil sur ton père. J'ai déjà récupéré une bouteille de whisky dans sa valise.

– Il sait comment gérer les réunions de famille, je marmonne en ouvrant le coffre.

– Qu'est-ce que tu dis ?

– Rien, maman.

Je sors de ma caisse. Maman écarquille les yeux.

– Poppy, où est ta robe de demoiselle d'honneur ?

Oh ! Bien. Rosie ne lui a rien dit.

– Ici. Dans la suite de Rosie. Là où elle est censée être.

Elle m'agrippe le poignet.

– Non, non. Aux dernières nouvelles, les demoiselles d'honneur apportaient leurs robes. Tu as oublié ?

– Relaxe, maman, lance alors ma sœur. Elle est dans ma chambre.

Elle descend les escaliers qui mènent au bâtiment principal et se dirige vers ma voiture. Ses cheveux blond miel flottent derrière elle.

– Salut, toi !

Elle me serre fort dans ses bras.

Je lui rends son étreinte. Nous avons d'excellentes relations. Surtout parce qu'on se voit juste occasionnellement. On se détesterait sans doute si on se voyait tous les jours, on se ressemble trop.

– Maman, sérieusement, calme-toi, dit Rosie, en me lâchant pour la prendre par le bras. Je suis allée à Orlando pour trouver ma robe, tu te souviens ? On a choisi les robes des demoiselles d'honneur à ce moment-là, et j'ai fait envoyer toutes leurs robes ici. Poppy est venue faire son dernier essayage. Elle était là à m'attendre quand je suis arrivée mardi. Je te jure.

– Quelqu'un aurait pu me le dire. Et je suis toujours très déçue de ne pas avoir été invitée à la soirée robes.

– Et je t'ai déjà dit que j'étais désolée, mais c'était le seul moment où toutes les filles pouvaient faire le voyage. Si tu n'avais pas été en croisière à ce moment-là, tu sais bien que tu aurais été invitée.

Rosie me fait un clin d'œil.

C'est un bon gros mytho. Nous avions délibérément choisi la date de la soirée robes pour qu'elle coïncide avec la croisière de mes parents.

Pas besoin de vous expliquer pourquoi.

Je ferme le coffre et attrape ma valise.

– Est-ce que je peux aller m'enregistrer avant qu'on plonge dans le drame, s'il vous plaît ?

– Il n'y a pas de drame, renifle maman, l'air peinée.

– Oui. Allons te faire enregistrer.

Rosie m'attrape par le bras et me tire vers les marches.

– Allons-y.
Je ne pourrais pas être plus d'accord.

***

– Voilà ta chambre, m'explique Rosie en effleurant le capteur avec la clé magnétique. J'ai fait en sorte que les proches aient les meilleures, c'est plutôt une mini-suite.

Elle ouvre la porte, révélant ainsi une immense pièce dont les hautes baies vitrées donnent sur la plage.

– Bon sang !

Ma sœur sourit.

Il y a une télévision et un canapé, et une double porte mène à une chambre immense, avec des portes-fenêtres géantes ouvertes sur un balcon.

– Tu es chez toi, dit Rosie. Tu as une salle de bains et un dressing attenants. Le téléphone est sur la table de chevet. Le room service fonctionne vingt-quatre heures sur vingt-quatre et sept jours sur sept, si tu veux éviter maman...

– Tu me connais bien.

– Présente ta clé au desk principal et ils mettront le tout sur ma note, d'accord ?

Je hoche la tête,

– C'est super. (Je fais rouler ma valise dans la chambre.) Comment ça se présente ?

– Tout se passait bien jusqu'à ce que maman arrive.

Elle soupire et se perche sur l'accoudoir du canapé.

– Je te jure, je vais faire ma Bridezilla d'ici demain si elle ne se calme pas.

– Oh, mon Dieu. C'est ce que je craignais.

Rosie secoue la tête.

– On dirait que c'est son mariage. Elle passe son temps à essayer de tout organiser, et elle nous a forcés, Mark et moi, à dîner avec elle hier soir. Une torture.

Une véritable torture. J'ai envoyé un texto à Celia et j'ai prétendu que Rory était malade, juste pour pouvoir me barrer.

– Et tu as laissé Mark tout seul avec eux ?

– Écoute. Moi, j'ai grandi en subissant ses piques. Lui, il rejoint le club. Vois ça comme un entraînement.

C'est cruel. Tellement cruel.

– Et ce matin, elle est arrivée dans notre suite pendant que nous prenions le petit déjeuner. Elle flippait parce que tu allais te pointer aujourd'hui sans ton cavalier, parce qu'elle était certaine que ton cavalier allait te laisser tomber et qu'il ne viendrait pas. (Elle passe sa main dans ses cheveux.) Il va venir, n'est-ce pas ?

Je hausse les épaules.

– Il m'a dit qu'il viendrait. Je ne vais quand même pas aller le chercher à Orlando et le traîner jusqu'ici, n'est-ce pas ?

– Oh mon Dieu !

– Il sera là, d'accord ? Ne panique pas. Je te le promets.

Rosie se lève et me prend les mains.

– Ouf. Bon. Tu m'appelleras quand il arrive ? Je veux le rencontrer.

– Bien sûr. (Je souris.) Tu as besoin que je fasse quelque chose ?

Elle secoue la tête.

– Maman a concocté ton planning pour le week-end. Je vais envoyer un SMS à papa pour voir s'il peut obtenir d'elle qu'elle te l'apporte, sinon tu pourras le récupérer ce soir. Tout ce que tu as à faire, c'est ramener ton cavalier et te présenter ce soir à la salle de bal du Palm pour la réception prénuptiale, d'accord ?

Une réception prénuptiale ? À quel mariage est-ce que j'assiste, celui de ma sœur ou celui d'un membre de la famille royale d'Angleterre ?

– Pigé. À quelle heure ?

– Dix-neuf heures tapantes. Dix-huit heures trente, ce serait encore mieux.

– Je serai là à dix-huit heures, dis-je en souriant.

– Tu es la meilleure !

Encore une fois, elle me serre dans ses bras.

– Bon, je dois aller retrouver Celia et Rory. Je lui ai promis qu'elle pourrait passer l'après-midi sur la plage puisqu'elle garde Rory toute la nuit.

Ah, oui. Leur femme de ménage, qui vit avec eux, est la plus adorable des femmes. Elle vient d'Alabama et fait la meilleure tourte aux pêches que j'aie jamais goûtée.

– Ok. Pas de problème. Je pense qu'Adam devrait être là à temps pour la fête, mais je peux lui envoyer un SMS pour vérifier.

– Ok, bien. Cool. Génial. (Elle respire profondément.) C'est le premier moment de paix que j'ai depuis hier matin.

Elle me serre une dernière fois dans ses bras et me laisse dans ma suite. Une fois seule, je sors mon téléphone de mon sac à main et envoie un SMS à Adam.

Moi : Salut. Tu sais à quelle heure tu seras là ?

Sa réponse arrive beaucoup plus vite que je le pensais.

Adam : J'allais justement t'envoyer un texto. Ma réunion a été annulée, donc je peux partir plus tôt. Je serai là vers quatre heures. C'est ok ?

Oh Seigneur !

Et d'une, il sera là pour la réception.

Et de deux, il vient toujours.

Moi : Parfait ! À bientôt !!

Adam : À plus, Red.

Chapitre quatre

Poppy

Les frayeurs de la Friday Night

Adam : Je suis dans le parking. Tu es dans quelle chambre ?

Je lui indique le numéro de chambre et l'étage par SMS, puis je balance mon téléphone sur le canapé. J'ai des papillons dans le ventre. Je réalise que je suis hyper-nerveuse.

Je suis dingue. Vraiment, vraiment dingue. Comment j'ai pu croire que c'était une bonne idée de demander à un coup d'un soir d'être mon cavalier ?

Et pourquoi diable est-ce que je suis aussi nerveuse à l'idée de le revoir ? Et pourquoi à cet instant précis où je sais qu'il est là ? Je n'ai pas ressenti ça avant. Bon, j'ai passé toute la journée sur la plage avec mon neveu, Rory et Rosie, mais quand même.

Ughhh.

Chaque seconde qui passe est un véritable cauchemar. Où est-il ? Dans l'ascenseur ? Au bout du couloir ? En bas ? Toujours dans sa voiture ?

Trois coups retentissent à la porte. Je sursaute, je la fixe sans bouger un instant avant de me décider à aller ouvrir.

Il est aussi beau que dans mes souvenirs. Ces cheveux noirs, ce menton mal rasé, ces yeux brillants...

– Salut, dit-il, en baissant la voix d'un ton à la fin du mot.

– Salut.

Je souris, je me mets à rougir un peu et j'ouvre la porte en grand.

– Entre.

– Merci. (Il entre et jette un coup d'œil à la pièce.) Joli. La vue est superbe.

– Oui vraiment. Je crois que ma sœur me passe de la pommade pour que je supporte notre mère, je réponds en attrapant un verre d'eau sur la table au milieu de la pièce. La chambre est par là. Il y a un dressing si tu veux sortir tes affaires.

– Pigé. (Il tire une valise gris ardoise à l'intérieur de la chambre.) Hé, Red, ils font room service ? J'ai besoin de prendre une douche et je suis affamé.

– Oui. Tu veux la carte ?

– Je l'ai.

Il se retourne en passant sa chemise par-dessus sa tête.

– Désolé. Je suis en sueur.

Oui. Eh bien, on ne peut vraiment pas dire qu'il est moins sexy lorsqu'il est en sueur, parce que de là où je suis, sueur ou pas, il est chaud comme la braise avec ses abdominaux sculpturaux et ses muscles ondoyants.

– Pas de problème. Ce n'est pas comme si je ne t'avais jamais vu à poil.

Adam quitte la carte des yeux pour me lancer un petit sourire sexy.

– C'est vrai. Tu as faim ?

En fait, j'ai faim. Je lui fais signe que oui.

– Ça ne t'ennuie pas de commander pendant que je prends ma douche ?

– Non, pas du tout. Qu'est-ce que tu veux ?

– Un bacon cheeseburger et un Pepsi, répond-il en me tendant la carte. Donne-moi un quart d'heure.

Je prends la carte en souriant. Il disparaît dans la salle de bains et je souffle un bon coup.

Ça n'a pas été trop gênant. À part quand il a retiré sa chemise.

Je parcours le menu et je me décide aussi pour le bacon cheeseburger et le Pepsi. J'appelle le room service pour passer ma commande. Le bruit de l'eau qui coule dans la douche remplit la pièce. Je m'écroule dans le canapé avec mon verre d'eau. J'attrape mon téléphone et j'envoie un message à Rosie pour lui dire qu'Adam est arrivé, afin qu'elle arrête de paniquer et qu'elle respire un peu.

Avant toute chose, lorsqu'Adam va sortir de la douche, nous devrons trouver des réponses aux questions que ma mère ne va pas manquer de nous poser. S'il doit se faire passer pour mon petit ami, il nous faudra des bases solides avant que cela ne tourne mal.

Ma mère est un véritable limier. Si vous ne couvrez pas vos arrières, elle est capable de flairer le moindre mensonge.

La douche s'arrête de couler et mes doigts se crispent sur le coussin du canapé à côté de moi. Comment aborder le sujet ? Est-ce que je vais droit au but, ou est-ce que je me contente d'y faire allusion ?

– Alors, s'écrie Adam. Tu as réfléchi à la façon de convaincre ta famille que nous avons une véritable relation ?

Je tourne la tête et reste sans voix.

Uhhh.

Il se tient dans l'embrasure de la porte. Grand. Bronzé. Musclé. Et mouillé.

Très, très mouillé.

Ses cheveux sombres pendent sur son front, de l'eau coule sur ses épaules, des gouttelettes tombent sur sa poitrine. J'en vois même une couler sur ses abdominaux puis dans la serviette blanche qu'il a enroulée autour de sa taille.

– Red ? Tu m'écoutes ?

Je remonte de sa taille jusqu'à son visage. Il m'offre un sourire complice, tout en s'essuyant le visage avec une autre serviette.

– Je t'écoute. Tu m'as demandé comment nous allions convaincre ma famille que ce week-end n'est pas complètement bidon.

– Oh, bien. Tu as assimilé l'info. J'avais peur qu'elle se soit perdue quelque part entre mes épaules et ma bite.

Je le regarde fixement.

– Je regrette déjà tout ce truc.

– Il n'y a pas de quoi. Je te rappellerai un peu plus tard pourquoi c'est une excellente bonne idée. (Il me fait un clin d'œil.) Eh bien ? Tu as réfléchi ?

– Oui, mais, honnêtement ? S'il te plaît, enfile un pantalon. Si c'est une femme qui apporte notre dîner, elle va tomber dans les pommes dans le couloir.

Il me fixe une seconde, puis éclate de rire et retourne dans la pièce. Il en ressort deux minutes plus tard, cette fois-ci en pantalon de survêtement gris clair.

– Très bien, dit-il en s'asseyant avec moi sur le canapé. C'est quoi le plan ?

– Que tu t'habilles un peu plus, pour que je ne sois pas distraite, je murmure. Je pense que nous devons nous mettre d'accord sur les trucs fondamentaux : où nous nous sommes rencontrés, quand nous nous sommes rencontrés et jusqu'à quel point notre relation est sérieuse.

Adam fait un signe de tête et se gratte le menton.

– Eh bien, je vote pour que nous nous en tenions à la vérité, lorsque c'est possible. Nous nous sommes rencontrés dans un bar, alors servons-nous-en.

– Je suis d'accord. Mais quand ?

– Disons il y a quelques mois. C'est assez vague pour que notre relation soit assez sérieuse pour que tu m'emmènes à un mariage, mais pas nécessairement pour que tu m'aies fait rencontrer ta famille.

– Tu es doué pour ce genre de truc. Tu l'as déjà fait ?

– Non. Crois-le ou non, je n'ai pas l'habitude d'accompagner des filles canon, rencontrées par hasard, aux mariages de leur famille.

Lorsqu'il me qualifie de « canon », je me mets à rougir. Bon sang. Il est charmant.

– Ok. Donc, on s'est rencontrés dans un bar il y a quelques mois et on a récemment fait un pas vers quelque chose de plus sérieux. Qu'est-ce que tu en dis ?

Il acquiesce d'un signe de tête.

– C'est bien. Nous devrions être capables de contourner les autres questions. La clé, c'est de ne pas nous séparer et, si nous le faisons, de chercher l'autre afin de combler les lacunes. Tu es d'accord ?

Je prends une gorgée d'eau et lui fais un signe de tête.

– D'accord. À défaut, on paie quelqu'un pour faire diversion afin de pouvoir s'enfuir.

Son sourire fait scintiller ses yeux.

– J'ai aperçu des escarpins dans la chambre. Tu crois que tu pourras courir avec ?

Merde.

– Absolument pas, putain.

– Ne t'inquiète pas, Red. Je m'occupe de toi. Je te balancerai sur mon épaule et on courra vers le soleil couchant.

Il a l'air si sérieux que je ne peux m'empêcher de rire. Bien sûr, ça lui fait perdre son sérieux et il éclate de rire, lui aussi.

– Non, mais sérieusement, si tu ne peux pas courir, je m'en occupe.

– J'ai entièrement confiance en toi, je réussis à articuler entre deux éclats de rire.

Il se lève en entendant les deux coups sur la porte et l'appel « Room service ! ». Il ouvre la porte et offre un sourire éblouissant à la jeune femme qui se trouve de l'autre côté.

– Merci. Je peux le prendre. Ne vous inquiétez pas. Vous avez la note ?

Elle lui tend un maroquin en cuir et un stylo. Adam l'ouvre et griffonne quelque chose.

– Voilà. Merci.

Il sourit à nouveau, rentre le plateau à l'intérieur et ferme la porte.

– Eh bien, c'est du rapide. Mais ils sont censés le mettre sur mon compte. C'est prévu.

Adam hausse les épaules.

– J'ai donné ma carte en montant. Ils ne l'ont pas refusée.

– Quoi ? Tu es ici pour me rendre service. Je peux au moins t'offrir un room service.

– Hé, j'y gagne aussi quelque chose. Faux cavalier, vraie baise. Tu te souviens ?

Je me souviens.

– Et s'il doit y avoir de la vraie baise, tu as besoin de prendre des forces, et je suis heureux de payer pour ça. Donc... (Il pousse le plateau jusqu'à moi.) Mange, Red. Tu vas en avoir besoin pour la fête... Et pour ce que j'ai prévu pour toi.

– Qu'est-ce que tu as prévu ?

Il sourit et se saisit de son hamburger.

Oh, bon sang.

J'aurais dû commander un shot de vodka avec ce Pepsi.

***

– Tu te sens prête ?

Je dévisage Adam. Il a enfilé une chemise blanche, ses manches sont retroussées jusqu'aux coudes. Son pantalon noir lui va comme un gant, et ses chaussures noires brillent tellement que, si je m'approchais suffisamment, je pourrais probablement y voir mon reflet.

Et malgré tout ça ? Non. Non, je ne suis pas prête. Je regrette d'avoir dit à Rosie que je viendrais à six heures. Personne d'autre ne sera là pour distraire ma famille quand je vais débouler avec mon cavalier super-canon.

J'ai besoin d'une distraction. J'ai déjà admiré son cul moulé dans ce pantalon. S'il fallait que je le retrouve dans une pièce bondée, c'est la seule chose que je chercherais... son cul.

J'ai juste envie de... vous savez. De tendre la main et de le pincer. Comme un crabe. Pincer, pincer, pincer.

Adam frappe un bon coup dans ses mains.

– Red, tu es avec moi ?

– Bon Dieu, si tu veux que je me concentre, sois plus moche ou un truc du genre, je lui lance en lissant ma robe moulante.

Il éclate de rire.

– Et dire que c'est la fille pour qui je bande en ce moment qui me dit ça.

– Ce n'est pas la seule chose qui soit comprimée.

Mal à l'aise, je remue dans ma robe. Je ne suis pas du genre à me déguiser comme ça. Je préfère de loin porter les tee-shirts que ma mère déteste.

– C'est pour ça qu'il y a un tee-shirt dans le placard qui affirme « Désolée, je vais essayer d'arrêter de jurer », suivi d'un « C'est un mensonge, allez vous faire foutre » ?

Je hoche la tête d'un air solennel.

– J'ai prévu de le porter au petit déjeuner demain, puis de me changer pour enfiler celui qui dit : « Je suis allergique à la stupidité, je m'éclate dans le sarcasme ».

– C'est quoi ? Un avertissement à tous ceux qui t'adressent la parole ?

– Comme tous mes tee-shirts. Y compris celui qui prétend que je suis en train de voler, et cet autre qui dit : « Pas aujourd'hui, Satan ».

– Ça s'adresse à ta mère ?

– Non, mais c'est une idée. (Je souris.) Merci. Ça, ça va vraiment l'énerver.

Il s'approche de moi.

– De rien. On recommence cette conversation ? Tu es prête ?

– Euh, non.

– Je me disais bien. On dirait qu'on va à l'échafaud.

– Ça pourrait bien être le cas. Si ma mère découvre qu'on joue la comédie, jamais plus elle ne me laissera tranquille. Elle le racontera à tous mes futurs anniversaires, à mon mariage, à mon enterrement.

– Elle ne s'en rendra pas compte.

Adam pose ses mains sur mes bras.

– Je te promets. On va faire semblant d'être ensemble.

– Ce serait tellement plus facile si nous nous connaissions un peu, et pas seulement grâce à nos prouesses au pieu.

– C'était ton idée, Red. Maintenant tu dois faire avec.

– Je ne m'attendais pas à ce que tu acceptes d'assister au mariage de la sœur d'une inconnue.

– Moi non plus.

Il se marre.

– Allez. Quatre jours. Ça ne doit pas être si difficile.

– Tu n'es pas prêt à affronter ma famille, Adam.

Son rire s'évanouit, il grimace,

– Peut-être pas, mais apparemment toi non plus, pourtant tu les connais.

– Prépare-toi à la folie.

– Je suis prêt. Mais, d'abord...

Il penche la tête pour approcher son visage du mien.

Je prends une courte et violente inspiration, mes yeux se ferment au moment où ses lèvres touchent les miennes.

C'est encore meilleur que dans mon souvenir.

Son baiser est ferme, mais ses lèvres sont douces. Il m'embrasse à fond, en glissant une main dans mes boucles lâches et en m'attrapant par la nuque. C'est chaud et lent.

Mon cœur bat la chamade.

– Voilà, murmure Adam, ses lèvres effleurant les miennes. Maintenant, on peut y aller ?

J'acquiesce d'un signe de tête.

– On peut y aller.

Il recule en examinant ma bouche.

– Pas de tache de rouge à lèvres. Tu es parfaite.

– Dieu merci, je murmure en le suivant vers la porte.

Ses épaules remuent silencieusement pendant qu'il me guide hors de la pièce, une main dans mon dos. Un frisson me parcourt la colonne vertébrale et je suis incapable de le cacher si j'en juge par son rire quand il passe du mode silencieux à... moins silencieux.

Nous nous dirigeons vers l'ascenseur que nous attendons en silence. C'est gênant, du moins pour moi. Adam, lui, n'a pas l'air de s'en soucier. Il est complètement détendu. Un peu trop détendu, si vous voulez mon avis.

Non que ça intéresse qui que ce soit, mais j'ai cette terrible habitude de donner mon avis quand même.

Nous pénétrons dans l'ascenseur qui, heureusement, est vide. Mon téléphone se met à sonner dans ma pochette. Je le sors pendant qu'Adam appuie sur le bouton du deuxième étage, celui de la salle de bal du Palm.

Rosie : Je vais la tuer.

Moi : Je retourne dans ma chambre.

Rosie : VIENS ET SAUVE-MOI, PUTAIN DE MERDE !

Je soupire.

– Qu'est-ce qu'il y a ? demande Adam en glissant son regard vers moi.

– Ma sœur vient de m'envoyer un texto pour me supplier de lui venir en aide, ce qui veut dire que ma mère est tout feu tout flamme. J'ai vraiment hâte.

– Je pourrais peut-être la distraire, non ? Elle s'attend à ce que tu arrives toute seule ?

– Elle ne s'attend pas à te voir, tu as raison. Tu devrais pouvoir la distraire pendant au moins, oh, quinze minutes.

Il fronce les sourcils lorsque les portes s'ouvrent.

– Tu ne me fais pas peur le moins du monde, Red.

– Je t'avais prévenu, je lui rappelle pendant qu'il me pousse hors de l'ascenseur.

Sa main est si douce sur mes reins. Cela n'empêche pas pour autant les picotements de parcourir ma peau, sans même qu'il la touche.

Je serre ma pochette contre mon ventre, et je tourne en direction de la salle de bal. Elle n'est pas difficile à trouver. La famille de Mark a réservé tout le complexe pour le week-end, et il y a partout des panneaux blancs et rose layette qui indiquent la direction aux invités.

Nous sommes en avance, comme je l'avais promis.

– Prêt ? je demande à Adam.

– Oui. Et toi ?

– Je n'étais pas prête il y a cinq minutes. Tu crois que ça a changé ?

Il rit en me serrant contre lui.

– Viens. Si on arrive à passer la première heure en leur faisant croire qu'on sort ensemble, c'est bon. Soixante minutes. On peut le faire.

– Mec, tu es tellement positif ! Je vais peut-être devoir rompre avec toi, sinon tu vas totalement foutre en l'air mon personnage de la fille qui hait les autres.

– Celui que tu endosses avec tes tee-shirts ?

– Oui. Tu dois l'adopter ou alors, RIP notre relation absolument réelle.

Il presse son visage contre le mien et nous entrons dans la salle de bal.

Je ne vais pas vous mentir. Elle est magnifiquement décorée. Des ballons blanc nacré et rose layette ornent chaque table, où un bouquet de quatre ballons s'élève du sommet d'une composition florale elle aussi rose et blanche.

Si ce n'était pas déjà certain, à présent c'est évident, le code couleur du mariage est blanc et rose layette.

Pour vous la faire courte, c'est parfait, des serviettes de table aux lumières au-dessus du bar.

C'est un vrai conte de fées. C'est vrai. La vision de ma sœur est irréelle.

Si je devais organiser une réception prénuptiale, je commanderais des nachos et des dips, on diffuserait *Sexe entre amis* sur grand écran. Et moi, je serais seule dans mon pieu, avec personne d'autre.

Mais je ne suis pas ma sœur.

Vraiment pas.

– Poppy ! Enfin !

Ma mère se précipite vers nous.

Nous venons à peine de pénétrer dans cette foutue pièce.

– Où étais-tu ? On a besoin de toi pour nous aider à installer !

Je sursaute.

– J'avais dit six heures à Rosie. Elle ne m'a jamais dit qu'elle avait besoin d'aide, sinon je serais venue plus tôt.

– Dieu merci, tu es enfin là. Et tu n'es pas seule.

La surprise a brièvement traversé son regard.

– Miranda Dunn. La mère de Poppy. Et vous êtes ?

Je jette un regard sur Adam. Je pense qu'il a enfin « pigé » pourquoi je me frite avec elle. Et ça ne fait que soixante putains de secondes.

– Adam. C'est un plaisir, Madame.

Il ignore la main qu'elle lui tend et, à la place, il lui fait un baisemain.

Maman porte sa main à sa poitrine.

– Il est beau et il a des manières, me lance-t-elle, puis elle se retourne vers Adam. J'ai l'impression de vous connaître. Nous nous sommes déjà rencontrés ?

– Je suis certain que je m'en souviendrais si tel était le cas.

Il lui fait un sourire charmant.

– Euh, continue maman, vous m'êtes vraiment familier. Peut-être que je connais quelqu'un de votre famille ? Quel est votre nom de famille ?

Voilà une excellente question.

Adam ouvre la bouche pour répondre, lorsqu'il est interrompu par mon père.

– Adam Winters ! En chair et en os !

Papa lui serre la main avec enthousiasme.

– Qu'est-ce que tu... Poppy ? Tu es venue avec Adam Winters au mariage de ta sœur ?

J'ai raté un épisode.

Quelque chose de lourd.

– Je, euh...

– Adam Winters ! (Maman frappe des mains.) Bien sûr ! Je vous avais dit que je connaissais votre visage !

Adam sourit. Je le regarde. J'ai soudain un poids dans la poitrine. Que se passe-t-il ? Qu'est-ce que j'ai raté ?

– Mon petit-fils va être fou. Attendez ! Mark ! s'écrie papa en tournant sur lui-même. Mark ! Va chercher Rory !

– Papa ? Pourquoi est-ce que tu cries ? demande alors Rosie. Rory est ici, avec moi. Qu'est-ce qui se passe ?

J'aimerais bien le savoir.

Elle lève les yeux et découvre Adam.

– Oh merde !

Adam se marre.

– Rosie, surveille ton langage ! la gronde maman.

Je regarde mon neveu de six ans qui dévisage Adam comme s'il venait de rencontrer le père Noël. Vous savez, un peu comme si moi je rencontrais Channing Tatum.

Adam s'accroupit pour être à la hauteur de Rory.

– Salut mon pote. C'est Rory, n'est-ce pas ?

Rory hoche la tête, complètement abasourdi.

– Moi, c'est Adam.

Il lui tend la main, mais Rory reste tétanisé sur place.

– Comment vas-tu ?

Rory ouvre la bouche, mais au lieu de prononcer un mot, il éclate en sanglots.

J'observe la scène, bouche bée.

Sérieusement.

Qu'est-ce...

Qui...

Se passe ?

– Euh, dit Adam en se relevant, désolé.

Rosie serre Rory contre elle et sourit à Adam.

– Il n'y a pas de quoi. Il t'adore. Une fois qu'il aura surmonté le choc, il ne te quittera plus de tout le week-end.

Sérieux !

– Je n'attends que ça.

Adam m'effleure le dos avec un sourire.

– Qu'est-ce qui se passe ? dit Mark en rejoignant le groupe et en ajustant sa cravate. Pourquoi est-ce que Rory pleure ? Sam, tu lui as encore fait peur ?

Papa s'esclaffe.

– Non. Il vient de rencontrer son héros.

Mark fait le tour du groupe, jusqu'à ce que ses yeux se posent sur Adam.

– Adam Winters ? Eh bien, ça alors ! Quelle joie !

Ils se serrent la main.

– Poppy ? Tu as amené Adam Winters ?

Je fais la seule chose que je puisse faire.

Je hoche la tête.

Mark secoue la sienne, incrédule.

– C'est notre cadeau de mariage ? Je plaisante !

Et il se met à rire. Je croise le regard de Rosie. Je crois que je vais me mettre à hyperventiler si on ne me sort pas de ce pétrin.

– Chéri, tu peux prendre Rory ? Maintenant que nous nous sommes tous présentés, j'ai vraiment besoin de l'aide de Poppy pour quelque chose, dit-elle en décrochant Rory, à présent calmé, de sa jambe droite.

– Pourquoi as-tu besoin de son aide ? demande maman, en nous regardant tour à tour l'une et l'autre.

– Pour quelque chose !

Elle m'attrape par le bras et m'entraîne loin de maman qui nous suit des yeux pendant que nous quittons la salle de bal.

Oh, mon Dieu !

Elle sait.

Elle sait que je ne sais pas.

Je suis vraiment, vraiment dans la merde.

Chapitre cinq

Poppy

Un truc à attraper le hoquet et un palet de hockey

– Qu'est ce qui ne va pas ? me demande Rosie à voix basse.

– Qu'est-ce qui se passe ? (J'expire en me tenant les côtes.) Pourquoi est-ce tout le monde le connaît ?

Elle entrouvre les lèvres et me regarde, perplexe.

– Attends. Tu es en train de me dire que tu ne sais pas qui c'est ?

Je me passe la main sur le front.

– Seigneur, non.

– Je suis sidérée.

– Ce n'est pas vraiment mon petit ami, je chuchote. Nous nous sommes rencontrés le week-end dernier, j'ai couché avec lui, je lui ai demandé de m'accompagner à ton mariage et il a accepté.

– Quoi ? (Rosie fait une pause, avant de se mettre à rire.) Ok, on va y revenir, mais encore une fois : tu ne sais pas qui il est ?

– Je n'en ai aucune putain d'idée ! Oh mon Dieu. Qu'est-ce qui se passe ?

– Ok, d'abord, tu dois te calmer. (Elle m'agrippe par les bras et me regarde dans les yeux.) Tu te souviens quand j'étais en salle de travail et que tu m'as dit de respirer ?

Je hoche la tête, le souffle court.

– Respire. Et respire encore. Et respire encore.

Elle me guide ainsi pendant quelques secondes jusqu'à ce que je retrouve le contrôle de ma respiration.

– Ça va ?

– Ça va. Désolée. J'ai paniqué.

– C'est en général la raison d'une crise de panique, déclare-t-elle. Adam Winters est l'attaquant vedette des Orlando Storms.

– Je ne sais pas ce que cela signifie.

Elle soupire.

– C'est une célébrité, un putain de joueur de hockey. C'est le joueur préféré de papa et de Mark et c'est l'idole de Rory. C'est à cause de lui que Rory a voulu faire du hockey. Il veut être Adam quand il sera plus grand. Tu piges ?

Oh.

Oh, merde.

Oui. Là, je comprends.

– Oh, putain, je murmure. C'est une catastrophe.

– Pourquoi ?

– Parce que maman va penser que j'ai fait exprès pour me mettre en avant, et je ne peux pas lui dire que je ne savais pas qui il était !

– Ohhhh, soupire Rosie. Oh, merde ! Ok, ne t'en fais pas. On peut gérer ça. Je peux lui parler.

– Comment ? Comment me sortir de cette situation ?

– Je lui dirai qu'elle ne t'a pas laissé le choix. Tu le fréquentes, alors tu as dû l'amener, parce que tu ne pouvais pas venir seule.

– Ok. Mon Dieu, tout ceci est une mascarade.

– Que se passe-t-il ? demande Mark en nous alpaguant toutes les deux. Ta mère est sur le point de péter un câble là-dedans.

Rosie me jette un regard.

– Rosie, non ! je la supplie.

– Quelqu'un a amené le joueur de hockey le plus célèbre du pays à notre mariage sans savoir qui c'était.

Elle lui sourit.

– Quoi ? (Mark me regarde en pouffant de rire.) Poppy... non. Elle raconte des craques.

– Ohhh ! (Je cache mon visage dans mes mains.) C'est la vérité. Merde. J'ai couché avec lui le week-end dernier et je lui ai demandé d'être mon cavalier. Je n'avais pas la moindre idée de qui il était il y a encore dix minutes.

Il ne cherche même pas à dissimuler son hilarité.

– Ne te moque pas de moi ! C'est un désastre !

– Oh, Pops.

Il me prend dans ses bras.

– Il n'y a que toi qui sois capable de faire ça.

– Maman ne doit pas savoir, déclare Rosie. Et si elle dit que Poppy l'a fait pour éclipser mon mariage, il faut la rembarrer, d'accord ?

Mark me relâche et lève un pouce en l'air.

– Dis-moi ce que je dois faire et je le ferai.

– Garde-la loin de moi. Où est le bar ?

***

– Hé, me lance Adam en se glissant sur la chaise à côté de moi. Tu te caches de ta mère ?

– En règle générale, oui. (Je prends une grande gorgée de vin.) Donc, ça a été marrant et pas du tout gênant.

Il baisse le regard et rit.

– Pas du tout.

Je soupire et tourne la tête pour croiser son regard.

– Pourquoi ne m'as-tu pas dit qui tu étais ?

– Tu ne me l'as pas demandé, répond-il simplement. Et pour la première fois depuis bien longtemps, j'étais avec quelqu'un qui me regardait sans a priori.

– Tu savais que j'ignorais qui tu es ?

– Ouais. C'était évident lorsque nous nous sommes rencontrés. Pareil pour ton amie. Vous étiez les seules femmes dans ce bar qui n'essayaient pas d'attirer mon attention, et quand je t'ai approchée, j'ai réalisé que tu ne savais vraiment pas qui j'étais.

Il fait une pause en vidant sa bouteille de bière.

– Bien sûr, si j'avais su qu'en venant ici j'allais rencontrer une famille de fans de hockey, je t'aurais prévenue.

– Et j'aurais vraiment apprécié. (Je baisse la tête en riant.) Oh mon Dieu ! C'est de la folie. Je suis navrée que tu sois là.

– Pas moi. Ta famille est formidable. Ta mère est un peu déjantée...

– Un peu ? (Je le dévisage.) Elle est totalement déjantée !

Il se met à rire en se penchant un peu plus près.

– J'essaie d'être gentil.

– Dis la vérité. Tu as déjà dû remarquer que ma famille a tendance à dire ce qu'elle pense.

– J'ai compris ça quand ton père m'a dit que j'étais un putain de joueur de folie, mais que je devais arrêter de gaspiller des chances que même un robot saurait saisir.

– Oh mon Dieu !

Adam rit et pose son front dans mon dos.

– Ne t'inquiète pas, Red. Il a raison.

– Oh mon Dieuuuu ! Je veux mourir.

– Inutile d'être aussi mélodramatique. Il n'y a aucun problème. Le bon côté des choses, c'est que nous n'avons pas eu à broder sur le scénario « Comment vous êtes-vous rencontrés ? ».

– Pas encore. Mais le pire reste à venir.

– Pourquoi ?

– Mon grand-père arrive demain. C'est lui le pire de nous tous. Il a une histoire pour chaque interaction familiale et il va toutes te les raconter.

– C'est une chance, je suis un auditeur patient.

Il sourit.

– Il est trop tard pour moi, mais toi tu peux encore partir.

Je vide mon verre de vin.

– Ma mère va sans doute dire que je t'ai amené exprès pour faire de l'ombre à ma sœur.

– Ce que tu n'as pas pu faire puisque tu ne savais pas qui j'étais.

– Adam, je ne peux pas le lui dire. Je perds sur tous les tableaux.

Il me regarde une minute, puis se met à rire.

– Ce n'est pas drôle.

– C'est ridicule. J'ai comme l'impression que ce week-end va être le truc le plus drôle que j'aie vécu depuis des lustres.

– Vraiment ? Être dans une pièce où tout le monde sait qui tu es, ça t'amuse ?

– Et bien, ça fait partie de mon boulot.

– Je veux dire, ici et maintenant.

Il se tourne complètement, de façon à me faire face, et se penche.

– En fait, personne ne m'a reconnu. Uniquement ta famille. La plupart des invités, à moins que ce soit des fans, ne sauront pas qui je suis.

– Tout comme moi.

Il sourit.

– Comme toi, Red.

Je rougis et repousse mes cheveux derrière mon oreille.

– J'espère bien. S'il y a trop de fans qui te font du gringue, ma mère va me tuer.

– Dois-je m'installer à une table dans un coin si cela se produit ?

– Non. Viens plutôt me chercher et on s'enfuira, comme tu me l'as promis.

– Ok. Où irons-nous ?

– N'importe où ma mère n'est pas.

Rosie se glisse sur la chaise à côté de nous.

– Bon, dit-elle en se penchant vers nous, je crois que j'ai convaincu maman que tu ne l'avais pas fait exprès pour te mettre en avant. Je l'ai entendue en parler à papa, qui lui a immédiatement demandé de la fermer et qui l'a laissée sur place. Ensuite, elle s'en est prise à moi parce que je parlais avec elle au lieu de m'occuper de mes invités.

Elle grimace et se tord les doigts,

– Je suis à deux doigts de me mettre en mode Bridezilla...

– Rosie. Tu ne devrais pas t'occuper de tes invités ?

Maman sort de nulle part et s'agrippe au dossier d'une chaise.

– Nous étions juste en train d'éclaircir un point de détail, répond Rosie.

– Quoi donc ?

Je mens.

– Elle a un doute à propos des cocktails. Je lui ai dit que j'allais m'en occuper demain midi, pour qu'elle n'ait pas à s'inquiéter.

Maman nous lance un regard suspicieux.

– Quel est le cocktail qui lui pose problème ?

Ah, merde.

– Qu'est-ce que ça peut faire ? C'est le boulot de Poppy de s'occuper des cocktails, lance Rosie.

– Dieu merci, je marmonne.

– Quoi ?

Maman me transperce du regard.

– J'ai toussé.

– Hmm.

Elle nous dévisage l'une après l'autre, puis lâche la chaise.

– Rosie, les parents de Mark te cherchent. Ils ont un cadeau pour Rory dans leur chambre et ne savent pas ce que tu veux qu'ils en fassent.

Ma sœur me jette un coup d'œil et se lève.

– Ensuite, ce sera l'heure des discours. Poppy ?

– Oui ?

– Ton discours est prêt ?

– Quel discours ? Je n'ai pas de discours. Je dois prendre la parole pendant le mariage, pas maintenant.

Maman me regarde fixement.

– Tu as un discours prévu pour ce soir.

En grinçant des dents, je lance :

– Dans ce cas, tu peux faire une croix dessus.

– Tu veux contrarier ta sœur en refusant de faire ce qui est prévu ?

Je croise les bras et me rassieds sur ma chaise. Elle ne va pas me faire culpabiliser. Certainement pas. Personne ne m'a parlé de discours pendant cette fête, et je ne me vais pas me ridiculiser.

Pas question.

Maman soupire.

– Bien. Pas de discours. Mais je voudrais que tu fasses un peu plus attention.

– Mam, c'est un mariage, pas un cours de math.

Elle est sur le point de dire quelque chose, mais au lieu de cela, elle claque sa langue et se tourne vers Rosie.

– Allez, viens.

Rosie me fait un signe d'au revoir en remuant ses doigts et suit maman à travers la salle.

Je pousse un gros soupir, je pose mes coudes sur la table et plonge ma tête dans mes mains.

– Putain.

Adam rigole en me passant une main dans le dos.

– Tu veux boire un verre ?

Je hoche la tête.

Il m'en faudrait plutôt dix.

***

J'attrape ma sœur par la main avant qu'elle soit entraînée dans une nouvelle conversation avec un autre invité.

– Hé. Je voulais te prévenir que nous partons.

Elle jette un coup d'œil à la montre délicate autour de son poignet.

– Vraiment ?

– Oui, trois des cousins de Mark ont reconnu Adam, et comme seuls les adolescents savent le faire, ils en ont fait tout un plat. Il a dû emprunter le stylo du barman, prendre des selfies et signer des autographes sur les serviettes de table. Je pense que c'est probablement mieux si nous partons avant que quelqu'un remarque qu'il monopolise beaucoup l'attention.

Elle sourit.

– Ok. Je suis d'accord. Nous devons voir le prêtre dans la matinée, mais tu seras prête pour le dîner de répétition, non ?

– Six heures et demie, ici.

– D'accord.

Elle me serre dans ses bras, et je sors de la salle de bal avant que ma mère ne me voie et n'essaie de m'arrêter.

Adam m'attend.

– Tu as réussi à échapper à la reine mère ?

Je retiens un éclat de rire,

– Comme une vraie Ninja.

– Vite. Allons-y avant que quelqu'un d'autre me reconnaisse.

Et il me prend par la main.

– Wouah, attention. Je ne peux pas courir avec ces talons. Et non, ce n'est pas une invitation à t'emparer de moi comme un homme des cavernes.

– Enlève-les, alors. Je suis en sursis. Il suffit qu'un autre dingue de hockey de ta famille se lève et quitte cette salle, et je suis baisé. Et si je suis baisé...

Il hausse un sourcil.

J'ôte mes chaussures.

– Où allons-nous ? je demande alors qu'il m'entraîne dans l'ascenseur et appuie sur le bouton de descente.

– Vers la plage. C'est calme là-bas.

– C'est tout aussi calme dans notre chambre.

– Je sais. Mais si je t'emmène là-haut tout de suite, ce ne sera plus tranquille très longtemps.

Il me jette un regard.

– Et après ce qui s'est passé plus tôt, je crois que nous devrions probablement apprendre à nous connaître un peu plus.

Il fait preuve d'une logique implacable. Il n'y a aucun doute, ma mère commencera à le bombarder de questions à la seconde où elle nous trouvera seuls. Si je suis encore une fois prise dans ses filets comme ce soir, je suis fichue.

– C'est une excellente idée.

Les portes de l'ascenseur s'ouvrent et, heureusement pour nous, le hall d'entrée est désert. C'est surtout parce que tout le monde est encore à la réception prénuptiale de ma sœur, mais tout de même. Nous sortons et empruntons le chemin qui mène à la plage privée.

– Il n'y a pas un chat ici, dit Adam en s'enfonçant dans le sable. Est-ce que ta sœur a loué tout le domaine ou quoi ?

– Eh oui, c'est ce qu'elle a fait. La famille de Mark est sacrément riche, et la mienne n'est pas vraiment pauvre non plus. Sans parler du fait que Mark se fait un max de pognon.

– Que fait ta sœur ?

– Elle est jolie, je murmure. Elle dit qu'elle va reprendre ses études de commerce et de marketing, mais on attend ça depuis deux ans.

– En d'autres termes, elle se marie, prétend qu'elle va reprendre ses études et tombe miraculeusement enceinte à nouveau.

Je pointe un doigt vers lui pendant que nous nous asseyons.

– Si tu veux le savoir, nous avons tous parié sur son hypothétique retour à la fac.

– Je peux participer ?

Il défait un bouton de sa chemise et s'appuie sur ses mains.

– Non. J'ai plus besoin que toi de ces cinq cents dollars. Et puis, je ne pense même pas avoir cent dollars de côté pour payer ma quote-part, du coup, vas-y Mark, envoie la purée.

Je croise les doigts. Ça le fait rire,

– Je vais soutenir le sperme de Mark pour que tu n'aies pas à payer les cent dollars. Mais, hé, puisque c'est aussi mon vote, si ça arrive, je paierai ta part.

– Merci. La charité, c'est tellement réconfortant.

– Dis-toi plutôt que nous faisons équipe, toi et moi.

– J'aime mieux ça.

– Alors, j'ai une question.

Adam tourne la tête et me regarde :

– Si ta famille a de l'argent, pourquoi est-ce que tu n'as pas cent dollars devant toi ?

Je soupire et m'appuie moi aussi sur mes coudes.

– Parce que, dis-je en le regardant dans les yeux, je suis serveuse à la *Cheesecake Factory*.

Les commissures de ses lèvres se retroussent.

– Pourquoi tu souris ?

– J'adore le cheesecake. (Il se met à rire.) Donc, voilà ma question suivante. S'ils ont de l'argent, pourquoi es-tu serveuse à la *Cheesecake Factory* ?

– Parce qu'après une année d'études de droit, j'ai compris qu'être dominée par ma mère, tant dans ma vie personnelle que professionnelle, allait me pousser à me jeter du haut d'une falaise avant mes vingt-cinq ans. Comme tu peux le voir, j'ai réussi à survivre. Mon père est un excellent avocat, ma mère assistante juridique.

C'est une entreprise familiale. Jusqu'à ce qu'ils cassent leur pipe, je servirai du gâteau au fromage à des gens qui ne devraient probablement pas en manger autant.

– J'ai envie de dire que ça craint, mais tu as fait ton choix, alors... c'est bien comme ça.

– Tout n'est pas mauvais. Parfois, j'ai la possibilité d'emporter des restes de gâteau au fromage à la maison. C'est la raison pour laquelle j'ai dû perdre cinq kilos avant ce mariage, je marmonne.

– Vraiment ? Tu as perdu cinq kilos ? Ou ?

– Quelque part au milieu de Disney World. Bien que, si ça avait été le cas, ils m'auraient retrouvée.

Adam s'esclaffe.

– C'est bien vrai. Je dois rester à l'écart de cet endroit pendant toute la saison, ou bien je fous en l'air tout mon régime alimentaire.

– Tu vas à Disney World ?

– J'ai quatre sœurs. L'une est mariée, l'autre est fiancée depuis longtemps, et j'ai deux nièces et un neveu. Je prends les enfants. Ils viennent pour la féerie et moi pour la bouffe, et je marque des points de super-tonton et super-frangin. Tout le monde y gagne.

– Il faut vraiment que j'emmène Rory plus souvent.

– Ta famille vit à Orlando ?

– Mes parents partagent leur temps entre Miami, où est basé le cabinet d'avocats, et Key West. Ils sont assez âgés maintenant pour travailler à temps partiel. Et Rosie et Mark vivent à Fort Lauderdale.

– Où es-tu née ?

– Hé, tu poses beaucoup de questions.

Ses yeux se mettent à briller.

– Bon. Vas-y. Demande-moi ce que tu veux. Je suis un livre ouvert.

– Ok. (Je fais semblant de réfléchir.) Pourquoi ne m'as-tu pas dit que tu étais un joueur de hockey très célèbre ?

– Je te l'ai déjà dit.

– Je sais. Je voulais juste que tu saches que je ne te laisserai jamais tranquille avec ça.

Il hoche lentement la tête.

– Tu marques un point. Je ferai mieux la prochaine fois.

– Bien sûr que oui. D'accord, où es-tu né ?

– À Orlando, dit-il, les yeux plongés dans les miens.

– Quel âge as-tu ?

– Vingt-huit ans. Vingt-neuf en octobre.

– Qu'est-ce qui t'a donné envie de jouer au hockey ?

– Oooh. Je ne sais pas vraiment. Dans ma famille, on a toujours été très fan, mon grand-père et mon père y jouaient au lycée, mais mon père y a renoncé à l'université quand il a réalisé qu'il n'était pas assez bon pour jouer en pro.

– Mais toi, tu as compris que tu pouvais ?

– J'ai posé le pied sur la glace pour la première fois à quatre ans. C'était facile de devenir accro, tu sais ? Mon père m'emmenait voir tous les matchs des Storms à domicile, et je suppose que je me sentais chez moi sur la glace. J'ai été le pire adolescent de tous les temps. Je ne faisais pas la fête, je n'étais pas révolté. J'avais de bonnes notes, ce qui voulait dire que je pouvais obtenir une bourse pour aller faire du hockey à l'université.

– Wouah.

– Ça ressemble à un wouah choqué.

– Un peu. N'oublie pas que je n'y connais rien en sport. Aucun sport. Sauf que pour les femmes, les pantalons de base-ball sont un don du ciel.

Il éclate de rire. Je parviens à garder mon sérieux,

– Je dis juste que c'est dingue. Ma sœur m'a dit que tu étais déjà une star avant, mais je ne sais pas ce que cela veut dire.

– Euhh...

Je le taquine.

– Attends, *toi,* tu sais ce que c'est ?

Il se rapproche et m'envoie un coup de coude.

– J'essaie de te l'expliquer de façon à ce que tu puisses comprendre.

– Mince alors, merci.

– De rien. (Il me fait un clin d'œil.) Je suis un attaquant. Donc, mon travail, c'est en gros de marquer.

– Oh. Et pourquoi diable est-ce si difficile à expliquer ?

– Tu affirmes que les pantalons de base-ball sont un don du ciel pour les femmes, alors que premièrement, c'est moi. Et deuxièmement, les joueurs doivent porter des coques, ce qui interdit tout accès.

– Je vais donc oublier le passage où tu expliques que c'est toi le véritable don de Dieu pour les femmes, mais je suis d'accord à propos de ce truc de la coque. Bon, ça peut te paraître idiot, mais est-ce que tu as déjà gagné ?

– Au hockey ?

– Non, au football.

Il me lance un regard en biais.

– Je n'accepterais pas ces sarcasmes si tu n'étais pas aussi mignonne.

– Super. Avant j'étais sexy, à présent tu me compares aux chatons et aux lapins nouveau-nés.

Il recommence à rire et ça me fait frissonner.

– Oui, j'ai déjà gagné. Comment peux-tu vivre à Orlando et tout ignorer du sport ?

– De la même façon que les citadins qui vivent à la campagne ignorent comment vider les poulets. Ça ne m'intéresse pas beaucoup, donc je n'y connais rien.

– Wouah. Donc, tu sors avec un joueur de hockey et tu te fiches de ce qu'il fait.

– Je sors pour de faux.

– C'est pareil.

– Si je fais semblant de sortir avec toi, il vaudrait sans doute mieux que je sache quels matchs tu as gagnés, histoire que je n'aie pas l'air complètement abrutie si on me le demande.

– Bon sang, je ne vais jamais pouvoir laisser tomber tout ça, n'est-ce pas ? Tu ne plaisantes pas là, Red.

– Je ne mens jamais. J'en suis incapable. Sauf si tu étais ma mère.

– Tout ce week-end n'est qu'un mensonge.

Je marque une pause.

– Écoute, si tu commences à parler technique, cette relation ne va pas marcher, Hockey Boy.

– Vraiment ? C'est comme ça que tu as décidé de m'appeler ? Hockey Boy ?

– Tu m'appelles bien Red parce que je m'appelle Poppy et que mes cheveux sont roux. Nos raisons sont foireuses, l'une comme l'autre.

– D'accord, d'accord. J'ai gagné le prix Dave Tyler du meilleur joueur junior de l'année quand j'avais dix-sept ans, et depuis que je suis passé pro avec les Storms, j'ai gagné trois fois la Coupe Stanley.

– Tu vois, je pensais que ça m'aiderait, mais en fait... non.

– Tu ne sais même pas ce qu'est la Coupe Stanley ?

– Outre le fait que mon désintérêt pour le sport est déjà bien établi... est-ce que j'ai l'air d'une fille qui suit le hockey ?

Il se tourne vers moi. Il me dévisage de la tête aux pieds, son regard s'arrête sur chaque centimètre de mon corps, et je fais de mon mieux pour ne pas réagir comme si ça me dérangeait.

Parce que c'est le cas. Son regard est trop appuyé pour ne pas me déranger.

– Non, tu n'en as pas l'air. Pas du tout.

Je déglutis et baisse le regard un instant.

– Bon, alors explique-moi ces prix, ces coupes et ces trucs. Avant que quelqu'un m'en parle et que je...

– Tu aies l'air d'une idiote. Oui, je sais.

Ses lèvres se recourbent sur un côté et il tend la main, il repousse doucement les cheveux de mon visage.

– Le prix Dave Tyler Junior est décerné au meilleur joueur de hockey junior né aux États-Unis. J'ai arrêté après, pour pouvoir me concentrer sur mes études.

– Et la Coupe Stanley ?

– C'est le premier prix de la ligue nationale. Celui que tout le monde veut gagner.

– Et tu l'as gagné trois fois ?

– En six ans.

– Ouah. Même moi, je sais que c'est impressionnant.

Je reste muette.

– Tu crois que c'est suffisant comme infos pour une nuit ?

– Cela dépend. On fait quoi à présent ?

Je sors mon téléphone et j'y jette un coup d'œil. Il est dix heures et demie.

– Je me lève tôt demain. Je dois goûter les cocktails et en choisir trois pour le mariage, et je fais ça au déjeuner, alors...

Je referme mon téléphone.

– Alors... murmure Adam, en tendant la main vers moi.

Il la glisse dans mes boucles et m'attrape par la nuque.

– Alors.

J'ai le souffle coupé parce que je sais exactement ce qui va se passer.

Le Roi du Baiser est sur le point de m'embrasser.

Et il le fait. Ses lèvres se posent sur les miennes, et à cet instant précis, des frissons parcourent toute ma colonne vertébrale. Je pose une main sur le côté de son cou et je retombe lentement allongée sur le sable.

Adam pousse sa langue entre mes lèvres. Il penche le haut de son corps juste au-dessus de moi, il m'embrasse plus profondément encore lorsque j'entrouvre mes lèvres. Sa langue joue avec la mienne, et des étincelles de désir jaillissent entre mes jambes.

Je veux juste qu'il continue. Je veux rester dans cette petite bulle sur la plage, avec sa main dans mes cheveux et ses lèvres sur les miennes. Avec cette autre main qui descend le long de mon corps et passe sur la courbe de mes hanches pendant que les miennes s'accrochent à son cou.

Il a un goût de whisky et de Coca, il a le parfum de ma prochaine grosse erreur.

Ses doigts malaxent mon cul alors que notre baiser s'intensifie encore, il est plus chaud, plus désespéré, plus avide.

– Oh, mon Dieu !

Je repousse violemment Adam en entendant la voix de ma mère.

Bien sûr.

Putain. Bien sûr.

C'est ça l'histoire de ma vie, pas vrai ?

En levant les yeux, je vois maman qui nous observe.

– Euh. Salut, maman ?

– J'étais... ça ne fait rien.

Et elle fait demi-tour. Elle rentre à l'hôtel aussi vite que possible en s'arrêtant à peine pour s'assurer que les talons de ses Jimmy Choo ne vont pas s'enfoncer dans l'herbe si jamais elle rate une des dalles qui forment le chemin entre l'hôtel et la plage.

– C'est gênant, je murmure en m'éloignant d'Adam.

– Tu trouves que c'est gênant pour toi ? Ma bite fait tout ce qu'elle peut pour s'échapper de mon pantalon. Ça, c'est gênant.

Il s'assied et me regarde.

– Ah. Oui. Tu as un peu de...

Il frotte la commissure de sa bouche.

J'essuie la mienne et le rouge à lèvres qui a bavé.

– C'est bon ?

Il acquiesce d'un signe de tête.

– Allons-y. Ce sera bientôt fini de toute façon.

Il m'aide à me relever, attrape mes chaussures et glisse ses doigts entre les miens.

Je sais parfaitement où cela va me mener. Et je ne suis même pas en colère.

Chapitre six

Poppy

Parties de jambes en l'air et cocktails

Adam pose la carte magnétique sur le lecteur. Une lumière verte s'allume, il ouvre la porte. Sa main encore dans la mienne, il me tire à l'intérieur. Mon corps se serre contre le sien et nos lèvres se scellent, avant même que la porte se referme.

Il jette la clé magnétique sur le canapé et, les mains sur mes hanches, il me conduit dans la chambre. Je quitte ses lèvres un instant, juste le temps de poser ma pochette sur la table de la télé.

Les mains d'Adam se posent sur le bas de mon dos. J'agrippe le col de sa chemise pendant qu'il m'embrasse encore en me poussant légèrement en arrière. Sa langue continue de taquiner la mienne, notre baiser se fait plus intense, nous retrouvons immédiatement la fougue que nous avions lorsque nous avons été interrompus.

Je voudrais plonger mes doigts dans ses cheveux, et j'ai aussi une envie folle de lui arracher sa chemise. C'est un vrai dilemme, mais quand une de ses mains remonte le long de mon dos et saisit ma fermeture Éclair, mon choix est fait.

Mes doigts cherchent ses boutons. J'en défais deux. Il ouvre ma robe, le bout de ses doigts frôle ma peau et me procure des frissons partout où il me touche.

Mon cœur bat à tout rompre, mon clitoris pulse comme un fou.

J'ai envie de lui.

Une fois tous les boutons ouverts, je sors sa chemise de son pantalon. Il se lève pour atteindre les bretelles de ma robe pendant que je me déplace pour arracher sa chemise. La minute étrange de poussées qui s'ensuit se termine en éclat de rire.

Adam enlève alors ses manches de chemise et la jette par terre. Il m'embrasse tout en baissant mes bretelles sur mes épaules, puis le long de mes bras.

Nous tournons, il enlève ses chaussures et me pousse sur le lit. Je rebondis sur la couverture soyeuse, mais j'ai à peine le temps de m'apercevoir de sa douceur qu'Adam me pousse sur le dos et se penche sur moi.

Il m'embrasse violemment, puis ses lèvres glissent sur mon menton. Il m'embrasse dans le cou tout en faisant glisser ma robe, au fur et à mesure qu'il avance. Il se lève, la fait descendre jusqu'à mes pieds, et elle rejoint sa chemise par terre.

De ses deux mains et de sa bouche, il explore mon corps, de ma clavicule à mes seins nus, de mes tétons jusqu'à l'élastique de ma culotte. Implacable et méthodique, il embrasse chaque centimètre de peau et multiplie ses caresses.

Sa bouche s'attarde le long de la lisière de ma culotte pendant qu'il la repousse sur le côté. Il ne lui faut pas bien longtemps pour trouver mon clitoris avec sa langue et se mettre au travail. Il joue avec comme un magicien. Il sait exactement comment le taquiner. Il tournoie, tourne en rond, fait des spirales, il appuie jusqu'à ce que mes hanches se dérobent sous lui et que je puisse à peine respirer quand monte mon orgasme.

Il aime ça, il garde ma chatte dans sa bouche jusqu'à ce que je ne sois plus qu'une poupée de chiffon entre ses mains.

Puis il se lève et balance ses sous-vêtements. Il sort un préservatif de nulle part – je ne peux plus rien voir, putain, il m'a aveuglée avec cet orgasme – et il écarte mes jambes comme s'il devait reprendre sa place entre elles.

Son gland frotte mon clitoris plusieurs fois, puis il me pénètre enfin. Je ressens un soulagement dément, tout à la fois parfait et pervers. J'ignore ce qu'il me réserve, mais j'en ai envie.

J'ai envie de lui.

Il ne se retient pas. Ses mains glissent le long de mon corps pour se positionner de chaque côté de ma tête, pendant que les miennes s'agrippent fermement à son cou.

Il me baise profondément, violemment, seulement guidé par son désir. Ma chatte enserre sa queue de marbre, et chaque seconde m'excite un peu plus encore. Je sens monter l'orgasme, je l'attends, je le veux.

Mon cœur bat la chamade, mes poumons se serrent, je tente de contrôler ma respiration. Je m'accroche à lui comme à une ancre, le plaisir monte en moi. À chaque coup de queue, j'approche un peu plus de l'extase, jusqu'à n'en plus pouvoir.

Je me laisse alors aller à la vague de plaisir qui inonde mon corps. Mon orgasme est incroyablement intense, mon corps se plie, se tord. Son orgasme doit être aussi violent que le mien, vu la force avec laquelle il me serre dans ses bras. Nous chevauchons l'extase ensemble, jusqu'à nous effondrer tous les deux.

Il est doué. Super-doué. Mon vagin a envie de pleurer, de s'incliner devant sa queue. C'est la vérité.

Au bout d'une minute environ, je le repousse. Sexe torride ou pas, une fille a besoin de s'essuyer, d'enfiler une culotte. Et de faire pipi. C'est comme ça dans la vraie vie, même si les stars de porno, elles, s'endorment sur-le-champ. Moi, je ne suis pas une star du porno, et il n'y a aucune de caméra pour faire un gros plan sur moi.

Je vais me nettoyer à la salle de bains et j'attrape une culotte propre en chemin. Adam, lui, se contente d'enlever son préservatif et de le jeter dans la poubelle.

Mais cela ne l'empêche pas de se retourner et de me prendre dans ses bras.

– Qu'est-ce que tu fais ? je murmure.

– Je m'endors.

– Personne ne me touche quand je dors.

– Pas du tout ?

– Pas du tout. On ne peut pas me toucher.

Il enlève ses bras et roule sur le dos.

En soupirant d'aise, je me roule en boule contre lui.

Adam se penche et m'attrape les fesses.

– C'est un compromis, murmure-t-il.

Ok, c'est un compromis.

***

Je gémis et je me retourne. J'ai un poids d'enfer sur le ventre et je n'aime pas ça du tout. En plus, ça n'a aucun sens, puisque je ne peux pas dormir quand quelqu'un me touche.

J'ouvre les yeux, je cligne des paupières une ou deux fois et je découvre la main posée contre la mienne. Lentement, mon regard remonte le long du bras solide et bronzé, depuis la main jusqu'à l'épaule d'Adam Winters.

Comment est-ce arrivé ?

Lentement, je me dérobe et je me glisse hors du lit. Je ne porte rien d'autre qu'une culotte. En protégeant ma poitrine avec mes bras, je me dirige vers la salle de bains sur la pointe des pieds.

Là, je m'examine dans le miroir. Je suis dans un sale état. Mon rimmel a coulé, on dirait un bébé panda, et mon rouge à lèvres a bavé sur ma joue.

Je prends une lingette démaquillante et fais disparaître le désordre causé par notre partie de jambes en l'air et nos nombreux baisers. Tout en essuyant les dernières traces noires autour de mes yeux, j'entre dans la spacieuse douche à l'italienne et j'ouvre le robinet d'eau chaude.

Puis je finis de me nettoyer le visage et je jette la lingette dans la poubelle, à côté du lavabo. J'entre dans la douche, sous l'eau chaude.

Lorsque le jet puissant s'abat sur mes épaules, je prends une profonde inspiration. Il fait rouler mes muscles, et je me tords d'un côté à l'autre pour que tout mon corps profite de ce massage.

La porte s'ouvre.

Je me retourne vivement.

– Qu'est-ce que tu fais là ?

– Je viens me doucher, murmure Adam en s'avançant, complètement nu.

Il referme la porte, passe un bras autour de moi et me demande :

– Qu'est-ce que tu fais ?

– Je me douche, tout simplement. Qu'est-ce qu'on fait d'autre dans une douche ?

– J'ai une ou deux idées d'autres trucs qu'on peut faire sous la douche.

– J'en suis certaine, mais on n'est pas dans un film porno, et je veux juste me laver les cheveux.

Il se met à rire, m'embrasse sur l'épaule en plongeant sa tête sous le jet.

– Alors, vas-y, lave-toi les cheveux.

– Je vais probablement te frapper au visage.

– Je crois que je survivrai.

Je fais les gros yeux et j'attrape le shampoing que j'avais posé là hier après-midi. Mes cheveux ont un mélange étrange de roux naturel et de teinture roux orangé. Presque un dégradé. Je porte ma couleur naturelle aux racines et un roux plus clair et plus vif aux pointes. Ça rend ma mère folle, mais ce chatoiement me correspond mieux que le roux cuivré, plus sombre.

Je dépose une bonne dose de shampoing dans mes mains et je les frotte l'une contre l'autre. Je réussis ensuite à atteindre ma tête sans cogner Adam au visage et je fais mousser le shampoing. Je rince, j'attrape l'après-shampoing.

Cette fois, je n'ai pas autant de chance.

Mon coude cogne sa mâchoire.

– Putain !

Il s'écarte.

– Je te l'avais dit ! je lui lance en me retournant, tout en me passant de l'après-shampoing dans les cheveux. Je t'avais prévenu que j'allais te cogner.

– Non, tu as dit que tu allais me filer une baffe.

Il se masse la mâchoire.

– Mais pas un putain de coup de coude dans la mâchoire.

– Peu importe. Tu connaissais le risque. Pff.

Je me retourne et je rince l'après-shampoing. Je penche ensuite ma tête en arrière pour parfaire mon rinçage.

Quand tous mes cheveux sont bien rincés, je me retourne vers Adam. Les cheveux pleins de mousse, tout savonneux, il m'attrape les mains.

– Retourne-toi, murmure-t-il en attrapant une éponge sur la petite étagère en plastique.

– Je peux me laver seule.

– Bien sûr, tu peux, mais tais-toi.

Il savonne l'éponge, me retourne, puis parcours mon bras de haut en bas. De l'eau chaude et savonneuse coule sur ma peau. Il me pousse hors du jet de la douche et se met à me frotter le dos. L'éponge se déplace lentement sur mes épaules et le long de mon autre bras.

C'est bizarre. Personne n'a jamais fait ça pour moi, du moins pas depuis que j'ai six ans. Il y a quelque chose d'étrangement sexy dans le fait qu'Adam se serve d'une éponge pour explorer mon corps.

Hmm. Sexy.

A-t-il envie de baiser sous la douche ?

Mon Dieu. Ce n'est pas mon truc. Je serais plutôt du genre à glisser sur le savon. Mais qui dit que j'ai besoin de savon ?

– Euh, Adam ?

– Ouais ?

– On ne va pas faire l'amour sous la douche, n'est-ce pas ?

Adam arrête son geste, puis il me retourne et me fait faire un pas en avant pour que mon visage ne soit pas aspergé par le jet d'eau.

– Pourquoi ? demande-t-il en haussant un sourcil. C'est une proposition ?

Je secoue la tête.

– Non, je dis que si tu essaies, je vais encore te filer un coup sur la tronche.

– Ne brise pas mes rêves, Red.

Je soupire.

– Ce n'est pas parce que tu ne m'écoutes pas, idiot. Mais parce que je peux glisser sur le tapis de bain. Tu comprends ?

– Je comprends.

Il m'attrape par les épaules et nous fait tourner lentement jusqu'à ce que son dos soit sous l'eau.

– Désolé. J'ai froid. Tu peux glisser sur le tapis de bain ?

– Maintenant, c'est moi qui ai froid ! (J'ouvre la porte de la douche et j'attrape un drap de bain sur le sèche-serviettes.) Oui. Et je n'ai même pas de rollers.

Wouah, voilà comment je passe pour une adulte bonne à rien.

Il rit en se rinçant, puis ferme les robinets, me rejoint et m'examine.

– Tu es sûre que tu devrais rester sur le carrelage ? Je veux dire, je sais pratiquer les premiers secours, mais pour ta sécurité...

J'attrape une deuxième serviette pour m'envelopper les cheveux.

– Si je tombe, je vais t'entraîner avec moi.

– Il est hors de question que tu m'entraînes par terre avec toi.

– Je ne parle pas de ton corps en entier.

Je fixe résolument sa bite. Puis je me retourne et je remonte mes cheveux pour pouvoir les envelopper dans la serviette.

– Dans ce cas, laisse-moi prendre une serviette et je te porte dans la chambre. Je préfère que tu ne mettes pas ma bite hors service.

– Pourquoi ? (Je me redresse et je fais une pause.) En fait, je veux dire... Je ne sais pas pourquoi je t'ai demandé ça. J'ai besoin d'un café.

Adam se met à rire et glisse sa serviette autour de sa taille. Puis il passe derrière moi et pose ses mains sur ma taille.

– Allez, Red. Je te porte jusqu'à la moquette de la chambre sans que tu te venges sur mon pénis.

– Je suis parfaitement capable de... Woua-ahh !

Mon pied glisse. Mon cœur s'arrête. Toute ma vie défile devant mes yeux dans un brouillard de cheese-cakes et de tee-shirts aux messages salaces.

Mais je n'atterris pas sur les fesses.

Je serre mes poings sur mes yeux. Le corps vigoureux contre lequel je suis appuyée tressaute et un rire retentit à mon oreille.

– Parfaitement capable, hein ? murmure Adam.

Ses lèvres me frôlent l'oreille. Mais il ne lâche pas prise, son bras enserre fermement ma taille.

– Je l'aurais été si tu n'avais pas parlé de ta bite. Tout ça, c'est de ta faute.

– Bien sûr, vas-y ! Tu n'as qu'à t'en prendre à ce qui t'a fait hurler dans un oreiller la nuit dernière.

– Eh bien, là, j'aurais hurlé au meurtre si mon cul avait touché le carrelage.

Je m'avance sur la moquette et je le regarde.

– Je te remercierais volontiers de m'avoir sauvé la vie, si ce n'était pas toi la cause de ma mort quasi imminente.

– Je comprends mieux les psychodrames qui se déroulent dans votre famille.

– Je me contente de te préparer pour aujourd'hui. Tu vas passer toute la journée avec ma famille. Ça t'excite ?

Adam finit par me libérer. En s'avançant vers les portes du placard, il me jette un regard en coin.

– Oh oui. J'ai hâte. Ton grand-père arrive aujourd'hui, non ?

Je jette un coup d'œil à l'horloge sur le mur.

– Juste après le déjeuner. Dieu merci, j'ai reçu l'ordre de tester tous les cocktails.

– Tous les cocktails ? Combien y en a-t-il ?

– Six. Je dois en choisir trois.

– Ça a l'air amusant. Tu aurais besoin d'un coup de main ?

Je luis répons, ironique :

– Tu veux déjeuner avec ma mère ? Tu penses bien qu'elle ne me fait pas assez confiance pour me laisser accomplir une tâche d'une telle importance toute seule !

Il dénoue sa serviette et ouvre la porte du placard en me regardant.

– Sérieusement ? Elle ne peut même pas te laisser t'occuper des cocktails ?

– Voilà comment va se passer la journée. Ma mère va flipper comme une folle jusqu'à ce que mon grand-père arrive, sain et sauf. Quand il sera là, il va se mettre à raconter à tous ceux qu'il rencontre une histoire excentrique et loufoque sur sa vie aventureuse. Ça va rendre ma sœur dingue, car même si les parents de Mark sont habitués, ce n'est pas le cas des autres invités. Quelque chose va inévitablement mal tourner, parce que c'est comme ça que ça fonctionne dans cette famille. Rosie va faire sa Bridezilla (elle est déjà au bord du gouffre) et maman va flipper parce qu'elle flippe. Mon père va planquer sur lui une petite flasque de whisky, et moi je vais me glisser dans un coin reculé de l'hôtel et lui piquer cette flasque.

Adam cligne des yeux.

– Est-ce que je peux avoir soudain un impératif familial ? Je sais que j'ai dit que je pouvais gérer, mais après avoir rencontré ta mère... je le dis de la façon la plus gentille possible, mais elle peut être encore pire que ça ?

– Oh, Hockey Boy. Tu n'as pas idée.

Chapitre sept

Poppy

La vie est une plage...
mais c'est aussi une chienne de vie

– Très bien, dit Adam en brandissant un morceau de melon. Qu'est-ce qui est prévu entre maintenant et les cocktails de ouf au déjeuner ?

– D'abord, il faut qu'on te dégote un déguisement. Je n'ai pas la moindre idée de qui était cette môme, mais j'aimerais beaucoup qu'elle me rende mon tympan intact.

– Elle n'a pas crié si fort que ça.

Je déchire un croissant en deux et le frappe avec d'un coup sec.

– Adam, elle a crié si fort qu'à un moment, seuls les chiens étaient encore capables de l'entendre. Et ces chiens-là se trouvaient en Europe.

– Au moins, nous étions à l'extérieur...

– Tu venais tout juste de partir courir. Dieu sait pourquoi tu as fait ça après la douche...

– J'avais prévu d'y aller avant, mais bon, tu étais toute nue.

– Ce n'est pas une excuse. Parce quand tu es revenu, j'avais très faim.

– Tu aurais pu manger sans moi.

– Pas avec cette fille qui s'est mise à hurler comme une môme de treize ans qui rencontre Taylor Swift.

Il penche la tête de côté.

– Pour être honnête, elle était plutôt sexy.

– Ce n'est pas le sujet.

Il tend ses mains en signe de dénégation.

– Ce n'est pas ma faute si je suis un beau, riche et célèbre joueur de hockey !

Je cligne des yeux.

– Sauf si quelqu'un t'a mis un pistolet sur la tempe et t'a forcé à devenir un beau, riche et célèbre joueur de hockey, si, c'est ta faute.

– J'ai horreur d'être d'accord avec toi, mais tu as raison. J'ai absolument tout choisi, sauf la partie beauté. Sur ce coup-là, j'ai eu de la chance.

– Pff. À partir de maintenant, je vais me mettre à faire du sport pour être certaine que je ne me retrouverai plus jamais, au grand jamais, en train de flirter devant une omelette pendant un mariage, je marmonne avant d'avaler une bouchée de croissant.

– Je suis le parfait flirt de mariage.

J'engloutis la viennoiserie, mais je laisse retomber la dernière bouchée dans mon assiette.

– Depuis ton arrivée, mon père, mon neveu, mon futur beau-frère, ma sœur, trois cousins, et maintenant une adolescente que je n'avais jamais vue de ma vie, t'ont fait des avances.

– Pour être tout à fait juste, dit Adam en ramassant sa tasse de café, toi aussi tu m'as fait des avances.

– Je ne fais pas d'avances aux gens. Je ne suis fan de rien du tout ni de personne.

– À part des tee-shirts à messages.

– C'est un débardeur, et c'est plutôt un message d'intérêt public.

– Il est écrit : « Pas aujourd'hui, Satan ».

– Quelle est la partie de « ma mère est là » que tu ne piges pas ?

Il manque s'étouffer avec son café. En fait, il s'étouffe.

Il doit reposer sa tasse et taper du poing contre sa poitrine.

– Désolée. Je ne voulais pas te tuer. Mais c'est une revanche pour le truc de la salle de bains de ce matin.

– Quel truc de la salle de bains ? demande la voix pointue de... allez, devinez... ma mère.

Adam tousse de nouveau et s'écarte.

Trouillard.

Je raconte un bobard en ramassant le morceau de croissant que j'ai jeté une seconde plus tôt.

– En sortant de la douche, il a laissé derrière lui le sol trempé. J'ai failli mourir.

Maman hausse les yeux au ciel.

– Inutile d'être si dramatique, Poppy.

Adam parvient à répondre,

– C'est ce que je disais, je l'ai rattrapée. Elle allait bien. Elle n'a pas failli se blesser et encore moins mourir.

– C'est ce que tu crois.

Les yeux bleu foncé de maman nous dévisagent, l'un après l'autre.

– Petit déjeuner tardif ?

On dirait un chien devant un os. Un gros os en pierre que seul un diamant pourrait entamer.

– Oui. Adam devait aller faire de l'exercice, et on a décidé qu'on prendrait le petit déjeuner ensemble puisque je dois passer le reste de la journée à préparer des trucs pour le mariage.

– Ça paraît logique. Tu as vu ta sœur ? Ou votre père ? Il est censé aller chercher ton grand-père, et j'ai quelque chose à demander à Rosie.

– Tu sais que tu peux lui envoyer des SMS, n'est-ce pas ?

– Poppy.

– Maman.

Adam me jette un regard.

Je me recule sur mon siège pour que l'inscription sur mon tee-shirt soit bien visible.

Les yeux de maman s'arrêtent dessus.

– Tu dois absolument porter des hauts aussi ridicules ?

– Ils sont doux et confortables. Mais non, je n'ai croisé aucun des deux. Si je les vois, je leur ferai savoir que tu les cherches.

Elle hoche la tête.

– Bien. Je vais parler à l'organisateur du mariage. Il y a un problème avec le plan de table.

– C'est Rosie qui a fait le plan de table.

– Peut-être, mais je pense que l'organisateur s'est trompé. Il faut que je lui parle.

Le plan de table est la seule chose sur laquelle ma sœur refuse que quiconque intervienne, la conversation va donc prendre un tour fabuleux.

– Bon, d'accord, dis-je avec lassitude.

Maman détourne son attention sur Adam. Après un instant de silence, elle lance :

– Pourrai-je vous voir au déjeuner, Adam ?

Il s'essuie le coin de la bouche avec sa serviette et se redresse.

– Absolument. J'aimerais bien connaître un peu plus la famille de Poppy. Vous semblez être un groupe tout à fait fascinant.

Excusez-moi. J'ai besoin d'aller vomir.

L'expression renfrognée de maman disparaît.

– Eh bien moi, j'ai hâte d'en savoir plus sur le petit ami de ma fille dont j'ignorais l'existence.

Espèce d'enfoirée.

– Je ne suis pas obligée de tout te dire, maman.

– Nous ne nous connaissons pas depuis tellement longtemps, ajoute Adam avant que maman puisse répondre. Honnêtement, je n'étais pas sûr de pouvoir venir ce week-end en raison de mes obligations professionnelles, c'est probablement pour cela qu'elle ne vous en a jamais parlé. Je suis sûr qu'elle ne voulait pas vous contrarier en changeant tout à la dernière minute.

Merde. Il est fort.

Presque trop fort.

Comme le prouve le regard aigu que maman lui lance avant de réagir.

– C'est logique, siffle-t-elle enfin entre ses dents.

Vous voulez savoir comment je le sais ?

Elle a déjà fait preuve d'une extrême méfiance par le passé. On ne change pas d'idée parce qu'un mec sexy vous sourit.

D'accord, moi peut-être, mais pas ma mère. Et le bouton de mon pantalon est probablement beaucoup moins serré que le sien.

En tout cas, je l'espère.

– Donc, au déjeuner. On se retrouve au bar de la plage. Ils servent aussi à manger, et je pourrai t'aider pour les cocktails, dit maman en se tournant vers moi.

Je lève ma tasse de café comme pour porter un toast.

– À toute, maman. *Satan. Qui que tu sois.*

– J'ai hâte d'y être.

Adam lui fait le plus beau sourire dévastateur que j'aie jamais vu.

Sérieux.

Toutes les petites culottes des femmes, dans un rayon de quinze kilomètres ?

Pouf.

Disparues.

Juste comme ça.

Ronge ton frein, David Copperfield. Je parie que tu ne peux pas réussir à faire ça.

Les joues de maman rosissent et, un très court instant, elle semble troublée.

– Super. Génial. Fantastique.

Je hausse les sourcils, elle me jette un regard avant de faire demi-tour et de s'éloigner.

Adam se met à rire.

– Est-ce que tu viens de flirter avec ma mère par hasard ?

Et je repose bruyamment ma tasse.

Il secoue la tête.

– Je l'ai charmée.

– C'est la même chose. La dernière fois qu'elle a été aussi troublée, c'était à un concert des Pink Floyd, et si mon père ne m'en avait pas montré la preuve, sous la forme d'une photo, j'aurais juré qu'il me racontait des craques.

Il se met à rire.

– Je ne suis pas les Pink Floyd. Mais je me dis que ça ne nous fait pas de mal qu'elle m'apprécie.

– Quoi ? Comme si la semaine prochaine à la même heure, tu allais encore être mon petit ami ?

– Non. Mais à moins que tu veuilles qu'elle découvre ton mensonge...

Je lui tends une tranche de bacon bien croustillante.

– Ne va pas par là. Je ne veux pas jouer à ce jeu-là. Je risque suffisamment gros comme ça.

– Ce n'est pas une partie de poker, Red.

– Vraiment ? Ça pourrait très bien en être une. Ma sœur et mon futur beau-frère savent que notre relation est une imposture. Ma mère est une espèce de Sherlock doté d'une paire de seins, et à l'instant où mon père va se poser la question, eh bien, je serai fichue. Alors si, si. C'est bien du poker. C'est le poker de la famille Dunn, et la seule personne qui risque de se faire avoir, c'est moi.

Lentement, ses lèvres remontent pour former le sourire le plus beau, le plus sexy de la terre.

– J'essaie de prendre pour argent comptant ce que tu veux dire, mais j'admets que j'ai un mal de chien.

Quoi ?

Je le dévisage et voilà... ça commence.

Techniquement, je suis en train de me faire avoir par lui aussi.

Oh, mon Dieu !

– Je refuse d'avoir cette conversation, je marmonne en tendant la main vers ma tasse de café. Il est trop tôt.

– Non, il était trop tôt pour discuter de la façon dont tu as glissé par terre, sans parler de la douche.

Je lève les yeux au ciel.

– Peu importe. Tu vas venir choisir les cocktails avec moi ou juste déjeuner ?

– Les deux.

– Pourquoi ? Pour pouvoir apprivoiser ma mère ?

– Non, parce que je suis ton petit ami et que je dois passer tout le week-end avec toi.

Il ne bouge pas d'un cil. Ses lèvres ne tremblent même pas.

– Je ne sais pas comment tu peux dire ça en restant aussi impassible.

– Moi non plus, mais c'est assez convaincant, hein ?

– Si je ne savais pas que tu es le roi de faux-culs, bien sûr.

Adam s'approche en souriant et chipe mon dernier morceau de bacon dans mon assiette.

– Tu sais, je lance en tentant d'avoir l'air aussi impassible que lui, c'est la meilleure façon pour te faire larguer.

– Tu ne me largueras pas. Je suis un riche, beau et célèbre joueur de hockey, tu te souviens ?

Je glisse un regard vers les trois ados assis à deux tables de nous. Adam fait de même en leur adressant un sourire. Les deux garçons lui rendent son sourire et se mettent à chuchoter, la fille rougit avant de décrocher son téléphone.

– En réalité, je pense que c'est la raison idéale pour te larguer.

– Ouais, sauf qu'il faudrait déjà que tu sortes avec moi.
Je lui balance une serviette propre à la figure.
– Tais-toi.

***

Rosie : J'EN AI MARRE.

– Oh non, dis-je en repoussant mes lunettes de soleil pour mieux voir l'écran.
– Quoi ?
Adam se tourne vers moi, en cachant le soleil avec son bras.
– Tu te souviens, ma mère nous a dit qu'elle devait parler à Rosie du plan de table ?
– Oui...
– Bridezilla s'est réveillée.
Comme moi, il se retourne sur le ventre et se penche sur ma serviette, en inclinant mon téléphone.
– Comment est-ce que les mots « j'en ai marre » peuvent vouloir dire Bridezilla ?
– Il faut bien reconnaître qu'elle et moi, nous avons des tempéraments complètement différents.
– Quoi ? Tu veux dire qu'elle n'est pas impétueuse, sarcastique et limite salope comme toi ?
– Tu veux que je te morde la prochaine fois que je te taille une pipe ?
– Ça dépend. Tu mordras fort ou pas ? Un petit coup de dent, ça ne me dérange pas, mais il y a une limite, c'est sûr.
Je le regarde par-dessous le rebord de mes lunettes, et mon téléphone sonne dans ma main.

Rosie : JE SUIS SÉRIEUSE POPPY. JE VAIS LA TUER.

– Oh, non, elle continue à m'emmieller.

– Ça existe ce mot-là ?

– Ma sœur docile, patiente et tolérante me fait comprendre qu'elle veut buter ma mère, et toi tu t'inquiètes de savoir si le mot « emmiellier » existe ?

– C'est un réel souci.

– Hockey Boy, tu es limite d'intégrer ma liste noire, je te préviens.

– Je n'y suis pas déjà inscrit ? Tu m'as balancé de sacrés scuds ce matin, Red.

– C'est l'habitude, vu mon charmant caractère. Tu vas devoir faire semblant d'apprécier puisque tu es mon petit ami et que tu es déterminé à apprivoiser ma mère.

– Sans vouloir t'offenser, Red, tu ne vas pas recommencer ça de sitôt.

– Bien sûr que non. Ma relation avec ma mère est basée sur une tolérance mutuelle et notre amour commun et légèrement malsain des cacahuètes. Je ne peux pas être à la fois dingo et douce, Adam.

– Je ne sais absolument pas quoi répondre à ça.

– Fais ce que font tous les bons petits copains. Souris et hoche la tête comme si tu comprenais, et ensuite mets-moi la main au cul.

Il me sourit, me fait un signe de tête, tend la main et la pose sur mes fesses. Et il me donne une claque.

Il apprend vite.

Je hoche la tête.

– C'est mieux. Tu t'améliores.

– Je m'améliore ?

– Oui, tu fais des progrès. J'aime bien que mes petits amis soient des connards légèrement possessifs pour pouvoir les engueuler. C'est comme ça que je prends mon pied.

– Tu te fous de moi ou quoi ?

– Elle emmerde tout le monde. C'est comme ça qu'elle prend son pied, lance ma sœur en s'approchant de nous. Pourquoi tu ne réponds pas à mes textos ?

J'écarquille les yeux et je les planque derrière mes lunettes de soleil.

– Pourquoi tu caches tes yeux ?

– Le soleil me fait mal.

– Le soleil est derrière toi.

– Il se reflète sur ta montre. Hé, tu es qui ? La police des lunettes de soleil ?

– Poppy ! C'est sérieux !

Elle se laisse tomber sur le sable devant moi.

– Elle t'a dit qu'elle avait changé mon plan de table ?

Je verrouille mon téléphone et je le range dans mon sac de plage préféré. Il ne m'a pas coûté cher, mais sa doublure empêche le sable de s'y infiltrer, et comme mon écran est un peu fissuré... ceci explique cela.

– Elle m'a dit qu'elle cherchait l'organisateur du mariage, j'admets avec lassitude.

– Et tu ne l'en as pas empêchée ?

– Hé ! Je ne suis pas un lutteur de sumo. Je lui ai dit que tu te chargeais personnellement du plan de table et que cela ne concernait pas l'organisateur, mais visiblement, elle s'en fichait.

– Super.

Rosie passe une main dans ses cheveux et baisse la tête.

– Poppy, est-ce que tu comprends à quel point c'est le bordel ? Elle se mêle de tout ce qui ne la regarde pas !

J'ai envie de citer Harry Potter, mais je décide de ne pas le faire. Je ne pense pas que ça serait apprécié.

– Je comprends. Mais vraiment, qu'est-ce que j'aurais bien pu faire ? L'empêcher de rejoindre l'organisateur de mariage ?

– Oui !

– Je prenais mon petit déjeuner !

– Et la bouffe, c'est plus important que mon mariage ?

– Quand je suis affamée et que j'ai poireauté pendant que ce type prenait sa douche ? Ouais. Désolée, Ro. Rien n'est plus important que la bouffe.

Adam s'éclaircit la voix.

– Pour ma défense, je ne t'ai pas fait attendre.

– Tu te tais ! (Je pointe mon doigt vers lui.) Tu es de mon côté.

Ma sœur gémit et repousse ses cheveux en s'asseyant.

– Tu es censé être de mon côté.

– Non, c'est mon pseudo-mec. Il ne peut pas être de nos deux côtés à la fois.

– Poppy !

– Rosie !

– Tu dois faire quelque chose !

Je la regarde fixement pendant une seconde.

– Je peux engager un tueur à gages.

Adam s'étouffe avec la gorgée d'eau qu'il vient tout juste de boire.

– Je ne veux pas qu'elle meure, dit Rosie. Je veux juste qu'on la mette sous sédatif.

– On pourrait la saouler, suggère Adam.

Les yeux de Rosie s'éclairent.

– Non !

Je me secoue et m'assieds sur ma serviette,

– Non. Je ne vais pas la saouler. C'est hors de question.

Rosie agrippe mes mains et se penche en avant.

– S'il te plaîîît, Pops. S'il te plaît. J'ai besoin qu'elle soit HS pendant quelques heures. Elle me rend dingue.

Je la regarde dans les yeux.

– C'est toi qui me rends dingue.

– Tu sais quoi ? Fais picoler maman, et j'arrêterai.

– J'ai été le témoin de ton adolescence. J'aurais dû savoir qu'il fallait que je sois malade le week-end de ton mariage.

Elle fait la moue.

– Tu n'aurais manqué pour rien au monde mon mariage.

– Je ne sais pas. Si c'est juste le début et que ça continue comme ça, ce soir je vais avoir une intoxication alimentaire.

Rosie s'avance et attrape mon oreille comme elle le faisait quand nous étions enfants. Elle la serre fort et la tord un peu.

– Si tu as une intoxication alimentaire je t'achève ! Je t'enterre vivante !

– Ah ! Ah ! Ahhh ! Lâche mon oreille, salope !

J'arrache sa main de mon oreille,

– D'accord. Pas d'intoxication alimentaire. Je serai là. La parfaite sœur dévouée. Je chanterai tes louanges...

– S'il te plaît, abstiens-toi de chanter.

– Ok. Je ne veux pas casser les vitres.

– Tu ne peux pas chanter aussi faux que ça, s'étonne Adam.

– Ah, soupire Rosie. Tu parles comme un vrai petit copain bidon.

– Attention. Nous nous efforçons de garder le secret. Ne fais pas de gaffes.

La tête de Rosie balance de gauche à droite. Elle scrute les environs.

– Il n'y a personne autour de nous. Arrête de paniquer. Laisse tomber. C'est comme la fois où Poppy avait tenté de convaincre nos parents que, malgré le préservatif utilisé dans sa chambre, elle n'avait pas perdu sa virginité.

Adam me jette un regard amusé. Ses lèvres se recourbent sur le côté et un de ses sourcils charbonneux remonte :

– Voilà une histoire que je ne connais pas.

– D'abord, dis-je en levant un doigt en l'air, c'est totalement faux. Ma perte de virginité s'est avérée très décevante On parle là de quatre-vingt-dix secondes très décevantes. Je ne pense même pas l'avoir senti. Et le préservatif n'était pas à moi.

Et je termine en regardant fixement Rosie.

Elle lève les yeux au ciel.

– J'étais un véritable démon. Je n'avais pas fait l'amour sur son lit et elle était encore vierge à l'époque, mais c 'était marrant de la voir galérer pour tenter de s'en sortir.

Adam sourit toujours. Je craque.

– Arrête de me regarder comme ça.

– Non.

– Pourquoi non ?

– Je pense au pauvre type qui t'a volé ta virginité, il n'a pas eu de chance.

Je le regarde fixement.

Ma sœur me prend ma bouteille d'eau et en boit une gorgée, tout en nous observant, l'un après l'autre.

– Tu n'aurais pas dû dire ça.

J'arrache la bouteille à Rosie.

– Ah tu crois ?

Le téléphone de Rosie se met à sonner. Elle l'attrape et l'éteint, puis elle nous regarde.

– Tu ne réponds pas ?

– Non. Pas tant qu'il ne s'explique pas. C'est son moment décisif, s'il veut être ton véritable petit copain.

Bon Dieu. Il faut vraiment que je me sorte de ce pétrin.

Adam tousse dans sa main et se rassied.

– Je n'ai pas très envie de clarifier ça devant toi, Rosie.

– Pourquoi ? Je ne suis pas vierge. J'ai déjà expulsé un être humain de mon vagin devant une pièce remplie de monde. Tu ne peux pas m'embarrasser.

Il passe sa main sur son menton et termine son geste par un coup de pouce sur sa lèvre inférieure.

– Très bien. (Son regard glisse vers moi, il a toujours sa main repliée et son pouce toujours dangereusement positionné près de sa bouche.) Il a raté son coup, il ne saura jamais à quel point tu es une bonne suceuse.

J'en reste bouche bée.

Rosie aussi.

– Je...

Elle se tait et se retourne sur le sable.

– J'ai besoin de... euh... de me cacher de maman. Ok. Salut.

Les joues écarlates, elle court sur le sable chaud et mou jusqu'à être hors de portée.

Je frappe le bras d'Adam.

– Putain, pourquoi tu as dit ça ? Tu n'as aucune idée de mes capacités de suceuse !

– Je le sais.

Il sourit, et ses yeux rient eux aussi.

– Mais elle ne sait pas que je ne le sais pas. Et comme ça, on s'est débarrassés d'elle, non ?

– Oui, mais... mais... (Je bafouille.) Ce n'est pas la question !

– Mais si. Regarde-moi. Elle était venue te convaincre de distraire ta mère. Tu n'étais pas d'accord. Je t'ai tirée d'affaire.

– Je...

Je ne sais plus quoi dire.

– Tu vois ? (Il tend les mains et hausse les épaules.) Ça a marché. Tu ne lui as rien promis, tu n'es donc pas obligée de faire autre chose que de distraire ta mère pendant la dégustation des cocktails.

– Tu... es un génic.

– J'ai été capitaine d'une équipe masculine pour la Coupe Stanley la saison dernière, déclare-t-il simplement. Et puis, j'ai grandi au milieu de quatre sœurs et je n'en suis pas mort.

– J'ai plus de respect pour cette dernière partie. Moi, j'ai grandi avec une seule sœur et nous avons failli nous entre-tuer au moins une douzaine de fois.

– En tout ? C'est plutôt bien.

– Non. En un mois. J'ai failli allumer un incendie lorsque j'ai laissé son fer à friser allumé pendant qu'elle dormait.

– Pourquoi as-tu fait ça ?

– Elle avait volé mon journal. J'ai brûlé son ours préféré.

– Comment faites-vous pour être encore bonnes copines ?

Je hausse les épaules.

– C'est les hormones.

– C'est plausible. (Il fait une pause.) Mais j'ai quand même réussi à te sortir de ce guêpier. Maintenant, tu me dois une faveur.

– Tu n'as pas beaucoup de temps pour recevoir ton dû. Ton temps est compté, tu te souviens ?

– Je sais.

Ses lèvres s'écartent et il me pique ma bouteille d'eau, comme ma sœur avant lui. Il en avale une gorgée avant de la reboucher et de la reposer dans le sable.

– Je me dis que tu vas devoir payer ton dû maintenant.

Je le regarde une seconde, puis je m'agenouille sur le sable chaud entre nos serviettes. Mes orteils creusent jusqu'à ce qu'ils trouvent du sable plus frais et plus humide. Ma main l'attrape par la nuque pour pouvoir l'embrasser.

Mes lèvres trouvent les siennes aussi sûrement que si elles possédaient un radar. C'est facile. Trop facile. Trop simple pour ma bouche de trouver la sienne et de l'embrasser. Comme si mes lèvres étaient faites pour trouver les siennes.

Adam pose une main sur mes hanches, m'attire à lui, glisse son autre main dans mon dos. Ma main gauche tombe sur sa jambe gauche, mes ongles s'enfoncent dans sa cuisse bronzée.

Je taquine ses lèvres avec ma langue, je le supplie de me laisser entrer dans sa bouche. Il le fait en répondant à mon baiser avec la même vigueur.

Des étincelles dansent sur ma peau. Peut-être est-ce à cause du soleil brûlant qui nous frappe ou peut-être est-ce la façon dont ses doigts caressent mon dos nu, mais pas une seconde je n'ai l'impression que c'est mal.

Pas une seconde cela ne me paraît bidon.

Cela semble réel.

Très, très réel.

Je fais glisser mes dents sur sa lèvre inférieure, puis je me recule vers ma serviette.

– C'est une bonne réponse, murmure Adam.

Il rajuste son short tout en s'allongeant.

– Je sais, dis-je, en m'assurant que mes lunettes de soleil sont bien en place. Si je peux faire ça à ta bouche avec ma langue, imagine ce que je peux faire à ta bite.

Son brusque gémissement est tout ce dont j'ai besoin.

Tout comme la façon dont il tire sur sa ceinture lorsqu'il roule sur le ventre.

Je le regarde en me mordant l'intérieur de la joue.

Je suppose qu'il vient de prendre une précieuse leçon sur la façon de déconner avec une rouquine.

Spoiler : On ne déconne pas avec une rouquine.

Chapitre huit

Poppy

Rouquines et diablesses

Je me suis toujours demandé à quoi je ressemblerais si j'étais une figurine Funko Pop. Je dis ça au hasard, je sais, mais est-ce qu'ils réussiraient à reproduire mes seins avec précision ? Je ne suis pas totalement une Pamela Anderson, mais si une chose chez moi a besoin d'être immortalisée, ce sont bien mes seins.

Dieu sait que personne n'a envie que ma façon d'agir soit immortalisée.

Même pas moi.

Cependant, c'est cette attitude qui va me permettre de traverser ce fichu mariage. Mon grand-père a atterri et, lors du dernier appel téléphonique de mon père, il hurlait sur les employés de l'aéroport pour savoir où se trouvait sa valise.

Cinquante dollars qu'elle se trouve sur le carrousel à bagages.

En fait, je parierais bien cent dollars. J'en suis sûre. Surtout parce que je connais la chanson. À Noël dernier, c'est moi qui avais été chargée de l'accueillir à l'aéroport et de le livrer en toute sécurité chez mes parents.

Et devinez quoi ? Il a hurlé sur le personnel de l'aéroport et j'ai trouvé ses bagages exactement là où ils devaient être. Sur le carrousel, en train de tourner.

Je soupire et je me mets à brosser mes boucles sur le côté, par-dessus mon épaule, en me regardant dans le miroir. Je les tresse ou pas ? C'est une vraie question. Un chignon, pas de chignon ? Voilà l'autre question.

Est-ce que je cours le risque qu'ils se mettent à friser au moment le plus chaud de la journée ou est-ce que je prends l'initiative de les attacher avant qu'ils ne décident pour moi ?

Je souffle un coup et je bascule la tête en avant, puis je rassemble mes cheveux. En me redressant, je sors ma frange de la masse et je noue mes cheveux sans trop les serrer. Une autre attache me permet de faire un chignon magnifiquement destructuré à partir de ma queue-de-cheval.

Wouah.

Je parie que je n'arriverais pas à le refaire si j'essayais.

– Prête ?

Adam sort de la chambre en jouant avec le bouton de son short.

– Pour déjeuner avec ma mère ? (Je me tourne vers lui et je le regarde, l'air inexpressif.) J'ai hâte.

Il rit et ajuste la manche courte de sa chemise blanche.

– C'est quoi, une heure ? Ensuite elle recommencera à suivre ta sœur partout. Tu peux sûrement accorder à Rosie une pause de soixante minutes.

– Oh non ! Je me suis moi-même engluée dans la culpabilité toute ma vie. Il est hors de question que j'en reçoive une couche de plus de la part mon petit copain bidon.

Je lui fais un signe du doigt avant de me retourner vers le miroir pour peaufiner mon maquillage.

– Eh oui, je peux lui offrir une pause, mais ça ne veut pas dire que cela doive me rendre heureuse.

– Il t'arrive de t'entendre avec elle ?

– Oui. Quand je suis à Orlando et qu'elle est à Key West.

– Je veux dire, quand vous êtes ensemble.

– Dans la même pièce, ensemble, ou en train de discuter ensemble ?

– Là, tu es juste lourde, Red.

J'applique un dernier trait de mascara sur mes yeux, puis je m'interromps, bâtonnet à la main, et je croise son regard dans le reflet du miroir.

– Vu la façon dont tu as atterri ici, je pensais que tu savais que « lourd » était mon mode de fonctionnement par défaut.

– C'est mignon et lourd à la fois.

– Comment connais-tu la différence ?

Il se désigne du doigt.

– Quatre sœurs. J'ai grandi au beau milieu d'attitudes lourdingues. Je pourrais reconnaître ce genre de réaction les yeux bandés et les mains menottées dans le dos, à au moins cent kilomètres de distance.

– Wouah. Voilà quelqu'un de rudement couillu.

– Je pensais que nous avions vérifié la chose la nuit où nous nous sommes rencontrés.

Mes joues s'empourprent. Bon sang. Pourquoi est-ce que je rougis comme une idiote ? Ah, c'est vrai. Je suis rousse et tellement pâle de peau que je ressemble à une parente éloignée de Casper le gentil fantôme, ce qui signifie qu'on peut me voir rougir à un kilomètre.

Adam sourit.

– Tu es adorable quand tu rougis.

– Merci mon Dieu, c'était mon but dans la vie. Être adorable. Maintenant, je peux l'écrire au néon sur ma tête de lit.

– Sera-t-il aussi noir que ton âme ?

– Rouge, en fait.

– Pour qu'il soit assorti à tes cheveux ?

– Non. Rouge pour se confondre avec ton sang lorsque je te truciderai dans ton sommeil.

Je remets le bâtonnet dans son tube et le range dans ma trousse de maquillage.

– Je m'en souviendrai. Et je planquerai tous les objets contondants.

Je me retourne et m'appuie contre le lavabo.

– Qui a dit que j'avais besoin d'un objet contondant ?

– Tu as raison.

Il s'avance et me coince contre le comptoir. Le bout de ses doigts effleure mes poignets, puis ses mains s'agrippent au comptoir. Je n'ai aucun moyen de lui échapper.

– Les palets de hockey sont des armes mortelles. J'ai vu des gens être gravement blessés plus souvent que tu ne peux l'imaginer.

– J'ai toujours dit à mes parents que le sport était dangereux.

– C'est pour ça que tu n'en pratiques aucun ?

– Non. Je n'en pratique pas parce que je m'en fiche royalement.

Il cligne des yeux une seconde. Puis ses lèvres se tordent et il éclate de rire. Son front repose sur mon épaule et tout son corps tressaute.

– J'ai fait une blague que je ne comprends pas ?

Il glousse en se redressant pour me regarder,

– Non, ton honnêteté est si rafraîchissante. Chaque fois, j'ai un peu plus l'impression que tu n'as pas idée de ce que tu dis.

– Tu veux dire que je mens ?

– Ne déforme pas mes paroles.

– Merde. Je déteste quand les gens me percent à jour.

Je marque une pause avant de poursuivre :

– Je n'ai aucune idée de ce que je dis. Jusqu'à ce que je te rencontre, je pensais que la Stanley Cup, c'était du football. Je ne sais même pas comment appeler ça quand on marque. Un but ? Un essai ? Un point ?

Adam se frotte la barbe.

– Ah oui ! Tu es vraiment complètement ignare en sport, n'est-ce pas ?

– C'est malin de ta part d'associer les mots ignare et sport.

– Tu es une rouquine qui se prépare à déjeuner avec sa mère, avec qui elle ne s'entend pas du tout. Autant te le dire franchement, je n'ai pas l'intention de te mettre en colère. J'aimerais sortir de ce déjeuner en un seul morceau, de préférence en ayant préservé ma santé mentale.

En penchant ma tête de côté, je lève ma main jusqu'à sa joue. Ah. Ça pique. Pourquoi est-ce si excitant ?

– Oh, chéri, dis-je lentement, tu crois pouvoir passer ce week-end en conservant un minimum de bon sens. C'est trop mignon.

– Tu viens de m'appeler chéri ?

– Tu préfères que je revienne à Hockey Boy ?

– Non, en fait. Pas vraiment.

– Très bien. Va pour Hockey Boy.

Je l'embrasse sur la joue et, d'une simple poussée du bras, je parviens à me dégager. J'enfile alors mes tongs en riant, puis j'attrape mon téléphone et mon sac à main sur le lit.

Derrière moi, Adam soupire.

– Tu sais ce que tu es ?

– Une emmerdeuse ? Le sarcasme personnifié ? La reine des insolentes ?

– Oui, oui et oui. Tu es aussi le troll sur Internet que tout le monde imagine comme un joueur d'une vingtaine d'années qui vit encore dans le sous-sol chez sa mère.

– C'est peut-être le plus beau compliment qu'on m'ait jamais fait.

– Ne t'emballe pas. Ce n'était pas un compliment.

– Alors, trouve de meilleures insultes, celle-là n'est pas même digne d'une cour de récréation de mômes de cinq ans, Hockey Boy.

Je lui lance un autre sourire et je passe au salon.

– Allez, viens. Mon grand-père va arriver après le déjeuner, et là, tu vas vraiment te rendre compte à quel point ma famille est dingue.

– Ça va être pire encore ?

– Oh oui. Tu n'as encore rien vu.

Adam m'ouvre la porte et me laisse passer la première.

– Tu sais, si ce n'était pas pour le cul, il se pourrait bien que je me mette à regretter tout ce week-end.

– Tu sais, sans le cul, je regretterais certainement tout ce week-end moi aussi. Bon. Allons-y. Satan ne peut pas rester longtemps sur terre, elle a vite trop froid et doit retourner en enfer.

– Comment diable as-tu survécu à ton adolescence ?

– J'ai évité ma mère autant que possible et dès que j'ai pu, je suis partie pour l'université.

– Tu devrais écrire un guide pour ados sur la façon de survivre à ces sept horribles années. Tu ferais fortune.

J'appuie sur le bouton de l'ascenseur et je me retourne vers lui.

– C'est noté. Mais tu le signes pour que je puisse gagner ces millions.

– Est-ce que je toucherai des royalties ?

– Je te fais une pipe pour chaque millier de dollars que je gagne.

– Et si jamais je me marie ?

Adam glisse sa main entre les portes de l'ascenseur pour éviter qu'elles se referment. En haussant les épaules, j'entre dans la cage vitrée.

– Il faudra rédiger un contrat et ta future femme devra être entièrement d'accord. Sinon, tu devras accepter le tarif en vigueur pour une pipe.

Il s'appuie sur le côté et glisse les mains dans ses poches.

– Tu connais le tarif en vigueur ?

En clignant rapidement des yeux, je fais de mon mieux pour avoir l'air offensée.

– Qu'essayez-vous d'insinuer, Monsieur ?

– Rien. C'était une question. Je n'insinue rien, répond-il rapidement.

Je souris.

– Ok, arrête de paniquer. Il en faut plus pour m'offenser.

– Je ne paniquais pas.

– Menteur, lui dis-je alors que les portes s'ouvrent. Je peux sentir ta panique d'ici.

– Tu es quoi ? ? Un animal sauvage ?

Je lui lance un coup d'œil par-dessus mon épaule.

– Si tu veux vraiment le savoir, offre-moi une tequila.

Ses yeux fixent quelque chose, et il pose sa main sur le creux de mes reins.

– Je suis prêt à perdre un peu de ma santé mentale pour ça, dit-il en me guidant vers le hall principal.

À la seconde où nous entrons, tous les regards se posent sur nous. Enfin, sur lui. Je ne connais pas le petit garçon qui le regarde comme s'il venait de voir Dieu le père, mais je sais exactement ce qui va se passer.

Le gamin agrippe la robe de sa mère et tire dessus. Elle se penche, le secoue un peu et il lui désigne Adam. Il se met à trépigner, et je vous jure que je parviens à ressentir son excitation.

On dirait exactement mon neveu, hier soir.

Adam, lui, n'a rien remarqué. Il se borne à me tenir la porte pendant que je plonge, la tête la première. Quelque chose me serre le ventre : la culpabilité, le regret ou juste un vague sentiment de mal agir ?

Un regard sur le côté m'en explique la raison.

Nous venons de passer juste devant lui. Adam fixe les portes principales, et le petit garçon tout excité, se fige. À chaque pas que nous faisons en direction de la porte, ses épaules s'affaissent un peu plus.

Si c'était mon neveu et que j'étais la femme à côté de lui, est-ce que je les laisserais s'éloigner sans réagir ?

Non. Je tenterais de faire quelque chose.

J'hésite, puis je pose une main sur la poitrine d'Adam pour l'arrêter.

– Qu'est-ce qu'il y a ? me demande-t-il en baissant la tête.

– Il y a un petit garçon là-bas, je murmure. Il t'a reconnu. Il aimerait te rencontrer.

Il tourne lentement la tête en direction du petit garçon qui a retenu mon attention. Voilà qu'il se cache timidement derrière la jambe de sa mère, comme si rencontrer son héros, c'était trop pour lui.

– Poppy...

Je ne réponds pas. Je me dégage et je m'avance vers le petit gars. Mon regard croise celui de sa mère, et avec un sourire, je m'agenouille devant lui.

– Hé, mon pote. Tu es ici pour le mariage de Rosie ?

En serrant plus fort la robe de sa mère, il me fait un signe de tête.

– Tu veux connaître un secret ?

Un autre signe de tête.

– Je suis la sœur de Rosie. Et ce type-là ? C'est Adam Winters.

– Des Storms ? chuchote-t-il.

Je me penche vers lui.

– Oui. Mais ne le dis à personne, d'accord ? Je te l'amènerai si tu promets de garder le secret.

Il hoche la tête avec tant d'enthousiasme que j'ai l'impression que sa tête va se décrocher.

– Quel est ton nom, mon pote ?

– Adam, chuchote-t-il.

Oh. Mon cœur.

– Ok, attends.

Je pose un doigt sur mes lèvres et je me relève. Mes tongs claquent sur le sol carrelé lorsque je retourne vers Adam.

– Qu'est-ce que tu fais ? chuchote le grand Adam.
Je glisse ma main dans la sienne.
– Tu es son héros, je réponds en chuchotant.
– On va être en retard pour le déjeuner avec ta mère.
– Je m'en fiche. Il a besoin de toi.
Je le traîne jusqu'au petit Adam, émerveillé.
Je veux dire, je le comprends. Je serais comme lui si Channing Tatum se pointait dans ma chambre à poil, vous voyez ?
– Adam, voici Adam, dis-je en lâchant la main du grand Adam. C'est un de tes grands fans.
Le grand Adam se met à genoux.
– Salut, Adam. C'est un super-prénom. Tu le sais ?
Le petit Adam fait un signe de tête.
– Mon père a dit qu'il m'a donné ton nom.
Hein ?
– Il a bon goût, répond le grand Adam.
– Tu es venu pour voir Rosie et Marcus se marier ?
Le petit fait un autre signe de tête.
– J'aime beaucoup oncle Marcus, dit-il.
Ah. Voilà, c'est clair. Parfait.
– Je suis la belle-sœur de Marcus, dit la maman du petit Adam en me touchant le bras. Jerica.
– Moi c'est Poppy. Je suis la sœur de Rosie, je lui réponds doucement en lui serrant la main.
– Merci, chuchote-t-elle. Adam Winters est son super-héros.
Adam se met à rire. Le petit Adam secoue sa tête en serrant son ventre, riant comme si tous ses rêves venaient de se réaliser. Je lève les yeux au ciel.
– Il est incroyable. Je pense qu'il passe plus de temps avec les invités qu'avec moi.
Elle rit en posant sa main sur mon bras.
– Je dirais que c'est la marque d'un type bien, même si pour toi, c'est probablement discutable en ce moment.

Je regarde Adam faire un high five au petit garçon. Ce n'est pas discutable pour un sou.

– Non. C'est vrai. C'est un chic type.

Jerica me donne un coup de coude.

– Tu as gagné le gros lot. Ne le laisse pas s'envoler.

Je souris, sans rien répondre. C'est mon petit copain pour de faux, après tout. Mais je le sais, c'est un type bien, voilà tout.

– Adam, mon bébé, nous devons aller nous enregistrer, dit doucement Jerica en se rapprochant des deux Adam. Je suis sûre que nous reverrons M. Winters pendant le week-end.

– Ta mère a raison, dit Adam. Je te verrai au mariage !

Le petit Adam acquiesce avec un large sourire.

– D'accord. Tu promets ?

Mon Adam hoche tête.

– Bien sûr. Je te le promets.

***

– C'était gentil, dis-je en me tournant vers l'escalier qui mène à la plage.

– C'était ?

Adam se penche sur moi et me rattrape par le coude quand je manque trébucher à cause d'une petite fissure dans l'une des marches.

– Merci. (Je lui souris.) Oui, c'était mignon. Tu lui as fait sa journée. Comment ça peut ne pas être mignon ?

– Comme quand je te dis que tu es mignonne, ou adorable et que tu n'aimes pas ça ?

– Non. Parce que je ne suis ni mignonne ni adorable, alors que ton échange avec le petit Adam était vraiment mignon. Comme un alignement de chatons tout doux entrecoupé d'adorables canetons.

– Est-ce que les chatons ne poursuivraient pas les canetons pour essayer de les boulotter ?

Je m'arrête en bas des marches et je me tourne vers lui.

– Tu essaies de me faire de la peine ?

En riant, il enroule un bras autour de mes épaules et me serre contre lui.

– Je suis désolé. Les chatons et les canetons jouent avec une petite pelote de laine et vivent heureux ensemble pour toujours.

– Pourquoi les canetons jouent-ils avec la laine ?

– Et pourquoi aligner des canetons et des chatons ?

– Parce que c'est ma façon de voir les choses et que je peux utiliser toutes les images que je veux. C'est comme demander à J. K. Rowling pourquoi Ron s'est embrouillé avec Dean parce qu'il sortait avec Ginny, mais qu'il n'a pas bronché quand il a vu Harry le faire. Personnellement, je pense qu'elle aurait dû être plus cohérente dans ses émotions, mais je ne lui poserais pas la question pour autant. Pourquoi as-tu besoin de remettre en question ma comparaison à propos de la mignonnerie ?

Adam ouvre la bouche comme s'il allait répondre, mais la referme rapidement et secoue la tête.

Je vois qu'il comprend pourquoi j'ai fait si violemment lever les yeux au ciel à ma mère qu'elle a attrapé la migraine et a dû aller s'allonger.

C'était un pur délice.

– Ok, donc ce que j'ai fait était mignon. Super. C'est ainsi que je veux être perçu. Le type qui agit de façon mignonne, dit Adam en soupirant.

– Alors, arrête de te comporter comme un type charmant, lui dis-je en souriant.

Il fait les gros yeux en me serrant à nouveau doucement. De toute évidence, il a repris ses esprits et a décidé de ne plus se disputer avec moi. Sans compter que j'aperçois déjà le bar de la plage au style tiki, et ma mère, assise à une table avec quatre chaises en rotin.

Le bar n'a rien de délirant, mais c'est tout à fait le genre d'endroit que je peux m'imaginer être le cœur et l'âme d'une chaude soirée sur la plage. Il est tout en bois et son toit en pente est recouvert de feuilles de palmier, ce qui lui donne un petit air exotique.

De grandes lumières colorées y sont suspendues, et bien qu'elles ne soient pas allumées en ce moment, je me doute qu'elles doivent faire un effet bœuf dans l'obscurité. Le bar est assez large pour qu'on puisse s'y asseoir et y manger, non que je veuille m'y installer.

Les sièges sont des balançoires.

Pouvez-vous vous imaginer assis à ce bar, après avoir bu un cocktail de trop et tenter de rester assis ? Impossible. Cela ne va probablement pas m'arriver, sobre comme une nonne que je suis.

Adam saisit mon regard.

– Tu essaies de savoir combien de temps tu tiendrais sur une de ces balançoires, n'est-ce pas ?

– Tu peux lire dans mes pensées ?

– Non. Je pensais la même chose. Cinquante dollars qu'après trois Margaritas tu te retrouves le cul par terre.

– Pour cinquante dollars, je dirais qu'il suffit d'un verre d'eau pour que je me retrouve sur le cul, et encore, j'exagère. Très bien. C'est parti. Tentons de survivre à ce truc.

– Tu dis ça comme si on allait brûler en enfer.

– C'est le cas, et je t'embarque avec moi.

Une autre pression. Cette fois, celle-ci est rassurante.

– Allez. On s'en occupe.

Je suis heureuse qu'il soit si confiant. Moi, je chie dans mon froc. Ma mère a un regard d'aigle et un esprit aussi acéré que ma langue. On peut la mettre sous sédatif et lui raconter un bobard, elle se réveillera en sachant que vous avez menti.

Me retrouver si près d'elle pendant au moins une heure n'est pas une bonne chose. Elle va passer soixante minutes à nous examiner pour s'assurer que notre relation est bien celle que nous affichons.

Comme ce n'est pas le cas, c'est problématique. Si elle comprend que je fais semblant, j'en entendrai parler jusqu'à la fin de mes jours. À tous les anniversaires. Les Noëls. Les baptêmes. Les mariages.

Elle le fera graver sur ma pierre tombale.

Ici repose Poppy Dunn. C'était une grosse menteuse, une menteuse dont le nez s'allongeait lorsqu'elle faisait semblant d'avoir un petit ami.

Je jette un coup d'œil à ma mère. Elle tient un grand gobelet en plastique et aspire son contenu avec une paille rouge vif. Soudain, elle remarque mon tee-shirt.

« Je veux être là où les autres ne sont pas », affirme mon joli débardeur turquoise.

Maman fronce les sourcils.

Adam regarde mon tee-shirt.

– Peut-être que tu aurais dû enfiler une robe.

– Et rater cette expression sur son visage ? Jamais.

Il secoue la tête.

– Et tu penses que c'est elle qui va nous traîner jusqu'en enfer ?

Je lui enfonce mon coude dans les côtes.

Je m'en souviendrai.

Chapitre neuf

Poppy

Des drinks et des désastres

– Maman, nous ne t'avons pas fait attendre trop longtemps, j'espère, je susurre sur un ton suave.

– Si, dit-elle en pinçant la branche de ses lunettes de soleil et en les soulevant pour que je puisse ressentir toute la colère qui brûle dans ses yeux. Vous êtes en retard.

– C'est ma faute, Madame Dunn, déclare Adam. Je suis désolé. Un des cousins de Mark nous a vus dans le hall, et son fils est un fan. Je me suis arrêté pour lui dire bonjour.

Maman pose une main sur sa poitrine.

– Oh ! C'est très gentil de votre part. Pourquoi ne vous asseyez-vous pas tous les deux ? Je vais nous faire servir le premier cocktail.

Je prends une profonde inspiration et j'attrape une chaise, mais Adam me devance. Il la tire. Les pieds du siège grincent contre le sol du patio.

Maman observe le mouvement en haussant un sourcil, mais elle ne dit rien.

– Merci, dis-je doucement en prenant place.

Adam s'assied entre nous. Un choix judicieux. Les femmes de ma famille sont connues pour se donner des coups de pied sous la table, à l'occasion.

Maman se redresse et fait un signe de la main en direction du bar.

– Rosie leur a demandé trois cocktails rose pâle pour correspondre au code couleur de son mariage, nous devons en choisir un parmi ces trois. Le premier, c'est un cocktail rhubarbe et gingembre au gin.

– Rhubarbe ? Dans un cocktail ? Pour un mariage ? (Ça m'a échappé avant que j'aie pu me retenir.) Vraiment ?

Elle soupire.

– Je sais. Ça me préoccupe également. Le gin a un goût assez quelconque, que je ne suis pas sûre d'apprécier.

– Ils mettent de la rhubarbe dans un cocktail et c'est le gin qui t'inquiète ?

– Ça pourrait être sympa, déclare Adam dans une tentative évidente de désamorcer la situation. Les choses les plus bizarres font parfois sens. Comme l'ananas sur la pizza.

Maman hoche la tête.

– L'ananas sur une pizza n'a jamais aucun sens.

J'acquiesce en faisant la grimace.

– Pourquoi est-ce que tu souris comme ça ? Parce que tu es d'accord avec moi ?

Je fais semblant de regarder ailleurs, en direction du bar :

– Les cocktails sont prêts ?

Maman sourit en regardant Adam.

– L'ananas sur la pizza est à peu près la seule chose sur laquelle nous sommes d'accord. Ça et son caractère de cochon.

Adam se tourne vers moi.

– Vraiment ? Tu es d'accord sur ton caractère ?

Je hausse les épaules.

– J'ai le sang chaud. Ce n'est pas ma faute. C'est la rousse en moi qui s'exprime. Mon tempérament prend feu comme une allumette.

– Et brûle comme un incendie, poursuit maman.

– Si les uniformes de prisonnier ne juraient pas avec mes cheveux, je serais probablement une meurtrière.

– Ils sont orange[5]. Ils s'harmoniseraient parfaitement avec tes cheveux, dit Adam en fronçant les sourcils.

Maman secoue la tête.

– Une fois elle a porté de l'orange. Elle ressemblait à une coupe de fruits.

C'est malheureusement la vérité.

– C'était une sale journée.

Adam me regarde et baisse la tête.

– C'est vraiment ta couleur naturelle ?

– Vous ne le saviez pas ? demande ma mère.

– Nous n'avons jamais abordé le sujet, répond-il honnêtement.

– Oui. (Je me lance avant que l'on approfondisse ce dont nous avons et n'avons pas parlé.) Les pointes ne sont pas rousses, mais les racines le sont, j'explique, en faisant référence à mon balayage qui fait passer mes cheveux du gingembre foncé à une couleur plus claire et plus lumineuse. Ça apporte de l'éclat. J'aime bien ça.

– Vous n'en avez jamais discuté ?

Maman poursuit son interrogatoire.

Super. Maintenant, elle n'a plus qu'une idée en tête. J'ai vu l'étincelle dans ses yeux. C'est un fin limier et elle a senti l'odeur d'une connerie absolue. Je riposte.

– Tu parles de tes cheveux avec papa ?

Elle marque une pause.

– Eh bien, non.

– Voilà.

Le serveur apparaît avec un plateau au bon moment. Posés dessus, trois petits verres ressemblant à des verres à vin sans pied, pleins d'un liquide rose clair,

5. Dans les pénitenciers américains, les prisonniers sont habillés en orange.

d'une poignée de glaçons et d'une étrange chose rose tourbillonnante qui, je le crains, est bel et bien de la rhubarbe.

J'étais déjà sceptique, voilà que je suis prête à opposer mon veto à cette boisson, uniquement à cause de son apparence.

– Cocktail rhubarbe et gingembre, gin, annonce le serveur en posant le plateau sur notre table. (Un par un, il prend les verres et les pose sur des sous-verre tissés devant chacun de nous.) Et vos menus.

Des menus pliés et plastifiés sont ensuite placés devant nous.

– Merci, dit maman. Pourrions-nous avoir du pain, s'il vous plaît ?

– Absolument, Madame. Je vous en apporte tout de suite.

– Merci.

Et en le congédiant véritablement, elle ouvre son menu. Adam me jette un regard.

Cela ne dure que quelques secondes, avant qu'il reporte son attention sur son verre.

Son expression ne peut être décrite autrement que par le regret.

– Est-ce que ça va ? je lui demande.

– Ouais. Je me dis que je ne m'en remettrais pas si un de mes coéquipiers me voyait siroter des cocktails roses. (Il fronce les sourcils.) Je ne crois pas que je vais le goûter, même s'ils ne me voient pas.

– Tu le fais pour la bonne cause, lui dis-je gaiement. Et déjeuner en notre compagnie va sans doute t'éviter d'avoir des hordes d'adolescentes qui te courent après en hurlant.

– C'est arrivé une seule fois, me rappelle-t-il en levant le doigt. Et ce n'était pas ma faute.

– Des adolescentes hystériques vous ont poursuivi ? demande maman en prenant son cocktail avant de le reposer rapidement. Faut-il envoyer un mot aux gens pour leur demander de surveiller leurs enfants ?

Je manque m'étouffer avec ma propre salive.

– Mais on est où, là ? Dans un putain de zoo ? Maman, tu ne peux pas faire ça !

– Eh bien, si tu n'avais pas ramené une star du sport comme cavalier...

Voilà la raison pour laquelle ma mère et moi n'avons jamais rendez-vous ensemble pour déjeuner.

– Je ne l'ai pas fait exprès.

Je change de siège. *Oh, si seulement elle savait à quel point c'est vrai !*

– Ce n'est pas comme si j'avais voulu saboter le mariage. Je ne savais même pas qui il était quand on s'est rencontrés.

C'est exact. Je vais suivre le chemin de la vérité d'aussi près que possible. Moins je mens, moins j'ai de chances d'être prise en flagrant délit de mensonge.

Et je n'ai aucune envie d'être sur les charbons ardents. Si c'était le cas, mon vagin serait en danger, et c'est une chose fort utile, qui fonctionne parfaitement.

Surtout si la personne qui peut faire quelque chose avec ce vagin s'appelle Adam Winters.

Heureusement pour moi, à ce moment précis, le serveur sauve mes fesses de rousse une fois de plus.

– Voici le pain que vous avez demandé, Madame Dunn.

Et il pose un panier en osier rempli de différents pains en tranches, ainsi que trois petites assiettes, des couteaux et un ramequin plein de beurre au centre de la table.

– Avez-vous regardé les menus ou goûté vos drinks ?

– Oui, je sais ce que j'aimerais, je mens en ouvrant mon menu pour la première fois. (Je le parcours des yeux en faisant semblant de savoir ce que je cherche.) Je vais prendre le saumon avec des frites de patate douce. Merci.

Je le replie et le lui tends.

Les yeux d'Adam s'écarquillent comme si je le prévenais qu'un palet lui arrive en pleine figure.

– Je vais... euh... je vais prendre le steak.

– Quel steak, Monsieur ? demande le serveur.

– Le rumsteck. Bleu.

Il ferme le menu et le remet au serveur.

Maman, cependant, a l'air un peu amusée.

– Je vais prendre une salade César avec du poulet, merci. Avec la vinaigrette à part.

Sur ce, il est congédié. Alors qu'il allait ouvrir la bouche pour s'enquérir d'autre chose, probablement de nos cocktails. Je ne le blâme pas. Dans le meilleur des cas, maman est terrifiante. Et monstrueuse dans le pire des cas.

– Alors, dit maman en prenant une serviette de table. (Sans nous regarder, elle la plie et la pose sur ses genoux.) Où vous êtes-vous rencontrés ?

– Dans un bar, répond honnêtement Adam. C'était la seule femme qui ne me regardait pas comme si j'étais un gros lot. Il s'est avéré qu'elle n'avait aucune idée de qui j'étais.

Il me regarde, et ses lèvres esquissent un sourire.

Ok. Là, nous allons vraiment contourner la vérité.

J'attrape mon verre et je regarde maman.

– C'est vrai. Il aurait tout aussi bien pu être le type qui joue dans l'équipe d'Espagne, je ne l'aurais pas reconnu.

– Quel type ? me demande maman, en fronçant les sourcils.

– Je ne sais pas. Si je le savais, j'aurais dit son nom.

– Ronaldo ?

Adam s'interpose pour venir à mon secours.

– Ce type-là. Il n'est pas au Portugal ? Pourquoi je pensais qu'il jouait en Espagne ?

– Il joue en Espagne.

Il essaie visiblement de ne pas se moquer de moi.

– Il est portugais, donc il joue pour le Portugal, mais son club, c'est le Real Madrid.

Je regarde à nouveau maman et je hausse les épaules.

– Voilà. Tout ce que je sais, c'est qu'il est sexy torse nu.

– Tu ne savais vraiment pas qui il était ? (Elle fait signe à Adam.) Même moi, je l'ai reconnu quand je l'ai vu.

– Quand m'as-tu déjà vue regarder du sport ?

– Tu t'intéressais beaucoup au base-ball quand tu étais adolescente.

– Oui. Ils portent des pantalons moulants. Toutes les adolescentes s'intéressent au base-ball, et ce n'est pas pour le sport.

Je lève les yeux au ciel et j'avale une gorgée de cocktail.

Je ne sais pas si c'est le gin, la rhubarbe ou le gingembre, mais cette boisson mériterait d'être jetée au feu.

– Beurk ! Oh non !

Je bafouille et repose la boisson sur la table en grimaçant. Un frisson s'empare de tout mon corps. Oh non ! Faites-moi disparaître ce truc.

Adam éclate de rire, maman se contente de soupirer devant mon grand numéro.

– Poppy, ça ne peut pas être aussi terrible que ça, dit-elle en portant son verre à son visage.

Elle plonge alors le nez dedans en humant la chose.

Seigneur. C'est un cocktail, pas un grand cru.

Maman en prend une gorgée.

Instantanément, son visage se déforme en une expression de dégoût absolu, et quand elle repose le verre, je jurerais qu'elle semble presque offensée d'avoir osé le mettre dans sa bouche.

– Oh, mon Dieu ! dit-elle.

Adam hausse les épaules en fixant son verre.

– Moi, j'aime bien ça.

– Tu es en minorité, dis-je rapidement pendant que maman fait un signe de la main au barman.

Oh non.

J'écarquille les yeux et Adam me donne un coup de pied sous la table. Nos regards se croisent pendant une brève seconde, il hausse les sourcils.

Aucun barman ne vient.

Maman prend une profonde inspiration et s'empare des trois verres avec une extrême habileté.

Bon, d'accord, pas extrême, mais son geste est très habile. Moi, je les ferais tous tomber si j'essayais.

Les yeux fixés sur ma mère qui emporte les boissons au bar, Adam pose sa main sur ma chaise.

– Qu'est-ce qu'elle fait ?

Je me retourne pour la regarder.

– Eh bien, si je la connais bien, et c'est le cas...

– J'espère bien.

Je lui jette un regard noir.

– Elle est sur le point de traiter un de ces pauvres gars de trou du cul pour avoir osé lui servir un truc aussi immonde.

– Mais... ces cocktails ont été commandés.

– Oui, lui dis-je en croisant son regard. Cela ne veut pas dire qu'elle va être raisonnable. Tu n'as donc rien appris depuis que ton arrivée ?

– Entre le fait que tu ignorais qui j'étais, le problème de ta sœur avec le plan de table et maintenant ta mère avec les cocktails... je pense que j'y arrive, en fait. J'ai l'impression que le côté déraisonnable est un trait commun aux femmes de ta famille.

– Si tu n'avais pas une aussi jolie petite gueule, je te frapperais.

Il sourit en faisant tourner une mèche de mes cheveux autour de son doigt.

– Non, tu ne le ferais pas.

– Tu en es sûr ? J'ai une assez bonne droite.

L'un de ses sourcils se dresse.

– Je sais.

– Ce n'est pas... je n'ai pas. Je veux dire.

Je prends une grande respiration et je le regarde fixement.

– Arrête de te foutre de moi.

– Je pourrais, mais je sais que tu vas te foutre de moi dès que tu en auras l'occasion, alors...

Maman revient quelques secondes plus tard.

– Ils ne serviront plus cela, explique-t-elle. Voilà des Margaritas à la limonade rose.

Ça sonne mieux que la cochonnerie de gin, c'est sûr.

Maman repose sa serviette sur ses genoux avant de nous sourire à tous les deux.

– Alors, parlez-moi de votre relation. Je suis surprise que tu ne m'en aies jamais parlé, Poppy.

Nous avons déjà abordé ce sujet.

– Comme Adam l'a déjà dit, sa présence ici a été décidée au dernier moment. Je ne voulais pas vous dire que je voyais quelqu'un. Nous gardions ça pour nous.

– Pour fuir les médias et ce genre de choses, intervient Adam. Ils me poursuivent plus ou moins, et ces derniers mois ont été difficiles avec les tabloïds sportifs, alors que j'étais en train de négocier un nouveau contrat.

Je reste silencieuse. Jusqu'ici, tout va bien.

– J'espérais qu'ils me laisseraient tranquille après que l'équipe avait annoncé que j'avais rempilé, mais ils m'ont vu dîner avec ma sœur quelques semaines plus tard et ils ont inventé toute une histoire sur une « fille mystérieuse ». Après cet épisode, c'est moi qui ai suggéré de garder le silence pour protéger Poppy.

Il est bon.

Il est très bon.

Même si son histoire est un peu limite, je veux dire, qu'est-ce qui se serait passé s'il avait été vu en compagnie de vraies filles mystérieuses ? Et si mes parents étaient au courant ?

C'est à ce moment-là qu'arrive notre tournée de cocktails suivante, ce qui distrait maman. Elle plisse les yeux et pendant qu'elle lui pose une question, Adam me fait un signe sous la table et un clin d'œil.

Il est beaucoup plus confiant que moi.

Chapitre dix

Adam

Désir et mensonges

Poppy se mord la lèvre et baisse les yeux.

Elle est inquiète. Je la comprends. Putain, je suis inquiet moi aussi. C'est moi qui me retrouve assis en face de la femme la plus inquisitrice que j'ai jamais rencontrée, en train de mentir comme un arracheur de dents.

Je n'ai même pas de plan. J'invente au fur et à mesure, en priant pour que mon histoire soit plausible. Il y a quelques années, un de mes coéquipiers a tenu sa relation secrète pour cette raison précise.

Je me fiche qu'elle pense que je mens. Je veux juste qu'elle croie que Poppy est honnête.

Elle ne l'est pas, mais ce n'est pas le sujet. Nous sommes assis ici depuis dix minutes et je comprends parfaitement pourquoi Poppy avait besoin d'un faux amoureux.

Pourquoi ai-je accepté de l'être ? C'était une impulsion, un truc pour occuper un week-end libre.

Ou peut-être que c'est à cause de ses putains de beaux yeux marron. Peut-être même à cause de son sourire timide et adorable, de ses lèvres qui se recourbent chaque fois que nos regards croisent.

Quoi qu'il en soit, j'étais d'accord et je n'étais pas du tout préparé à ça. Ni l'un ni l'autre ne l'étions.

Et j'ai l'impression qu'elle ne me pardonne toujours pas de ne pas lui avoir dit qui j'étais.

– Margaritas roses à la limonade avec du sucre, lance le type en posant trois verres devant nous.

Je vérifie auprès du barman :

– Cet endroit est entièrement privé, n'est-ce pas ?

Il cligne des yeux en me reconnaissant et me fait un rapide signe de tête.

– Oui, Monsieur. Toute personne prise en flagrant délit d'intrusion est retenue par la sécurité jusqu'à l'arrivée de la police.

– Bien. Merci.

Il acquiesce à nouveau.

– Vos plats devraient être bientôt prêts.

– Merci, dit la mère de Poppy en le renvoyant.

Elle est très efficace. J'aurais bien besoin de quelques conseils pour me débarrasser des gens à l'occasion...

– Vous êtes inquiet pour votre intimité ? me demande-t-elle en tournant vers moi son regard affûté.

– Je viens de me rendre compte qu'il y a énormément de gens ici qui savent qui je suis. Il suffit d'un post sur les réseaux sociaux, et nous pourrions avoir un problème.

– Quoi ? Tes coéquipiers verront des photos de toi en train de boire des cocktails roses ? sourit Poppy. Oh, la honte.

Je mentirais si je disais que cette idée ne m'a pas traversé l'esprit.

– Ce sera le cadet de mes soucis s'ils apportent leurs appareils photo à longue focale et que tes fesses sont placardées partout sur Internet.

Elle hausse les épaules.

– Je m'en tape.

– Poppy ! (Sa mère presse une main sur sa poitrine.) Mon Dieu !

– C'est vrai !

Je prends la décision de changer de nom... Ou d'acheter un masque à son effigie, juste pour voir si elle tiendra sa promesse.

Sa mère lui lance un regard sombre, puis se tourne vers moi avec un soupçon de compassion.

– Je peux demander à la sécurité de faire encore plus attention, si vous voulez.

– Je ne veux pas en faire toute une histoire, mais je ne voudrais pas que le mariage de Rosie soit gâché à cause de quelques sales fouineurs.

Elle fait un brusque signe de tête.

– Laissez-moi parler au barman et voir si je peux demander au gérant de descendre.

Elle prend sa Margarita et se met à la siroter.

– C'est bon. J'aime bien ça.

Elle en prend une autre grande gorgée avant de se lever, en laissant son verre aux trois quarts vide sur la table.

Poppy regarde le verre, puis sa mère, et enfin moi.

– Tu lui as dit ça exprès, n'est-ce pas ? Pour te débarrasser d'elle.

J'attrape mon verre de Margarita.

– Qu'est-ce qui te fait croire ça ?

– Parce qu'elle est partie, répond-elle sans détour.

Son regard est aussi inquisiteur que celui de sa mère. Elle prétend que sa mère a un regard d'aigle, mais elle aussi. Et le plus gros problème avec Poppy Dunn, c'est que rien ne lui échappe.

– C'était peut-être pour nous offrir une pause, mais après avoir dit ce que j'ai dit...

Je repose mon verre sans le boire et passe ma main sur mon visage.

Poppy fronce les sourcils.

En me penchant, je repousse quelques mèches de cheveux de son visage, en laissant le bout de mes doigts traîner sur sa peau de velours. Elle croise mon regard, et l'incertitude me saisit. Je soupire, en baissant la tête.

– C'est ça le hic, Red. J'aimerais que ce ne soit pas le cas, mais ça l'est. Il y a tout un tas d'adolescents ici et s'il y a un truc que les ados aiment, c'est les putains de réseaux sociaux.

– Je n'y avais pas pensé.

– C'est normal, tu n'as aucune raison de le faire. Je ne veux pas non plus qu'il arrive quelque chose au mariage de ta sœur. Elle semblait suffisamment stressée ce matin, inutile que je devienne un problème pour elle.

Je ne tiens pas non plus à ce que tu sois embarquée dans quelque chose de compliqué à gérer.

Les lèvres de Poppy se pincent comme si elle savait que je ne lui dis pas tout. Son regard va et vient sur mon visage. Elle se demande si je lui cache quelque chose, ce qui est le cas, et je sais qu'elle va le découvrir.

Elle prend une paille dans le présentoir au milieu de la table et la met dans son verre. En se penchant en avant, elle repousse ses cheveux et glisse la paille entre ses lèvres.

Mes yeux s'arrêtent sur sa bouche.

Merde. Je n'ai jamais autant désiré être une paille en plastique de ma vie.

Son regard glisse vers moi quand elle lâche la paille.

– Tu veux une photo pour pouvoir continuer à me dévisager, même quand je ne suis pas là ?

– Cela dépend de la nature de la photo.

– Une où je t'envoie te faire... murmure-t-elle.

Je ris en me penchant sur ma chaise.

– C'est probablement la photo de toi la plus facile à obtenir.

Elle me prouve illico que j'ai raison en me faisant un doigt d'honneur, puis avale une grande rasade.

– Au fait, je sais que tu t'es retenu de dire quelque chose il y a une minute, et d'ici la fin du week-end, je vais te le faire cracher.

Je hausse les épaules.

– Tu peux toujours essayer.

– Alors, tu l'admets ?

– Mentir ne me servirait plus à rien à présent, n'est-ce pas ?

– Je m'en fiche. Tu vas me le dire. Je vais t'emmerder jusqu'à ce que tu le fasses.

– Faire quoi ? demande sa mère qui nous rejoint. Qu'est-ce que tu dis ?

– Il est en train d'admettre qu'il s'intéressait plus à moi que moi à lui quand nous nous sommes rencontrés, déclare Poppy sans sourciller. C'est un point de discorde.

– Même si c'était vrai, je ne l'admettrais jamais, je réponds en la reprenant immédiatement. Dieu seul sait ce que tu ferais de cette information.

– J'engagerais Banksy pour le taguer sur le mur de ta maison, dit-elle en riant.

– Tu peux faire ça ? Si c'est sur ma propriété, ça veut dire que j'en serais propriétaire. Il y a de l'argent à se faire, là !

Poppy ouvre la bouche, une lueur apparaît dans ses yeux. Elle garde cette expression pendant un moment avant de décider de ne pas répondre. Elle referme les lèvres, saisit son verre et se penche sur sa chaise, en me regardant d'un air agacé.

Je lui fais un sourire. Puis, pour mettre du sel sur la plaie, je lève mon verre dans sa direction.

Sa mère nous regarde tous les deux, ses yeux papillonnent pendant quelques secondes. Puis elle attrape son propre verre, le lève en me regardant et sourit.

Tiens, tiens, tiens.

Je viens d'obtenir l'approbation de sa mère, une approbation dont je n'avais nul besoin.

Mais, bizarrement, j'en suis super-content.

***

– C'était une torture, lance Poppy, en se jetant sur le sable. Et toi ! Espèce de traître. (Elle me pousse dès que je touche le sable.) Tu t'es bien amusé !

Je retire ma chemise.

– Quoi ?

– Tu t'es bien marré ! dit-elle.

Elle fixe mon ventre. Je lui ressers sa réplique du déjeuner.

– Tu veux une photo ?

– Pff ! Tu es insupportable !

Comme moi, elle enlève son débardeur et le jette dans ma direction, pour rejoindre ma chemise. Son haut de bikini blanc contraste avec l'étrange couleur beige rosé de sa peau. Elle repousse ses cheveux, exposant ainsi le côté de son cou.

Et me lance un regard acéré.

– Et maintenant, qui a besoin d'une autre putain de photo ?

– Ce n'est pas parce que je me suis bien entendu avec ta mère...

– Ce n'est pas parce qu'à présent elle t'adore !

– Elle m'adore, hein ?

– Elle t'a serré dans ses bras plus longtemps que moi !

– C'est parce que j'ai été gentil avec elle. Toi tu étais, eh bien, un cactus humain.

Poppy lève les yeux au ciel et s'allonge en rajustant ses lunettes de soleil.

– Toi tu es le pire petit ami bidon qui ait jamais existé.

– Hé, tu sais que ce n'est pas vrai. Si je jouais mal mon rôle, je ne serais pas copain avec ta mère.

– C'est le but, idiot.

Elle roule sur le côté et, en se tenant sur son coude, elle baisse ses lunettes pour me regarder dans les yeux.

– Elle t'aime bien. Pendant tout ce week-end, je vais devoir répondre à des questions sur toi jusqu'à ce que je trouve une raison valable de rompre avec quelqu'un comme toi.

– Quelqu'un comme moi ? Tu veux bien développer ?

– Non.

Elle remet ses lunettes et se rallonge sur le dos.

Je roule sur le ventre.

– Oh, allez. Même moi, je sais que tu ne vas pas répondre à ses appels. Tu vas l'éviter le plus longtemps possible, avant de lui dire que tu ne voulais pas lui annoncer qu'on avait rompu.

– Ah oui ? Et quelle excuse vais-je lui donner, Einstein ?

– Je ne sais pas, Red. Fais-moi passer pour un salaud. Dis que je t'ai trompée, que j'ai triché ou un truc de ce genre.

– S'il te plaît. Regarde tes foutus abdos. Tu ne peux pas tricher sur quoi que ce soit. On n'a pas des abdos comme ça en trichant sur son régime.

– En fait, je suis très doué pour ça. C'est même la raison pour laquelle je fais du sport avant que tu te réveilles. C'est parce que j'ai une légère dépendance au sucre.

– Oh, oui, ça m'en a tout l'air. Je ne t'ai jamais vu refuser du sucre.

En riant, je me rappuie sur mes coudes.

– Tu peux rire. Quand ma sœur aînée était enceinte, elle mourait d'envie de cheesecakes de la *Cheesecake Factory*. Un jour, alors que son mari était parti travailler, je suis allé lui en chercher un. Je pensais le lui apporter le lendemain. J'ai dû y retourner pour en acheter un autre parce que j'avais tout mangé.

– Tu racontes des bobards, murmure Poppy.

– Crois-le ou non, Red, c'est la vérité.

– Bien sûr. C'est la vérité.

Elle fait le signe des guillemets avec ses mains.

Je secoue la tête et je me tourne vers le soleil. Elle ne veut pas me croire et je ne vais pas me battre avec elle pour ça. Elle est têtue, super-têtue, je m'en suis déjà rendu compte.

Pourtant, étrangement, ça la rend attirante. Elle n'a pas peur de dire ce qu'elle pense, et elle ne craint pas de défendre ce en quoi elle croit.

Et laissez-moi vous dire que les groupies, c'est quelque chose. Elles ne courent pas seulement après les rock stars. Elles courent après tous ceux qui ont un peu de fric et qui sont médiatisés. J'en ai rencontré plus d'une qui s'intéressait à moi pour ce que je représente, pas pour qui je suis.

Je ne mentais pas en disant cela à Poppy.

Quand elle est entrée dans ma vie dans ce bar, ça a été comme une bouffée d'air frais. Je vous mentirais si je disais que cela ne m'a pas attiré. Ça m'a attiré. C'est une vraie rareté que j'ai vraiment appréciée.

Bien sûr, je ne m'attendais pas à la retrouver au bout de mon lit en train de me fixer, le lendemain matin. Et je ne m'attendais certainement pas à ce qu'elle m'explique qu'elle avait besoin d'un cavalier pour ce mariage.

Mais elle l'a fait, et je suis là, et je commence à me sentir mal à l'aise.

Pas à cause de sa peau de vache de mère. Pas parce que tout le monde ici sait qui je suis alors qu'elle, elle l'ignorait. Pas à cause de son grand-père foldingue que je n'ai pas encore rencontré.

Mais parce que je sais qu'une chose est sacrément vraie.

Poppy Dunn, avec ses cheveux roux, ses yeux bruns et sa petite bouche en cul de poule, est quelqu'un dont je pourrais tomber amoureux.

– Alors, qu'est-ce que tu me caches ? me demande-t-elle.

– Que je te cache ?

– Tout à l'heure. Quand tu m'as parlé des médias. Il y a quelque chose que tu ne m'as pas dit.

Elle replie un bras sous sa tête avec un calme olympien. En penchant la tête en arrière, je réponds :

– Je n'ai aucune idée de ce dont tu parles.

– Bien sûr que non. Je le croirai quand... oh, c'est vrai. Je ne le croirai pas.

– Tu as vraiment la langue bien pendue.

– Ne recommence pas à parler de la langue. Nous avons déjà eu cette conversation, et si tu as besoin d'un rappel, c'est que tu ne mérites pas de savoir ce que ma langue est capable de faire.

Je n'ai pas besoin d'un rappel. Je peux parfaitement bien l'imaginer. Non que je sois en position de le faire, allongé sur la plage en short, mais pourtant je suis en train de l'imaginer.

Je me demande ce que ça me ferait de l'avoir à genoux entre mes jambes, avec sa main qui empoigne la base de ma queue pendant que sa langue taquine mon gland.

Je rajuste mon short en gigotant sur le sable. La tête de Poppy se tourne imperceptiblement. Elle a donc capté mon geste. Et si le mouvement de sa tête ne suffisait pas, la courbure de ses lèvres rose vif et boudeuses, elle, la trahit.

Elle est nulle au poker. Je le savais.

– Regarde-moi encore une fois comme ça, Red, et je vais bouffer ce sourire sur tes lèvres.

Elle se met à renifler.

– Dans tes rêves.

– Ne me tente pas.

– Tu ne me fais pas peur.

– Je n'ai pas besoin de te faire peur, je sais déjà que tu es sur le point de perdre ton self-control.

Poppy s'appuie sur un coude et me regarde fixement par-dessus ses lunettes. Elle est allongée là, en bikini, les doigts posés sur les branches de ses lunettes de soleil… eh bien, c'est difficile de la prendre au sérieux.

– Et que sais-tu de mon self-control, Hockey Boy ?

Je roule sur le côté et plonge mon regard dans le sien.

– Je sais que si je passe mon doigt sur l'intérieur de ta cuisse, tu vas te tortiller.

– Bien sûr. C'est un endroit chatouilleux.

– Je sais que je peux me pencher sans même t'embrasser dans le cou et que tu vas commencer à respirer fort, et que si je t'embrasse, tes ongles vont s'enfoncer dans ma peau.

– Si tu essaies de m'allumer, c'est raté.

Elle replace ses lunettes et se rallonge.

– Tout ce que tu réussis à faire, c'est à me donner envie de faire une sieste, honnêtement. Ce déjeuner était stressant.

– Et c'est comme ça que tu gères ? En faisant la sieste ?

– N'est-ce pas ainsi que tout le monde gère son stress ? En dormant et en faisant semblant qu'il n'existe pas vraiment ?

Lentement, je secoue la tête.

– Non, Red. Moi, je fais de la muscu.

– Ouais, eh bien, ça me semble trop difficile pour moi. (Elle renifle.) Je préfère faire une sieste, puis avaler un litre de glace et remettre ça le lendemain.

– Cela marcherait mieux si ta mère n'était pas là aujourd'hui. Allez. Ce n'est pas aussi grave que tu le prétends, et tu le sais.

Elle renifle, en se retournant sur le ventre.

– Je ne peux pas discuter avec toi quand tu es aussi déraisonnable.

En riant, je tends la main vers elle. Je la fais tourner sur le dos et je lui grimpe dessus en la coinçant dans cette position. Je n'ai pas besoin qu'elle enlève ses lunettes pour savoir qu'elle me regarde comme si je venais de balancer un coup de pied à son petit chiot.

– Je suis déraisonnable ? je lui demande en posant mes mains sur les siennes. (Mes doigts jouent avec ses paumes, je les glisse entre les siennes.) C'est toi qui fais des histoires pour rien.

– Vraiment, rien ? Nous venons à peine d'échapper aux dents de la mer.

– Peut-être à Poppyville. Dans le monde réel, elle a cru tout ce qu'on lui a dit et a bu trois Margaritas. (Je fronce un sourcil.) Tu es juste énervée parce qu'elle m'aime bien. Tu viens toi-même de l'admettre.

– Bon. Ça m'énerve qu'elle t'apprécie. Mais pas uniquement parce que je dois faire semblant de rompre avec toi. Je n'ai pas l'habitude qu'elle aime mes petits amis. Qu'ils soient vrais ou faux.

– Petits amis ? Tu veux dire que plusieurs types ont supporté ton mélodrame pour de vrai ?

– Si tu n'étais pas assis sur moi, je te balancerais un coup de pied dans les couilles, menace-t-elle en se tortillant.

Ma bite se met immédiatement à réagir.

– J'arrêterais de bouger si j'étais toi.

– Non.

Elle réagit plus fort encore.

D'un coup sec, je la tire avec moi en me couchant sur le dos. Elle gémit, et lorsqu'elle retombe sur moi, j'enroule mes bras autour de son dos. Nos mains sont toujours jointes.

– Je ne suis pas à l'aise !

– Moi non plus je ne l'étais pas quand tu te tortillais sous ma queue.

– Alors, tu vas me déboîter les épaules ?

– Non. Je vais juste te garder comme ça jusqu'à ce que tu comprennes pourquoi je t'ai dit d'arrêter de te tortiller.

– Je sais pourquoi tu m'as dit d'arrêter, Hockey Boy. Je la sens, tu l'appuies contre mon ventre. Elle n'est pas précisément d'une taille qu'on risque de rater, pas vrai ?

Je manque éclater de rire.

– C'est la façon la plus étrange dont on m'a dit que j'avais une grosse bite.

– Je n'ai pas dit qu'elle était grosse. J'ai dit qu'elle n'était pas petite.

Elle marque une pause.

– Pour ce que j'en sais, je dirais qu'elle est quelconque.

Elle a vraiment une langue de vipère, mais bon sang, son humour va me rendre dingue.

– Très bien, Red. Pourquoi tu ne joins pas les actes à la parole ? On retourne dans notre chambre pour que je te montre à quel point elle est quelconque quand ta chatte est trempée et que tu me supplies de continuer, encore ?

Poppy se tortille, je sens ses jambes se serrer l'une contre l'autre.

– En fait, tu sais quoi, je me souviens que j'ai promis à Rosie que je l'aiderais aujourd'hui.

Elle m'échappe, et je souris en laissant mes mains retomber sur les côtés.

– Tu lui as promis, hein ?

Elle fait un signe de tête.

– Ouais, euh, quelque chose à propos de ce plan de table que maman veut chambouler.

Je m'assieds, elle attrape son débardeur.

– Et tu viens de t'en souvenir.

– Uh-huh. Je suis distraite. J'oublie tout. Qu'est-ce que je peux y faire ?

Elle renfile son tee-shirt.

Je l'attrape par le poignet et je la ramène contre moi. Elle fait un bruit bizarre. Je glisse mes doigts dans ses cheveux jusqu'à sa nuque.

Et je l'embrasse.

Ses ongles s'enfoncent instantanément dans ma cuisse pendant qu'elle se penche sur moi. Elle a un goût de tequila, de fraises, de glace, elle sent la mer. C'est ce mélange qui crée chez moi une dépendance.

Ou peut-être que c'est elle, tout simplement, qui me rend accro.

Je la relâche en frôlant sa lèvre inférieure avec mes dents.

– Oublie, je murmure.

Elle ouvre la bouche, puis s'arrête, secoue la tête et se lève. Le sable bouge sous elle, il la fait presque trébucher, et je camoufle mon rire entre mes doigts, afin d'éviter qu'elle se retourne pour me frapper.

Ce qui, soyons réalistes, est quelque chose qu'elle est sans doute capable de faire.

Je la regarde s'éloigner en passant ses cheveux de feu par-dessus son épaule. Elle jette un regard en arrière en rougissant lorsqu'elle réalise que je l'ai surprise en train de regarder. Elle détourne son regard juste à temps pour éviter de trébucher sur la première marche de l'escalier.

Aider Rosie, mon cul.

Elle fait ça uniquement pour garder sa petite culotte et me faire bander.

Je roule sur le ventre en remuant mes hanches pour que ma bite dure ne soit pas complètement en contact avec le sable, et je plonge mon visage dans mes bras.

Il s'avère que ça va être un long week-end.

Chapitre onze

Poppy

Clitos et caquetages

Je me frotte le visage d'une main et, de l'autre, je relève mes lunettes sur mon front.

Oh. Mon. Dieu.

Adam Winters va me rendre dingue.

Ce ne sera pas à cause de ma mère après tout. Peut-être qu'on ne lira pas sur ma pierre tombale que j'étais une menteuse. Peut-être qu'on y lira qu'un joueur de hockey super-sexy a fait exploser mon clitoris de désir et que c'est ainsi que je suis morte.

Tant que j'ai un orgasme, je ne suis pas contre.

Pour l'instant, j'ai menti pour échapper à ses manières de dieu du sexe, et je suis foutue. J'ai croisé Rosie plus tôt, je n'ai aucune envie de me retrouver face à l'équivalent féminin de Godzilla. Contrairement à moi, elle est parfaitement capable de garder son sang-froid.

Mais malheureusement, tout comme moi, quand elle le laisse s'envoler sur un coup de folie, tout le monde a intérêt à évacuer les environs immédiats.

Je me mets à errer dans le hall. J'ignore si je m'attendais à ce qu'elle sorte de derrière un mur ou quoi, mais ce n'est pas le cas. Appuyée contre le bureau de la réception, j'attrape mon téléphone de ma poche et je lui envoie un SMS.

Sa réponse arrive un peu trop vite à mon goût.

Rosie : Suis dans la salle de bal d'hier soir. Tu as fini de déjeuner ?
Moi : ... Oui.
Rosie : Radine-toi avant que je tue quelqu'un.

Bon, d'accord.

Je serre fort mon téléphone au cas où, par exemple, j'aurais besoin de l'utiliser comme arme de poing ou quelque chose de ce genre. On ne sait jamais avec elle. Une fois, j'ai oublié d'éteindre son fer à friser et j'ai fait un trou dans sa chemise préférée. J'ai dû utiliser la force pour la faire sortir de ma chambre.

C'était la cinquième fois que je brûlais quelque chose parce que je ne l'avais pas éteint. Rétrospectivement, ce n'était pas totalement déraisonnable de sa part de me frapper avec ni de m'interdire de l'utiliser à l'avenir.

Mais elle aurait quand même pu le laisser refroidir avant de me frapper...

Je sors de l'ascenseur et je me dirige vers la chambre, de l'autre côté du couloir. Mark est debout devant la porte, son téléphone à l'oreille, la main sur le front.

– Attends. Je te rappelle, dit-il au téléphone. Pops, où est ta mère ?

– Si j'en juge par les Margaritas du déjeuner et ses gloussements avec le barman, je dirais au lit. Pourquoi ?

Il soupire violemment.

– C'était ton père. Apparemment, ton grand-père a pris un Bloody Mary dans l'avion.

– Oh non.

– Et si. Pour te la faire courte, il a commencé à se mettre à poil dans la voiture pendant le retour jusqu'à ce que ton père accepte de l'emmener dans un club de strip-tease.

– Pas encore ! Nous avions spécifié à la compagnie aérienne de ne pas lui servir d'alcool lorsque nous avons réservé sa place. Les gens choisissent du sans gluten, nous, nous choisissons du sans alcool.

Il hoche la tête en grimaçant.

– Il a assisté à un numéro et une danse, et voilà qu'il ne veut plus partir. Ta mère ne répond pas au téléphone et ton père panique.

Pourquoi est-ce toujours sur moi que ça tombe ? Je suis la plus jeune. Et pourquoi ai-je laissé ma mère boire au déjeuner en sachant que cette merde allait se produire ?

Je tends la main vers son téléphone.

Il le déverrouille et me le donne.

Je compose le numéro de mon père.

– Mark. Tu l'as trouvée ?

– Papa, c'est moi. Poppy. Passe-moi grand-père.

Je soupire.

– Pops ? Où est ta mère ?

– Elle a pris trop de soleil au déjeuner, je réponds en mentant. Elle a mal à la tête, elle s'est couchée.

– La dégustation de cocktails s'est donc bien passée, répond-il en riant.

– Oui, surveille-la demain. Grand-père ?

– Donne-moi une seconde.

Il y a un bruissement, puis une musique feutrée, type musique de club. Je ne comprends pas ce qui se passe ensuite, mais au bout d'une minute environ, le silence s'installe et papa me dit :

– Tiens.

– Grand-père ?

– Pops ! Pourquoi tu m'appelles ? Il y a un problème ?

La voix bourrue de grand-père est étrangement enjouée, elle me réchauffe le cœur.

– Oui ! dis-je fermement. C'est le mariage de ta petite-fille, et tu t'amuses dans des boîtes de strip-tease !

Qu'est-ce qu'on t'a dit sur le Bloody Mary en avion ? On ne peut pas te faire confiance, et voilà pourquoi ! Rosie est désespérée que tu ne sois pas là et maman est sur le point de péter un câble, alors tu montes dans cette voiture et tu rentres à la maison !

Il y a un moment de silence, puis un « ta mère pète un câble en permanence ».

– Grand-père !

– Très bien, très bien, ne te mets pas en pétard. On part maintenant.

– Et vous venez directement. À tout de suite.

J'entends un léger « salope ! » juste avant de raccrocher. J'ai découvert sa faille, et il n'a pas d'autre choix que de se comporter correctement et de rappliquer.

– C'est réglé, dis-je à Mark. Voilà.

Il reprend son téléphone et cligne des yeux.

– Parfois, tu es aussi effrayante que ta mère.

Je le montre du doigt.

– Répète ça et je te coupe les couilles avec un couteau à beurre.

Il pose une main sur son aine et lève le pouce de l'autre.

– Rosie est dans la salle de bal ?

Une autre grimace. Il est tellement mal à l'aise.

– Yep. Et quelqu'un l'a rendu hystérique, elle a déployé son étendard. Je t'avais conseillé de le brûler. C'est un truc à propos du traiteur. Apparemment, je n'étais d'aucune utilité, alors j'ai été renvoyé. Je pensais prendre Rory et aller à la plage. Et rester loin, très loin de ma charmante future épouse.

– Je pense qu'Adam y est encore. Il n'avait pas l'air d'avoir envie de bouger quand je suis partie. Tu devrais aller voir si tu peux le trouver.

– Tu veux que je traîne avec ton petit ami bidon ?

– Écoute, si Chrissy Teigen jouait le rôle de petite amie de l'un de vous, je me ficherais totalement que ce soit bidon. Je serais en bas, en train de lui demander conseil pour écrire des légendes de bombasse sur Instagram et troller sur Twitter.

– Je pense qu'il suffit que tu ouvres un compte pour faire ça, Pops.

– Peu importe. C'est le héros de Rory, et dès lundi, je ne le reverrai plus jamais. Laisse-le profiter.

Je marque une pause.

– Et toi aussi profite, espèce de grand enfant !

Ses yeux brillent, mutins.

– Oui. Bon. Bien sûr. Lundi.

– Qu'est-ce que ça signifie ?

– Rien.

Il dépose un baiser sur ma joue.

– Essaie de faire en sorte que Rosie ne tue personne, d'accord ?

– Ça fait vingt-quatre ans que je fais ça, je murmure en me détournant pour entrer dans la salle de bal.

Elle est loin d'être aussi dingue qu'hier soir. Les centres de table sont toujours en place, mais tous les ballons ont disparu. Une table d'honneur a été installée et je frémis à l'idée d'être là-haut, installée devant tout le monde.

Rosie est debout près du bar avec un homme qui porte un costume cintré et des chaussures vernies.

J'ai dit que Rosie était debout. C'est l'homme qui est debout. Elle, elle fait les cent pas et semble prête à se transformer en Hulk ou un truc dans le genre.

– Hey. Te voilà ! dis-je en l'interrompant. Qu'est-ce qui se passe ?

Ma sœur s'arrête, prend une profonde inspiration et ferme les yeux. Elle les rouvre une seconde plus tard après une lente expiration et lance :

– Ils n'ont plus de poulet.

Je la regarde fixement.

– Poppy ! Pourquoi tu me regardes comme ça ? Il n'y a pas de poulet !

Apparemment, le silence n'est pas la bonne réponse.

– Pourquoi n'y a-t-il pas de poulet ?

– Parce qu'il n'y en a plus ! s'écrie-t-elle.

Je me tourne vers M. Costard.

– Comment pouvez-vous manquer de poulet ? Ce n'est pas vraiment une espèce en voie de disparition.

Il ouvre la bouche pour répondre, mais elle le devance.

– Un problème de fournisseur ! Il ne va pas être livré à temps.

– Vous ne pouvez pas en prendre un autre ? je lui demande, comme si c'est lui qui m'avait répondu.

– Apparemment pas !

Rosie passe ses mains dans ses cheveux.

Je me tourne vers elle.

– C'est toi la responsable ?

– Je dis juste ce que je sais !

– Ok, Bridezilla.

Je me rapproche d'elle, l'attrape doucement par les épaules :

– Mark emmène Rory à la plage. Pourquoi tu ne vas pas dans ta chambre t'allonger une demi-heure ? Maman a bu deux Margaritas de trop au déjeuner, tu as le temps de te détendre sans qu'elle te cause de problèmes.

– Mais je...

– Et je vais aider ce gentil monsieur à trouver quelques poulets à abattre et à plumer, d'accord ?

– C'est ça. Comme si tu pouvais plumer un poulet ! Tu ne sais même pas t'épiler les sourcils, murmure-t-elle.

– Rosie !

Je claque des doigts devant elle.

– C'est une façon de parler. Monte dans ta chambre et allonge-toi avant d'attraper la migraine.

Elle hésite, comme si elle allait riposter, mais finit par céder. Ses épaules se détendent, elle baisse le menton jusqu'à fixer le sol.

– Ok, très bien.

Elle sort un gros dossier du bar et me le remet.

– C'est à toi. Pour l'instant. Il y a tout ce dont tu peux avoir besoin. L'organisateur de mariage est là et a besoin d'une confirmation définitive pour le plan de table.

Elle ouvre le dossier et pointe la première page.

– C'est mon plan de table. Il ne change pas. Tu es têtue, Pops. Tu le restes. Même si elle tente de changer quelque chose.

– Euh... C'était un compliment, bien sûr ?

– Et tu me trouves du poulet ! poursuit Rosie en pointant M. Costard du doigt.

Après un dernier regard elle quitte la salle de bal, emportant avec elle toute la tension.

M. Costard pousse un énorme soupir de soulagement.

– Désolée pour elle. Elle est un peu tendue, dis-je sur un ton primesautier. Mais je suis beaucoup plus facile à vivre.

Ses yeux s'arrêtent sur mon tee-shirt. Ses lèvres bougent à peine, mais pendant une seconde, son regard semble amusé.

– Dieu merci, parce que ce n'est pas l'unique problème.

– Allez-y balancez-moi tout.

***

Je claque violemment la portière de ma voiture.

– Putain de poulet. Putains de fraises. Putain de mariage, dis-je en marmonnant. Je ne suis pas une foutue acheteuse personnelle pour un traiteur qui n'est capable de fournir ni poulet ni fraises.

J'ai les reçus dans la main. Je ne passerai plus la porte d'une épicerie avant un bon moment. À partir de maintenant, je ferai tout en ligne. J'ai éclusé tous les magasins de Key West pour acheter le plus de fraises possible.

Je vous jure que dès que je suis entrée dans le dernier Publix[6], un agent de sécurité s'est mis à suivre la rouquine étrange qui dévalisait les fraises de tous les magasins.

Et je n'en pouvais plus.

Des fraises bien sûr. Pas de Publix. L'enseigne allait me fournir l'aspirine dont j'allais avoir besoin aujourd'hui.

Le bon côté des choses, c'est que je sais que mon grand-père est bel et bien enfermé dans sa chambre, pour l'instant. Que ma mère se réveille de sa sieste provoquée par la tequila et que la rumeur court que Celia a refourgué quelque chose à ma sœur en lui disant que c'était du paracétamol et qu'elle dort depuis une heure.

J'aimerais bien que quelqu'un me refile quelque chose. Comme un verre de vodka.

Je demande M. Costard à la réception. Par son vrai nom, bien sûr. Mais M. Costard sonne mieux, je trouve.

– Madame Dunn. (En posant une main sur mon coude, il m'entraîne à l'écart.) Vous avez trouvé les fraises ?

– J'ai dévalisé tous les environs. Et dès que vous m'aurez remboursée, vous pourrez les prendre dans mon coffre.

Je lui tends les reçus.

Il les déplie, ses yeux se mettent à cligner frénétiquement au fur et à mesure qu'il fait le total.

– Trois cents dollars pour les fraises ?

– Voulez-vous mettre ma sœur au courant ?

Sa colonne vertébrale se contracte.

– Non, non, bien sûr que non. Voulez-vous accepter un chèque ?

– Vous m'aviez dit en liquide.

6. Chaîne de supermarchés américains.

Je croise les bras. J'ai besoin de cet argent pour payer mon foutu loyer. Mais j'accepte un virement bancaire.

– Très bien, très bien. En cash, je peux le faire.

Il me fait signe d'entrer dans le bureau principal. Il y a un petit coffre-fort dans le coin. Je hausse les sourcils quand il compose un code.

Ça ne me paraît pas très sûr, mais qu'est-ce que j'en sais ?

Je veux juste récupérer mon argent.

J'attends patiemment qu'il compte trois cents dollars et les glisse dans une enveloppe marron.

Pourquoi diable ai-je l'impression de faire du trafic de drogue ?

– Merci, lui dis-je en prenant l'enveloppe. Pouvez-vous demander à quelqu'un de sortir les cageots ? Ma voiture est pleine.

– Bien sûr. Accordez-moi dix minutes.

D'un signe de tête, il me fait comprendre que je dois sortir. C'est ce que je fais, et je manque me cogner contre Adam.

– Wouah, Red. Attention.

Il me prend par le bras en souriant.

– Où étais-tu ? Un deal de drogue ?

– Merde. Tu m'as démasquée. Non, je suis partie en mission. Tu m'accompagnes à ma voiture ?

Et je commence à avancer avant qu'il puisse me dire non.

– Un genre de mission secrète ?

– J'aurais bien aimé. Ça aurait été plus amusant avec une cape et un masque. Tu te souviens quand j'ai prétendu aller aider Rosie tout à l'heure ?

Il me regarde en coin.

– C'était pipeau ? Je n'aurais pas cru.

Je lui donne un coup de coude.

– Il s'est avéré qu'il y avait un vrai problème. L'hôtel n'a plus de poulet.

– Comment un hôtel peut-il être à court de poulet ?

– Quelque chose en rapport avec un fournisseur. Bref, j'ai envoyé Rosie au lit parce qu'elle était à deux doigts d'avoir une attaque. (Je rapproche mon index et mon pouce pour lui montrer à quel point elle était en proche.) Et là, le gars me dit qu'ils sont aussi sur le point de manquer de fraises.

Adam passe sa main sur son menton barbu.

– Je crois que je vois le tableau.

– Bien. Donc je lui dis qu'il a jusqu'à mon retour pour trouver un nouveau fournisseur de poulet et le faire livrer à la première heure demain matin, et je pars à la chasse aux fraises.

– Non.

– Si. J'ai passé la dernière heure à courir comme une folle, et... (Je déverrouille ma voiture et j'ouvre le coffre.) Voilà. Si tu as besoin de fraises à Key West, tu n'as pas de bol parce que je les ai toutes achetées.

– Tu avais besoin de combien de kilos ?

– L'équivalent de trois cents dollars.

– Tu es sérieuse ?

Je me tourne vers lui.

– J'ai l'air de plaisanter ?

– Non. Je me demande juste comment on peut avoir besoin de trois cents dollars de fraises.

Appuyée sur le côté de ma voiture, je réponds :

– Parce que je suis mesquine comme pas permis et qu'ils ont besoin qu'on leur donne une bonne leçon.

– Ça... fait étrangement sens pour moi. J'imagine très bien mes sœurs me faire la même chose un de ces quatre.

Je souris.

– Alors, ne fais pas la même erreur.

– Noté. Ils viennent les chercher ?

– Non, elles restent dans ma voiture jusqu'à ce qu'ils soient prêts.

– Poppy.

Il s'approche de moi et me soulève le menton. Son pouce caresse la courbe de ma lèvre inférieure et il approche sa bouche de la mienne.

– Arrête de remuer les lèvres.

– Ou quoi ?

– Ou je te saute.

– Essaie pour voir.

Rétrospectivement, le défier comme ça, c'était une mauvaise idée.

Il me saisit par la hanche, m'attire à lui et ses lèvres se posent sur les miennes, pour Dieu sait la combientième fois aujourd'hui. Je m'en fiche, l'embrasser, c'est comme s'envoler. Tout le reste disparaît quand Adam me serre contre lui et que nos lèvres se touchent.

D'une main, il me prend par le cou, son autre bras serre le bas de mon dos. Les miennes saisissent le col de son polo.

Quelque chose en moi, mon cœur, mon âme, je ne sais quoi, se met à sourire. Et aucune partie de moi n'est censée soupirer quand il m'embrasse.

Certains baisers sont féeriques. Les baisers qui vous frappent au cœur, et à l'âme.

J'ai toujours imaginé le mien lors d'un premier rendez-vous, sous un coucher de soleil ou après le mot avec un grand « A ».

Mais, non. Mon baiser de conte de fées, le baiser qui fait battre mon cœur et qui fait soupirer mon âme, a lieu sur un parking, à côté d'une voiture pleine de trois cents dollars de fraises, avec un type qui m'embrasse pour me faire taire.

Je ne veux pas imaginer baiser plus approprié pour moi.

Quelqu'un se gratte la gorge derrière nous, et avant même que je me retourne, mes joues sont en feu.

Le jeune homme qui s'est visiblement éclairci la gorge avance un peu.

– Le, euh... M. Smith nous a envoyés chercher les fraises.

En me séparant d'Adam, je lance :

– Elles sont là. S'il vous plaît, prenez-les avant qu'elles pourrissent.

Adam se couvre la bouche avec sa main, en baissant les yeux. Avec un léger gloussement, ses épaules se secouent. Je lui balance un coup de coude.

Tout est de sa faute.

Nous attendons en silence que l'équipe déplace toutes les fraises avec leurs brouettes. Ça leur prend un bon quart d'heure, et j'espère vraiment qu'ils ont un bon frigo pour les garder au frais.

Ils me remercient et s'en vont. Je ferme le coffre et verrouille ma voiture, le bip sonore résonne très fort dans le silence du parking.

– C'était gênant, annonce Adam en souriant.

– C'est l'histoire de ma vie, je murmure en fourrant mes clés dans ma poche arrière. Est-ce que Mark t'a trouvé tout à l'heure ?

– Rory m'a parlé pendant trois quarts d'heure avant que Mark réussisse à le convaincre d'aller manger une glace.

– Il t'a préféré à une glace ?

Puis, dans un haussement de sourcils, j'ajoute :

– Wouah. Il doit vraiment t'aimer beaucoup.

– Oui, j'ai parfois cet effet sur les enfants.

– Et à présent, qu'est-ce qui est gênant ?

– J'ai juste... Ouais.

Il roule des épaules et s'étire avant de se frotter la nuque. Un petit sourire s'affiche sur ses lèvres.

– Je ne me vois pas comme me voit Rory. Je joue au hockey parce que j'aime ça, Red. Je ne le fais pas pour être une sorte de super-héros.

– Ça fait partie du boulot, non ?

Je m'appuie contre la voiture.

– Parfois. Je ne crois pas pour autant être un héros.

– Explique ça à mon père.

– C'est exactement ce que je veux dire.

Je lui souris. Je ne peux pas faire semblant de comprendre, parce que je ne comprends pas. Je ne comprendrai jamais comment il voit son monde, il est différent du mien. Bien sûr, ça m'est égal.

Je n'ai aucune raison de m'y intéresser. Pas réellement. Pas personnellement.

– Très bien. Ça suffit.

Il frappe dans ses mains et les essuie sur son short.

– À quelle heure est le dîner de ce soir ?

– Dix-huit heures trente. Je dois y être à cinq heures et demie.

Il sort son téléphone de sa poche.

– Très bien... Donc, ce que tu dis, c'est que nous avons le temps de monter dans notre chambre et de finir ce que nous avons commencé tout à l'heure.

– Non. Je dois aller voir l'organisateur du mariage car ma sœur est défoncée et dans le coaltar.

Adam me regarde, le visage vide de toute expression.

– Si je ne l'avais pas vue si anxieuse ce matin, je me sentirais réellement inquiet.

– Tu ne te sens pas concerné ?

– Non.

– Bon. Mais dis-moi, qu'est-ce que tu penses des tueurs en série ? je lui demande en lui jetant un regard par-dessus mon épaule pendant que je m'éloigne.

– Tu parles des documentaires ou d'être ami avec eux ?

– Tu connais un tueur en série ?

J'ai l'air beaucoup trop excitée. Il remonte à mon niveau et fronce les sourcils.

– Je suis presque sûr qu'un gars avec qui j'étais à l'école a tué trois ou quatre personnes quand il était à la fac.

Je l'attrape par le bras, nous nous arrêtons tous les deux au milieu du parking.

– Oh mon Dieu. Raconte-moi tout.

– Bien sûr, murmure-t-il en prenant ma main dans la sienne. La plupart des filles me désirent pour mon argent, mais toi ce qui t'intéresse, c'est que je connaisse un tueur en série.

– Pas vrai. Au départ, j'étais intéressée parce que tu es sexy. Maintenant, je suis intéressée parce que tu connais un tueur en série.

Il glisse ses doigts entre les miens et soupire.

– Très bien. Oublie ce truc d'organisateur de mariage parce que ça va prendre des plombes, et je te parle de lui.

– C'est la chose la plus sexy que tu m'aies jamais dite.

Chapitre douze

Poppy

Sexe et tueurs en série

– Alors, il s'est fait passer pour l'homme à tout faire et il les a tuées ?

Adam hoche la tête.

– Je crois que oui. C'est ce dont je me souviens, en tout cas. Il s'est fait choper sur le campus, où il se faisait passer pour l'homme à tout faire. Il n'avait pas réalisé que la colocataire de la fille était là, et il s'est fait prendre. Je suis presque sûr qu'elle l'a frappé à la tête avec une lampe.

J'esquisse un sourire.

– Je suis désolée, ce n'est pas drôle, mais c'est à cause de ce truc de la lampe. C'est la raison pour laquelle j'en garde une à côté de mon lit.

– Au cas où quelqu'un essaierait de t'assassiner dans ton sommeil ?

– Non, au cas où un inconnu voudrait me coller de trop près.

– Une lampe ne te sera pas très utile si on veut te descendre, souligne Adam. À moins qu'elle soit à l'épreuve des balles et que l'on tire dessus.

– Eh bien, oui, mais... Je n'ai pas vraiment de réponse. Oh, finalement si. J'ai une réponse.

– Tais-toi.

Il rit en finissant son eau glacée.

– Je n'ai pas besoin de baby-sitter, Miranda. Je suis parfaitement capable de trouver le bar tout seul !

C'est la voix de mon grand-père qui nous parvient de l'autre bout du restaurant.

– C'est exactement pour ça que je suis là, papa. Pour t'empêcher de le trouver ! répond maman en grinçant.

– Oh non !

Adam jette un coup d'œil.

– Ton grand-père ?

J'acquiesce.

– Trop tard ! (Le toc-toc de sa canne contre le sol me fait tressaillir.) Pop-Pop !

Oh non !

Adam se retient de rire.

– Grand-père ! Je vois que tu es arrivé en un seul morceau.

Je saute de mon tabouret et dépose un baiser sur sa vieille joue ridée.

– Ce n'est pas grâce à tes parents, marmonne-t-il en posant sa canne contre le bar et en se hissant sur le tabouret que je viens de quitter.

Adam glisse du sien et se déplace pour me l'offrir. Je lui fais signe que ce n'est pas la peine, mais il me pousse vers le siège, je n'ai donc pas le choix.

– Je l'aime bien, dit grand-père. Il a des manières.

– Contrairement à toi, réplique maman, en rattrapant enfin le vieil homme malin. Voler le siège de ta petite-fille !

– C'est elle qui me l'a offert. Pas vrai, Pop-Pop ?

Et il me fait un clin d'œil. Je hausse les épaules en m'asseyant sur le tabouret d'Adam.

– Bien sûr. On va dire ça.

– Présente-moi ton ami, exige grand-père. Je suis grand-papa.

Il tend sa main tachée par les ans.

– Adam, répond Adam en la secouant.

– Et c'est son petit ami, intervient maman.

Donnez-moi la force. Ou de la vodka.

C'est la même chose, non ?

Les paupières de grand-père se plissent, il examine Adam avec attention.

– Je te connais.

C'est reparti.

– Est-ce que tu es un présentateur du JT ? demande-t-il.

Adam secoue la tête.

– Non, Monsieur. Je joue au hockey.

– Au hockey ? (Grand-père le regarde de haut en bas.) Je ne te crois pas.

Ça promet.

– Tu es sûr, poursuit-il.

– Oui, Monsieur, répond Adam. Je joue avec les Orlando Storms.

Grand-père baisse ses lunettes et fixe Adam par-dessus.

– Ils n'ont pas gagné la Jeremy Cup cette année ?

– Non, Monsieur, la Coupe Stanley.

– Pourquoi continues-tu à m'appeler Monsieur ? Je ne suis pas chevalier.

À l'aide ! Help ! Y a-t-il une issue de secours ?

Visiblement, maman ressent la même chose que moi car elle se pince l'arête du nez.

– Je voulais juste être poli, dit Adam.

Grand-père éclate de rire.

– Je sais. Je me fiche de toi !

– Oh mon Dieu, murmure maman.

– Que doit faire un vieil homme pour avoir un verre par ici ? (Grand-père se penche sur le bar.) Hé oooh ?

Maman s'avance et le repousse.

– Papa, non. Tu ne bois pas d'alcool.

– Je veux juste un café !

– Allons au salon de thé alors, lui répond-elle.

– Non, non. Bonjour, belle dame ! Je voudrais un Bloody Mary, s'il vous plaît !

– Donnez-le-lui sans le Mary, lance rapidement maman. Sans alcool.

Grand-père fait les gros yeux et regarde Adam.

– Tu vois cette chieuse, mon garçon ? Je l'ai élevée. J'ai torché son petit cul quand elle était bébé.

– Papa !

– Je n'ai pas dit un mot lorsque j'ai dû sortir ses soutiens-gorge de la machine. Je n'ai pas tiré sur ses petits amis de lycée. J'ai été un père modèle, et me voilà, dans mes vieux jours, je ne peux même pas avoir un Bloody Mary !

– Je ne vais pas supporter ça aujourd'hui. Je dois régler différents problèmes de dernière minute pour le dîner de ce soir. Poppy, tu vas devoir t'occuper de ton grand-père, me dit maman, avant de s'éloigner rapidement.

Je bafouille.

– Attends. Quoi ? Non, maman !

Je fais quelques pas jusqu'à elle.

– Non, maman. Je ne le ferai pas. J'ai déjà évité deux catastrophes à Rosie, je t'ai tenue à l'écart pendant le déjeuner, j'ai drogué Rosie, je me suis engueulée avec un type à propos d'une pénurie de poulet, et j'ai fait tout Key en voiture à la recherche de putains de fraises. Je ne ferai pas du baby-sitting en plus !

Soupirant comme si elle sait si bien le faire, elle me tapote la main et la repousse.

– Chérie, j'ai des choses à faire.

– Moi aussi ! Si je suis en retard pour le dîner, Rosie va me tuer !

– Il faut que j'y aille, un point c'est tout. Je n'ai pas le temps de m'assurer qu'il se contrôle.

– Très bien. (Je pointe mon doigt vers elle.) Mais si je ne suis pas prête à dix-sept heures trente, je considérerai que c'est de ta faute !

Elle ne répond pas. Elle se retourne, et, comme à son habitude, elle disparaît.

Bien entendu, j'aurais dû savoir que j'allais être coincée à faire du baby-sitting à un moment ou un autre, pendant le week-end. Grand-père, béni soit-il, est un sacré bonhomme, mais il est aussi à l'âge où il croit pouvoir faire exactement ce qu'il veut.

Malheureusement pour lui, il est encore beaucoup trop lucide pour ça. Peut-être que dans cinq ans, mais pour l'instant... C'est non.

– Ça va ? demande Adam en me regardant avec inquiétude quand je les rejoins au bar.

– Bien.

J'esquisse un petit sourire, puis je m'adresse à la fille derrière le bar.

– Je peux avoir une vodka cranberry, s'il vous plaît ?

– Bien sûr.

Elle se retourne pour la préparer, et je me rassieds sur le tabouret.

– Psst, Pop-Pop, chuchote grand-père en levant la main. C'est à la fois Bloody et Mary.

Génial.

– Et je ne crois toujours pas que ton petit ami joue au hockey. Il est trop maigre pour ça, poursuit-il. Ceux qui vous taclent sont d'énormes brutes.

Je frotte deux doigts contre ma tempe.

– Tu penses au football, grand-père.

Il plisse les paupières et détourne le regard.

– Non. Je pense au hockey.

– Tu penses au football, je répète.

Sans compter qu'Adam n'a rien de maigre. Ni ses bras. Ni ses jambes. Ni sa taille. Ni sa bite. Rien.

Pas même son petit doigt.

Adam se penche vers moi et passe un bras autour de ma taille. La chaleur m'envahit là où son pouce glisse sous l'ourlet de mon tee-shirt et dessine de petits cercles sur ma peau.

– Tu es sûre ? demande grand-père avec un clin d'œil.

Je me jette sur ma vodka cranberry avec un sourire reconnaissant.

– Certaine.

Puis je glisse la paille entre mes lèvres et je bois, je bois, je bois.

Je bois ou je me bourre la gueule ?

Vous savez quoi, je m'en fiche. Je n'ai nul besoin d'être grammaticalement correcte.

Mais j'ai besoin d'être ivre. Je le sais.

– Alors, fiston. Tu joues au hockey. Tu as déjà gagné quelque chose ? demande grand-père à Adam.

– Oui, Monsieur. La Coupe Stanley est revenue à mon équipe cette année.

– Qu'est-ce que c'est ? La Coupe du monde de hockey ?

Adam fait une pause pendant une seconde.

– Je suppose que c'est une façon de voir les choses.

– Tu as gagné une médaille d'or ?

– Ah non. Peut-être un jour.

– Alors, ce n'est pas la Coupe du monde de hockey, n'est-ce pas ?

– Grand-père, il n'existe pas de Coupe du monde de hockey. C'est pour le football.

Je pose mon verre.

– Eh bien, dit lentement Adam, techniquement, il y a une Coupe du monde de hockey, mais c'est du hockey sur gazon. Pas du hockey sur glace.

Je reprends mon verre et je pince la paille en le regardant.

– Il existe plusieurs sortes de hockey ?

– Il existe plusieurs sortes de football, selon la personne à qui tu t'adresses, propose grand-père.

– Oui, il y a le football américain où l'on utilise les mains, et le football où l'on utilise les pieds, je murmure en me remettant à boire.

Comme si un seul ne suffisait pas !

– Oh, ça suffit. Je sais ce que c'est que le hockey, le football américain et le foot, se met à râler grand-père. Je sais aussi qui est ton petit ami. Il joue au hockey pour les Orlando Storms.

– C'est lui qui te l'a dit !

– Et alors ? Je le sais quand même ! (Il me tire la langue.) Adam, fiston, laisse-moi te raconter la fois où j'étais en garnison aux Pays-Bas.

Jésus-Marie-Joseph, non.

Non.

Non. Personne n'a besoin d'entendre ce genre d'histoire.

Grand-père saisit son verre de Bloody Mary et se penche vers la barmaid.

– Connais-tu le Red Light District[7] ?

Je fais un signe à la barmaid et, ignorant la paille, j'avale d'un coup le reste de ma vodka.

– Je peux en avoir une autre ? S'il vous plaît ?

– J'y suis passé, dit Adam avec prudence.

– J'ai une histoire à te raconter. C'était à l'époque, oh, je ne me souviens plus, mais il y avait cette poule. Il faisait aussi chaud que pendant la canicule en Floride. Et elle est venue nous trouver et nous a dit : « Les gars, j'ai un cadeau pour vous ! » Nous étions jeunes, nous pensions qu'elle voulait parler d'une bière ou de quelque chose comme ça, alors nous l'avons suivie et...

– Merci ! je m'exclame lorsque la fille pose le verre devant moi.

Adam me serre la hanche.

Je bois.

Et grand-père ?

Il continue à raconter comment lui et ses potes ont été entraînés dans un bordel à Amsterdam.

J'en ai marre.

Tellement marre !

---

7. Quartier chaud, où l'on pratique la prostitution.

***

Je saute de la scène principale dans les bras d'Adam. Je m'en suis tirée avec un discours passe-partout, mais j'ai été obligée de saluer chaque invité de ce satané dîner d'avant-mariage.

Et, cet après-midi, j'ai sifflé un certain nombre de vodkas pendant que grand-père narrait ces exploits.

C'est la raison pour laquelle je suis restée à l'eau pendant tout le dîner de répétition.

– C'est le mariage le plus interminable auquel j'aie jamais assisté, dis-je dans sa poitrine.

Il rit, son corps tout entier tremble.

– Tu as déjà assisté à un mariage ?

– Seulement en tant qu'invitée. Sinon, non.

Je tourne mon visage sur le côté pour poser ma joue contre lui.

– Et toi ?

– Oui, et tu as raison. C'est le mariage le plus long auquel j'aie jamais assisté, répond-il. C'est peut-être la faute de ton grand-père.

Je gémis en passant mes bras autour de sa taille. C'est pour jouer le jeu devant ma famille, mais je ne vais pas prétendre qu'être enroulée autour de lui telle un koala n'est pas agréable.

– Il est hallucinant. Je te l'avais dit. Il est dingue. Il pense que tout le monde à envie de connaître sa vie. Tu peux t'estimer heureux de ne pas l'avoir entendu raconter ses soirées échangistes pour retraités.

– Quoi ?

– Oh oui. Après la mort de ma grand-mère, il s'est senti seul, alors il a rejoint un club de bingo. Il s'est avéré que le bingo, c'était une couverture pour des seniors échangistes.

– C'est... intéressant.

– Mhmm. Continue de me serrer contre toi. Ça évitera que les autres me parlent, d'accord ?

Il m'entoure de ses bras et pose ses lèvres sur le sommet de mon crâne.

– C'est noté. Ta mère nous observe.

– Évidemment. En ce moment même, elle est en train d'imaginer notre mariage.

– C'est donc un moment où les Bloody Mary ne sont pas au menu de ton grand-père.

– C'est exactement cela. Et ma mère n'a pas à choisir les cocktails. Et personne ne sait qui tu es ni ne connaît des histoires gênantes à propos de mon enfance, bien qu'elles soient pourtant très nombreuses.

– Alors enfuyons-nous, propose Adam.

– Absolument. Si jamais on doit se marier pour de faux, la fuite est la seule façon de le faire.

Je recule et je penche la tête pour rencontrer ses yeux.

– Sinon, comment pourrons-nous convaincre les autres que nous l'avons vraiment fait ?

Il rit, en laissant tomber son front sur le mien.

– Eh bien, c'est une idée. S'enfuir, ça me paraît bien. Où irons-nous ? À Vegas ? Au Gretna Inn en Écosse ?

– J'aime bien l'Écosse. Ils ne portent pas de slip sous leur kilt.

– Oooh. Je ne sais pas si je pourrais faire ça, Red.

– Nous pouvons négocier. Que penses-tu de l'idée d'enlever ton slip sous ton kilt lorsque nous serons mariés ?

– Toi aussi, tu es en mode commando ?

– Seulement après le mariage. Tu ne peux pas choisir uniquement ce qui te plaît, Hockey Boy. Ça ne fonctionne pas comme ça.

Il fait semblant de pousser un gros soupir, tout son corps remue pendant qu'il expire.

– Je suppose qu'on peut faire en sorte que ça marche.

– J'aime quand tu es d'accord avec moi. Cela rend la vodka que j'ai sifflée en cachette à table beaucoup plus raisonnable.

En se penchant en arrière, il croise mon regard.

– Tu étais en train de boire là-haut ?

– Tu as entendu le discours de ma mère ?

– Mais oui. Et je ne t'ai pas vue boire.

– Vodka. Eau. Et un citron. À la Rihanna.

– Quoi ?

Je me love contre sa poitrine.

– Peu importe. J'en avais besoin pour rester saine d'esprit. Et j'ai besoin d'en boire une autre. Tu comprends enfin ma famille ?

Adam caresse ma chute de reins du bout des doigts,

– De mieux en mieux. Ta tante Jean m'a demandé si j'aimais les femmes mûres et de l'appeler si jamais je changeais d'avis.

– C'est bien son genre.

– Ensuite, ton oncle Peter m'a demandé si les Storms allaient gagner cette saison, et apparemment, « J'espère, Monsieur » n'était pas la réponse qu'il attendait.

– C'est un parieur. Tu aurais dû lui donner le nom d'une équipe.

– À mon avis, ce sont les Storms. Mon équipe.

– C'est prétentieux.

– Je sais. Il n'a pas accepté cette réponse non plus.

J'éclate de rire en me mettant sur le côté, sans lâcher sa chemise pour autant. Je m'y agrippe le mieux possible. Lui ne me lâche pas non plus, il me garde serrée fermement contre lui.

Je déteste cette sensation de normalité. Je déteste ce sentiment de bien-être que j'éprouve à l'avoir à mes côtés, lorsqu'il me prend dans ses bras, qu'il me serre contre lui.

Je ne suis pas censée ressentir quelque chose d'aussi agréable.

– Tu veux t'asseoir ? me murmure-t-il à l'oreille.

Je hoche la tête, et il m'entraîne vers la table vide la plus proche. Il me tient ma chaise. Je m'assieds, et à la seconde où il pousse sa chaise contre la mienne, son bras s'enroule autour de moi.

Je m'appuie contre lui. Il ne semble pas s'en soucier. Ses doigts dessinent des cercles paresseux sur le haut de mon bras nu, son autre main tapote joyeusement sur la table. Puis il fait signe à une serveuse.

Je n'ai pas mon mot à dire. Il commande une vodka cranberry et une bière pour lui. J'ai bu assez d'eau aujourd'hui pour que cela ne fasse pas une grande différence, et j'ai assisté à suffisamment de réunions familiales pour savoir que c'est une nécessité.

Papa se glisse sur la chaise à côté de moi.

– Sauve-moi, Pops, dit-il sans me regarder.

– Est-ce que je suis une Batwoman aujourd'hui, c'est ça ?

– Non, ma chérie, mais ma flasque à whisky est vide, me répond-il.

Je tapote contre la table.

– Quelle taille ?

Il me montre une taille baby.

– Je te la remplirai si demain tu m'en apportes une plus grande. Je me suis déjà tapé la corvée de grand-papa.

Papa fait la grimace.

– Ma pauvre puce. Très bien. Tu me files un whisky et je te revaudrai ça demain après ton discours.

– D'accord.

Je lui tends la main, bien à plat sur la table.

Il la tapote avec la sienne pour sceller notre marché.

– Je reviens dans cinq minutes.

Il se lève aussi vite qu'il est venu. Quelques secondes plus tard, notre serveuse réapparaît, et je lui commande la boisson favorite de mon père.

– J'ai l'impression que c'est une habitude entre vous deux, dit Adam en attrapant sa bière.

Lentement, je hoche la tête.

– Nous survivons à tous ces événements parce que nous pouvons compter l'un sur l'autre. Je lui commande du whisky, et il est là, dans le hall, quand je ne peux plus supporter ma mère. Il continue à tirer sur tous ceux qui me font du mal parce que je suis sa petite fille, mais il me fait picoler comme l'adulte que je suis parce qu'on a tous les deux le mauvais rôle dans cette famille.

– Alors, si tu romps avec moi parce que je te trompe, il va me tirer dessus ?

– Seigneur, non ! lance Rosie, assise à deux sièges de moi. Il n'a sorti son fusil de chasse qu'une seule fois, et c'était parce qu'il avait trouvé un test de grossesse qui appartenait à notre cousine dans ma salle de bains. C'est une histoire vraie.

– Et toi, comment ça va ?

Elle fait tournoyer son verre de vin entre ses doigts.

– Je peux te dire un truc ? J'en ai tellement marre de cette merde.

Je cligne des yeux.

Adam me serre un peu plus fort.

Rosie se penche.

– Ce tralala ? Je n'en voulais pas, Pops. Moi et Mark avons Rory. On est une famille. Ce n'est qu'un bout de papier.

Elle a trop bu de champagne.

Je le vois tout de suite.

– Je ne voulais pas d'un grand mariage. Je veux juste l'épouser. Mais non. Nos mères ont voulu un grand mariage où il n'y a pas de poulet, et où ma sœur doit courir chercher des fraises, et où il y a tellement de soirées qu'à côté la Fashion Week est dépassée.

Adam me jette un regard.

– Rosie, pourquoi tu ne viens pas faire un tour aux toilettes avec moi ?

Je me lève et me penche vers elle.

– Ad, assure-toi que papa ait son... eau, d'accord ?

– C'est du putain de whisky, murmure Rosie.

– Ok, son whisky, j'admets.

– C'est mignon quand tu l'appelles Ad, continue ma sœur.

– C'est parti !

Je la prends par le bras et, après avoir fait un signe à Mark, je l'entraîne vers les toilettes les plus proches de la salle de bal.

Je referme la porte principale derrière moi, la musique qui résonne dans la salle de bal se calme aussitôt.

Rosie s'appuie contre le comptoir. Ses ongles rose pâle contrastent avec le marbre noir. Elle balaie sa frange sur le côté et elle me regarde. La peur, la panique brillent dans ses yeux bruns et chauds.

– J'ai la trouille, dit-elle doucement. Tout ça, Pops. Et pour quoi ? Pour que maman change mes plans de table ? Que le poulet disparaisse ? Que tu traques les fraises dans tout Key West ?

Merde. Elle est au courant.

– Oui, je sais, dit-elle en lisant dans mes pensées. Je ne peux même pas être en colère, parce que tu as fait ça pour moi. Ce mariage est trop grand, c'est trop, je ne peux pas faire ça.

– Tu peux. (Je m'avance et l'attrape par les mains.) Je t'aime, Ro, et tu peux le faire. Tu le fais déjà. On s'en fout qu'il y ait du poulet ou des fraises. Tu es là pour Mark, et il est là pour toi. Tu es ici pour te marier et si quelqu'un doit manger du bœuf plutôt que du poulet, ou des carottes ou autre chose, on s'en fout. Commande des McDo !

Elle se met à rire en portant la main à sa bouche.

Je l'attire contre moi.

– Tu vas te marier, pas organiser une putain de foire nationale, même si grand-père est à deux doigts de monter un stand et de faire payer dix cents pour raconter un épisode de sa virée dans le Red Light District.

Elle rit plus fort, cette fois sur mon épaule.

Elle pleure aussi. Je sens l'humidité de ses larmes sur mon épaule.

– Tu peux t'enfuir, tu sais, lui dis-je en la serrant dans mes bras, tout en fixant les carreaux. Tu as probablement le temps d'aller à Vegas et de revenir. Ça dépend des vols, des retards, tout ce merdier.

Elle rit.

La porte s'ouvre.

Je la lâche, comme si c'était du charbon ardent, et je bloque la porte avec mon corps.

– Désolée, c'est occupé !

– C'est Mark !

– C'est toujours occupé ! Je te ferai signe. Va-t'en !

– Poppy, je te jure, je vais...

– Ne fais rien, parce que je retiens ta future femme en otage !

– Si tu n'ouvres pas, je raconterai à tous tes futurs flirts comment tu as tweeté une photo de tes seins par erreur !

– Elle est probablement déjà sauvegardée sur Internet. Vas-y !

Rosie se marre en douce derrière ses mains.

– Tu as terminé ? je lui demande. Je suis en train de jouer les sœurs modèles et toi, tu bousilles ma vie.

– C'est un sex toy ?

– Pourquoi tu ne te le fourres pas dans le cul pour le savoir ?

Rosie renonce à se cacher. Elle s'écroule contre le mur, en éclatant de rire comme si l'homme invisible était en train de la chatouiller.

Elle est hyper-chatouilleuse. Il suffit d'agiter une plume dans sa direction pour qu'elle craque.

– Si je ne t'aimais pas comme une sœur, je te tuerais dans ton sommeil, crie Mark.

– C'est comme ça que tu parles à la tante de ton fils ? Lave-toi la bouche avec du savon !

Rosie se décide à intervenir :

– Chérie, c'est bon. J'avais juste besoin de faire une pause.

– Tu veux dire, maman, papa, grand-père, tante Jean, tante Berry, oncle Foster...

Je renonce à poursuivre.

– Tous ces gens.

Mark gronde.

– Si tu n'es pas là dans cinq minutes, j'envoie ton grand-père au micro le plus proche.

– Pas de problème !

– Redonne-moi une apparence humaine, chuchote-t-elle, s'il te plaît.

– Je ne suis pas une faiseuse de miracle, mais voyons un peu ce que nous avons par ici. (Je regarde autour de moi.) Oh, super. Un robinet et des serviettes en papier. Ça va faire de toi une véritable Scarlett Johansson.

Rosie ramasse son sac à main par terre et l'ouvre.

– Grouille. J'ai du maquillage. Fais-moi passer pour un être humain et je ne raconterai à personne que ton petit copain, c'est du gros mytho.

– Je t'adore, mais tu es une vraie salope.

Je ramasse le bâton d'anticernes.

– De toute façon, personne ne me croirait.

– Qu'est-ce que ça signifie ?

Je lui attrape le menton pour qu'elle me regarde en face.

Ses yeux plongent dans les miens.

– Rien. C'est juste que vous faites un super-boulot en prétendant que vous n'êtes pas ensemble.

Je la regarde fixement, je soupire, mais je continue.

Après tout, c'est son week-end.

Elle peut croire ce qu'elle veut.

Chapitre treize

Poppy

Mauvais plans et balcons

Je gémis, affalée contre la porte de notre chambre.

Adam, lui, rit en déboutonnant sa chemise.

– On est parvenus à mettre Rosie au lit en un seul morceau !

– Oh, je t'en prie. Elle n'était pas ivre.

Je me penche pour enlever mes chaussures et je les balance au loin.

– Elle faisait semblant d'être bourrée pour échapper à cet enfer qu'est notre famille.

Il marque une pause.

– Dis donc, elle a bien joué la comédie.

– Bien sûr. Elle a passé suffisamment de temps lorsqu'elle était adolescente à faire semblant d'être sobre. Elle sait parfaitement comment ça fait d'être saoule.

Je pousse la porte pour m'assurer qu'elle est bien fermée.

– Je suis sûr qu'elle était la seule à le faire.

– Je voudrais invoquer mon droit à garder le silence.

Je sors une bouteille d'eau du mini-frigo, mes années d'adolescence ont, elles aussi, le droit de garder le silence.

– Par silence, tu veux dire oubli et ignorance.

– Tu ne connais pas ma vie, Hockey Boy.

Il rit en prenant une demi-bouteille de champagne.

– Le coucher de soleil n'est pas terminé. Tu veux me rejoindre sur la plus petite terrasse du monde ?

Oui.

Non.

Oui.

Non.

Vous faites un super-boulot en prétendant que vous n'êtes pas ensemble.

Je déteste ma sœur pour m'avoir mis ça dans le crâne.

– Bien sûr. Pourquoi pas ?

Je retire mes épingles à cheveux une par une et je les jette sur la table basse.

Je suis tendue. Je sens l'horrible contracture de mes muscles lorsque j'attrape deux coupes de champagne au-dessus du mini-frigo. Ce soir, on a frôlé le désastre. Je n'ai pas vraiment cru que ma sœur allait s'enfuir, mais nous avons failli ne pas surmonter la crise.

Shark Week[8], c'est notre excuse, et si ma mère pose la question, Rosie lui dira qu'elle a ses règles et qu'elle avait besoin que je lui passe des tampons.

Ouais.

Ce n'est pas génial, mais c'est à peu près la seule fois de ma vie où je remercie Mère Nature d'avoir mes règles.

Je passe sur le balcon avec Adam. Une douce brise marine glisse dans mes cheveux. J'apprécie le léger frisson qu'elle apporte avec elle. Il faisait chaud dans la salle de bal, et le stress causé par ma famille, avec tout le tapage qu'ils faisaient pour un oui pour un non, m'a donné plus chaud encore.

---

8. *Shark Week*, « La semaine du requin », est un film télé US dans lequel des personnes qui ne se connaissent pas se retrouvent sur une île déserte et doivent survivre pendant sept jours sur cette île infestée de requins.

Je remonte ma robe et je m'assieds par terre à côté d'Adam.

– Ils auraient pu nous donner des chaises.

– On les mettrait ou ? À l'intérieur ?

Il rit, en tirant sur la languette du champagne pour enlever le papier d'aluminium.

– Non mais sérieusement. Regarde cette immense suite et on peut à peine poser nos fesses sur ce balcon.

– Nos culs ce n'est pas grave, mais je peux à peine croiser mes jambes.

– Normal, elles font environ un mètre cinquante de long, dis-je en me poussant un peu pour qu'on puisse poser les coupes de champagne entre nous.

Adam se prépare à faire sauter le bouchon.

– Prête ?

– Oui. Mais ne le fais pas sauter par-dessus le...

Pop.

– ... balcon, je termine en regardant le bouchon passer par-dessus le balcon et le gaz s'échapper de la bouteille.

Adam se tourne vers moi, l'air innocent.

– Où étais-je censé le faire sauter ? Sur toi ?

– Non. Ce serait idiot. Et douloureux. Je pensais juste que si quelqu'un passait sous le balcon...

– Je n'ai entendu personne crier. (Il hausse les épaules, attrape la première coupe et l'incline pour la remplir sans faire trop de mousse. Il me la passe.) Nous irons le chercher demain.

– Demain, il y a un mariage.

– À six heures et demie du soir, répond-il. Je pense que nous aurons le temps.

– Tu as vu ma mère aujourd'hui ?

– Oui, et je pense que c'est exactement pour ça que tu dois rester loin d'elle.

Il n'a pas complètement tort, n'est-ce pas ?

– Je sais, mais j'ai des choses à faire. L'organisateur du mariage va en gérer une partie, mais il y en a certaines qui sont de ma responsabilité.

– Comme s'assurer que ta sœur n'a pas besoin d'être à nouveau droguée.

– Exactement. (J'incline mon verre vers lui.) Je ne sais pas si j'aurai beaucoup de temps libre.

– Bon.

Adam pose la bouteille de champagne et appuie sa tête contre le mur.

Le balcon est étroit, tout en longueur. J'aurais préféré avoir les jambes plus courtes pour pouvoir m'étirer, mais ce n'est pas moi qui paie, je ne vais pas me plaindre, n'est-ce pas ?

J'ai à peine les moyens de me payer un putain de sandwich dans cet endroit.

– Alors ?

Je l'exhorte à reprendre là où il s'est arrêté.

– Combien de temps faut-il pour préparer un mariage ?

– Quelle est la longueur d'une ficelle de string ?

– Ah. C'est comme ça !

– Tu as déjà été avec des nanas qui se pomponnent avant un mariage ?

– Non, reconnaît Adam. C'est marrant, Red, mais c'est mal vu pour un homme d'être dans la même pièce qu'un tas de femmes à moitié nues.

Je sirote mon champagne en lui lançant un regard en biais.

– Il faudrait que tu regardes plus de films de cul.

Il s'étouffe avec son champagne. Je me mets à rire, mais je m'arrête net lorsque ses yeux larmoyants croisent mon regard.

– Quoi ? C'est vrai. Ce n'est pas toujours mal vu. Parfois, c'est même bénéfique.

– Oui, mais je pense que ça s'adresse aux modes de vie de ceux qui aiment ce genre de choses. Ou qui sont payés pour ça.

– Tu profères un jugement ?

– Tu l'échanges contre un swing ?

– Seulement quand les gens me frappent d'abord.

Cette fois, il s'étrangle de rire. Je ne parle pas de boxe mais de pratiques échangistes.

– Avant toi, j'avais eu mon dernier rapport sexuel avec ma main droite, donc non, je ne suis pas une échangiste.

– C'est bon à savoir.

– Tu avais vraiment besoin de clarifier cela ?

– Non, j'avais envie de te mettre mal à l'aise pendant une minute.

– Tu es un grand malade.

En riant, il tourne la tête vers moi :

– Pourquoi ? Parce que c'est marrant de te voir de temps en temps baisser ton masque de fille sûre d'elle ?

– Quel masque ?

– Tu vois, tu ne t'en rends même pas compte.

Je me tourne vers lui et replie mes jambes.

– De quoi ?

– Tu joues les catastrophes autoproclamées, mais ce dont je me suis aperçu ce week-end, c'est que c'est toi qui tires les ficelles et qui fais tourner la baraque. Tu as contrôlé ta sœur pendant ses crises de panique. Tu as réussi à cantonner ta mère loin d'elle...

Je fais des signes de dénégation avec mon index.

– Ça n'a marché que parce qu'elle voulait vérifier que nous étions bien ensemble.

– Et nous l'avons convaincue. D'une manière ou d'une autre, tu as réussi à ne pas paniquer. Tu as persuadé ton grand-père de quitter un club de strip-tease...

– Comment le sais-tu ?

– J'ai parlé à Mark.

– Évidemment.

Il fronce les sourcils.

– Arrête de m'interrompre.

– Mais c'est plus marrant quand je t'interromps. Ça a l'air bien moins sensé quand c'est entrecoupé par mes conneries.

Je lui souris en buvant une autre gorgée. Adam secoue la tête, en sirotant lui aussi.

– Je dis la vérité. Tu es plus concentrée que tu ne le penses.

– Sauf quand je glisse sur le sol de la salle de bains.

– Sauf quand tu glisses sur le sol de la salle de bains, admet-il en me jetant un regard en coin.

Ses lèvres s'étirent en un sourire qui répond à l'étincelle que j'aperçois dans ses yeux.

Je baisse les miens. Mes joues me brûlent et des papillons se déchaînent dans mon ventre. Je ne peux même pas accuser la brise de déclencher le frisson qui me parcourt les bras ; elle n'est pas assez forte pour m'atteindre, protégée que je suis par la solide rambarde en verre.

C'est lui.

C'est lui.

Et une fois de plus, les mots de Rosie reviennent me hanter.

Vous faites un super-boulot en prétendant que vous n'êtes pas ensemble.

Putain, je voudrais bien faire semblant. Je voudrais ne pas avoir de papillons quand il me regarde ou des frissons quand il me touche. Je voudrais ne pas avoir vécu ce baiser de conte de fées avec lui sur le parking.

Je voudrais ne pas être assise à côté de lui en ce moment, à souhaiter que nous puissions combler le fossé qui nous sépare pour que je puisse m'installer tout contre lui.

Mais plus que tout, je n'ai aucune envie d'être dans cette situation.

Pourquoi ne suis-je pas partie quand je me suis réveillée dans sa chambre ? Pourquoi ai-je été assez bête pour lui demander d'être mon cavalier ? Je devrais le savoir pourtant. J'ai vu des dizaines de comédies romantiques sur le sujet.

Avertissement : Choisissez-vous un flirt bidon, et il se pourrait qu'il ne soit pas si bidon que ça.

Je déteste penser à ça. Nous vivons dans des mondes différents. Ce n'est pas une question d'argent, de statut ou de réputation, non, mais le sport, ce n'est pas mon truc. Je ne suis pas une fille qui peut rester sur la touche et faire semblant de s'intéresser au spectacle.

En outre, je doute fort être le genre de fille qui peut s'asseoir pour apprendre les règles du moindre sport, autre que le bière-pong.

Est-ce seulement un véritable sport ? Ou ai-je tout simplement gâché mon adolescence avec un jeu stupide qui a fait de moi la reine des buveuses de bière à la fin du lycée ?

En plus, j'en étais fière. J'exhibais fièrement ma médaille d'or.

– Poppy ? Est-ce que ça va ?

Adam se penche et repousse mes cheveux de mes yeux.

– Je pense, dis-je doucement, à un truc que Rosie m'a dit tout à l'heure.

– Tu veux bien partager avec tes camarades de classe ?

En souriant, je lui donne un coup de coude.

– Elle sait que c'est bidon entre nous.

– Quel choc, quelle horreur ! murmure-t-il.

Je fais mine de lui donner un autre coup de coude, puis je fais tournoyer ma coupe de champagne, en dessinant du bout du doigt sur la condensation du verre.

– Qu'est-ce qu'elle a dit d'autre ?

– Qu'est-ce que tu veux dire ?

Il hausse les épaules en regardant l'océan à peine éclairé par les lampadaires des sentiers de la station balnéaire.

– Tu n'es pas dans ton assiette depuis que tu t'es enfuie dans la salle de bains. Je sais qu'elle t'a dit quelque chose. Et avant que tu te mettes à rouspéter, rappelle-toi que j'ai quatre sœurs. Je sais quand une femme est énervée. J'ai grandi dans une succession quasi permanente de ragnagnas.

Je pouffe en reposant mon verre vide sur le balcon entre nous. À présent, voilà que je suis contente d'être dans cet espace. Quelques instants plus tôt, je désirais qu'il soit clos, mais plus maintenant.

– Elle a juste... Elle a dit quelque chose qui m'a touchée, c'est tout.

Adam prend ma coupe et la remplit à moitié, en en laissant juste assez pour lui.

– Qu'est-ce qu'elle a dit ?

– C'est stupide.

– Pas si stupide que ça, puisque tu en es toute chamboulée, Red.

C'est son opinion.

– Je suis souvent chamboulée par des trucs stupides. Quand je n'ai pas assez de beurre pour mes toasts, par exemple. Ou à cause des cliffhangers dans les séries télé, quand je vais devoir attendre le lendemain pour voir le prochain épisode. Quand le chat de ma voisine se frotte sur moi...

– Tu as raison, dit-il en posant ses doigts sur mes lèvres pour me faire taire. Mais cela ne m'explique pas ce que ta sœur t'a dit.

Je ne vais pas m'en sortir, n'est-ce pas ? Non, parce que c'est moi-même qui me suis mise dans ce pétrin, depuis le début.

Je soupire...

– Elle a dit qu'on faisait un super-boulot en prétendant ne pas être ensemble.

Adam penche sa tête sur le côté, ses yeux trouvent rapidement les miens. Il me fixe pendant une seconde sans rien laisser paraître. Mon ventre se noue. Et s'il était d'accord ? Et si j'étais plus impliquée dans cette fausse relation que lui ?

Pourquoi est-ce que cela m'inquiète ?

Et soudain, il se met à rire.

Il éclate de rire, en fait. Son corps tout entier tremble, son rire me déclenche des fourmillements dans les bras.

– Je suis contente que ça t'amuse autant, je murmure en repoussant mon verre et en me levant.

– Où vas-tu ?

– Me coucher.

– Viens ici.

Il se penche et m'attrape par la main. Je me tourne vers lui. Le soleil s'est enfin couché, mais le ciel est encore peint de lueurs dorées qui dansent sur son visage et font paraître ses yeux dix fois plus brillants encore.

– Quoi ?

– Assieds-toi.

Il tire sur ma main.

Je ne bouge pas.

– Je te jure, Red, si tu ne t'assieds pas, je me lève et je te force.

Je retire ma main et je croise les bras. Suis-je irascible ? Oui. Mesquine ? Oui. Immature ? Sans doute.

Au moins, je connais mes défauts.

La seule chose que je ne peux admettre, c'est que l'idée qu'il ne soit pas amoureux m'agace plus que je ne le pense.

Adam se relève d'un bond.

Oh merde.

Il était sérieux.

– Non ! Non ! Je vais m'asseoir !

Il m'attrape. Un petit cri m'échappe lorsqu'il me soulève, un bras autour de ma taille et l'autre derrière mes genoux.

Oh mon Dieu, il n'y a pas assez de place sur ce balcon pour ça.

– Pose-moi !

– Non. Je t'avais prévenue.

Lentement, il s'assied en m'entraînant avec lui. Je ne sais pas ce qui m'impressionne le plus, le fait qu'il m'ait soulevée comme si j'étais un genre de Cendrillon ou qu'il ne m'ait pas fait tomber.

Il me pose entre ses jambes et s'appuie contre le mur. J'ai le dos contre son ventre, et il me tire contre lui. Ses jambes sont repliées et m'enserrent, les miennes sont relevées à cause du manque d'espace.

Mon cœur bat dans ma poitrine lorsqu'il incline sa tête et que son souffle caresse ma joue. Il est chaud, il sent le whisky.

Ses doigts montent et descendent le long de mes avant-bras en me chatouillant légèrement. C'est étrangement apaisant, je voudrais que cette caresse ne s'arrête jamais.

C'est agréable.

Trop agréable.

– Je ne fais pas semblant de t'aimer, Red, me glisse-il doucement à l'oreille.

Ses lèvres effleurent le lobe de mon oreille, ses doigts musardent encore le long de mes bras.

C'est un mélange dangereux de sensations.

– Je suis à fond. Ne crois pas que je ne le sois pas. Jouer à être ton petit ami est la chose la plus facile que j'aie jamais faite.

Sa voix est grave et chaude et... honnête.

J'ignorais que l'honnêteté avait un son, mais je suis là, en train de l'entendre.

– Tu n'es pas obligée d'apprécier, mais je ne peux pas m'en empêcher. (Il se déplace légèrement sur le côté. Il me fait bouger jusqu'à ce que nos regards se croisent.) Je sais que c'est bidon, d'accord ? Je sais qu'on ne se verra probablement plus jamais après lundi. Mais ça ne veut pas dire qu'en ce moment, mon attirance pour toi ne soit pas très, très réelle, putain.

Je déglutis.

– Je veux dire, tu es dingue, non ?

Ses lèvres frisent, ses yeux dansent de joie.

– Tu es en opposition totale avec ta famille, mais c'est toi le moteur qui semble les faire tous avancer. Les fraises, les médocs, bien que ce soit un moyen discutable de prouver ton amour, ça fonctionne toujours.

Je pose une main sur ma bouche en riant et en détournant le regard.

Adam passe un doigt sous mon menton et le soulève.

– Tu as la langue la mieux pendue que j'aie jamais rencontrée, et je voudrais bien savoir pourquoi ça m'attire autant, mais voilà. (Il passe son doigt le long de ma joue et repousse mes cheveux de devant mes yeux.) C'est juste quelques-uns des trucs que j'aime chez toi, Poppy. Si tu craignais de ne pas me plaire, ne crains rien. Et si tu crains de me plaire, alors c'est la merde.

Je ris, en m'appuyant contre lui et en posant ma tête sur sa poitrine. Il rit aussi, et pendant un instant, tout va bien.

Moi et un type qui m'aime bien, on est blottis l'un contre l'autre sur un balcon, en riant.

Et une partie de moi souhaite vraiment que ce ne soit pas bidon. Mais c'est une chose de se sentir à l'aise dans un cadre privé ; en public, c'en est une autre.

Et c'est la raison pour laquelle nous n'avons que quatre jours.

Adam replie sa main sous mon menton et le soulève. Cette fois, ce ne sont pas ses yeux qui trouvent les miens. Ce sont nos lèvres qui s'unissent dans un baiser qui me fait trembler de la tête aux pieds.

Je voudrais que cela dure toujours.

– Allez, viens. C'est l'heure de se coucher.

Il me libère et me fait signe de me lever la première.

Ce que je fais, en me servant de sa cuisse comme levier.

– Voilà ce qui arrive quand on me coince sur un balcon taille enfant et qu'on instille en moi la crainte de Dieu.

– La crainte de Dieu ? Tu veux parler de celle de ta mère ?

– Je t'ai dit de ne pas confondre Satan et Dieu. Satan n'apprécie pas.

Et je lui lance un sourire par-dessus mon épaule en le laissant refermer les portes-fenêtres.

Je rentre dans la salle de bains et sors mes lingettes. Lorsqu'Adam me rejoint, je suis déjà démaquillée, j'essaie d'atteindre ma fermeture Éclair dans mon dos.

Il s'appuie contre le cadre de la porte, les yeux fixés sur moi.

– Qu'est-ce que tu fais ?

J'arrête de me tortiller.

– Un spectacle pour lutins.

Il regarde autour de lui.

– Tu n'as pas beaucoup de spectateurs.

– Ha. Ha. Ha.

Je ramène mon bras avant de me déboîter l'épaule.

– Je n'arrive pas à atteindre ma fermeture Éclair. Tu peux m'aider ?

– Est-ce que je peux t'aider à te déshabiller ? Oh, merde, c'est une décision difficile, me répond-il en s'avançant.

Doucement, il me retourne face au miroir et balaie mes cheveux sur le côté. Ses doigts effleurent la petite zone de peau nue en haut de mon dos. Il attrape la fermeture Éclair, puis lentement, avec précaution, il la tire vers le bas. Des frissons accompagnent la descente de la fermeture Éclair qui s'arrête finalement juste au-dessus de la courbe de mes hanches.

Adam lève les yeux pour croiser mon regard dans le reflet du miroir.

– C'est fait.

– Merci, je lui réponds d'une voix un peu plus rauque que je ne le voudrais, et je me dépêche de retourner dans la chambre.

Son petit rire me poursuit, alors je m'enferme dans le dressing de la chambre.

Il y fait tout noir. Je ne peux même pas discerner ma main devant mon visage, ce qui est une bonne chose. Cela me permet de m'appuyer contre le mur et de reprendre mon souffle.

Mon cœur bat à toute allure. Je serais en train de fuir devant un meurtrier qu'il ne battrait pas plus vite. J'ai la bouche sèche et je ne peux effacer ce qui vient de se passer.

Tout ce que je sais, c'est que c'est très réel et je dois arrêter ça avant que mon cœur de midinette ne cherche des moyens débiles pour rester en contact avec Adam après ce mariage.

La porte s'ouvre, et je cligne des yeux face à la lumière vive de la chambre.

– Red ? Qu'est-ce que tu fabriques ?

Il me le demande souvent ce soir.

Je suis en train de perdre la tête. Voilà la bonne réponse.

– Je cherchais un débardeur, je lui réponds stupidement. Pour faire la grasse mat.

Il passe la porte et allume la lumière.

– Ce sera beaucoup plus facile avec la lumière allumée.

Je hoche la tête.

Il sourit.

– Mes nièces savent mieux mentir que toi. Et elles ont trois ans.

– Va te faire foutre, je murmure en ouvrant le tiroir qui contient mes vêtements.

J'en sors un haut ample dans lequel j'aime bien dormir, sur lequel est écrit « Si tu peux lire ça, va te faire foutre », et je retire ma robe. En enlevant rapidement mon soutien-gorge, je passe mon tee-shirt par-dessus ma tête, puis je retourne dans la chambre.

Adam a déjà éteint la lumière principale et allumé celle de la table de nuit. Dès que je monte de mon côté du lit, il l'éteint.

Il m'attire contre lui, et nous nous faisons des câlins. Son souffle glisse dans mes cheveux, ses doigts s'étalent sur mon ventre sous mon tee-shirt. Nos jambes s'emmêlent et c'est horrible, putain.

– Je déteste qu'on me touche quand je dors, je grogne.

– Je sais. Mais je suis sûr que tu vas parvenir à le supporter encore deux nuits.

Il bâille en se tortillant encore plus près.

– Tu n'as pas lu mon tee-shirt, ou quoi ?

– Non. Mais à en juger par ton humeur, il doit me dire d'aller me faire foutre.

– Exactement.

– Mon tee-shirt dit que je me fous de ce que dit le tien.

– Tu n'en portes pas.

– Je sais. Tu ne trouves pas que tu as de la chance ? Tu peux sentir ces abdos à longueur de journée.

Je hausse les yeux au ciel pendant qu'il s'étouffe de rire derrière moi.

– Wouah. Quelqu'un croit qu'il est drôle.

– Quelqu'un est de mauvaise humeur.

– Tu me touches. Je veux dormir. C'est une véritable torture.

– Très bien. Très bien.

Il me relâche et éloigne ses jambes en ôtant sa main de mon ventre et en retirant son bras de sous mon cou.

– Aïe, je murmure en me déplaçant pour que plus une seule partie de nos corps ne se touche.

Voilà qui est mieux.

– Bonne nuit, Red.

– 'Nuit.

Je recule, en essayant de trouver une position confortable.

De mon côté.

Sur le dos.

Un bras au-dessus de ma tête.

Un pied hors des couvertures.

Une jambe en dehors.

Les deux pieds en dehors.

De l'autre côté.

Merde.

– Arrête de te tortiller, marmonne Adam au bout de quelques minutes.

– Je n'arrive pas à trouver une position.

Adam roule sur le dos.

– Tu veux un câlin ?

Oui.

– Non, je réponds en me retournant sur le côté pour lui tourner le dos.

Il rit, lève un bras et l'enroule autour de moi pendant que je colle ma tête contre sa poitrine et que je passe une jambe par-dessus la sienne.

– Oui. J'ai bien l'impression que c'est ça.

– Je ne veux pas. (Je pose un bras sur son ventre tonique.) Ce n'est pas parce que je te fais des câlins que j'en ai envie.

– J'en suis certain, répond-il froidement. Tu vas t'endormir tout de suite.

– Non, pas du tout.

Il rit doucement, ses épaules remuent, mais il ne rajoute rien.

– Adam ?

– Ouais ?

Ses lèvres se posent contre le sommet de mon crâne.

– Tu me plais aussi, je murmure, les yeux lourds de sommeil.

Doucement, il m'étreint.

– Je sais. Je sais.

Chapitre quatorze

Adam

Du Mimosa et des mamans

Nous nous réveillons comme nous nous sommes endormis. Ensemble. Les fesses de Poppy collées contre mon sexe, et si nous n'avions pas été réveillés par les sonneries de son téléphone, je n'ai aucun doute sur la façon dont la matinée aurait commencé.

Par une partie de jambes en l'air.

Maudite soit sa mère.

Je commence à comprendre pourquoi elle l'appelle Satan. Ma bite proteste, tout le temps que je suis sous la douche.

Je refuse de me branler alors que Poppy est dans la pièce d'à côté. Ce serait bizarre et pas... correct.

J'entre dans la chambre où elle se réveille en grognant parce qu'il est sept heures du matin.

– Tu n'es vraiment pas du matin, n'est-ce pas ? je demande, en me frottant les cheveux avec une serviette.

Elle me lance un regard si féroce que j'ai l'impression que mes couilles remontent dans mon ventre.

– Est-ce que je ressemble à une putain de fille du matin ?

– On dirait plutôt l'assassin dans un film d'horreur.

Quand elle se retourne, son regard ne s'est toujours pas radouci. Son tee-shirt résume parfaitement son humeur.

« L'avenir appartient à ceux qui se lèvent tôt. Parce qu'il n'y a plus d'avenir et que les lève-tôt sont débiles. »

Je ne peux m'empêcher de rire.

– Intéressant, ton tee-shirt.

Un autre regard glacé.

– Tu as envie de mourir ?

– Dans environ soixante-dix ans, je réponds en jetant ma serviette sur le lit.

– Tu veux bien t'habiller ?

– Tu sais quoi, Red ? En ce qui te concerne aujourd'hui, j'ai déjà eu des épisodes plus violents de grippe intestinale.

Elle me répond du tac au tac :

– Il est trop tôt pour ce genre de chose. Il est sept heures du matin, ma mère est au téléphone en train de flipper pour des serviettes. Quand je lui dis de demander à Rosie, elle répond qu'elle n'est pas encore réveillée !

Elle jette son tube de mascara par terre pendant que j'enfile mon caleçon.

– Elle ne se marie pas avant ce soir ! On ne peut pas tous faire une petite sieste pour tenir le coup ? Nooon, la mère de la commandante en chef m'ordonne de nous lever et de faire comme si j'en avais quelque chose à foutre des serviettes.

J'ai envie de lui demander si elle va avoir ses règles, mais je l'ai déjà fait une fois avec ma sœur et je ne veux plus recommencer. J'ai encore, au genou, la cicatrice qu'elle m'a faite en me jetant un livre.

Il avait une couverture rigide et l'angle m'a entamé la peau.

Et comme j'étais un adolescent horripilant, j'ai passé mon temps à arracher la croûte.

Nous avons tous nos défauts. Moi, je reçois des coups. Voilà mon défaut. Mais attention à mon nez ! Du coup, je choisis la voie la plus sûre :

– Tu veux aller prendre un café ?

– Est-ce que j'en ai l'air ? demande-t-elle en me regardant. Qu'est-ce que tu en penses ?

– Je pense que si cette conversation doit durer encore longtemps, j'ai besoin de café, dis-je honnêtement, en prenant un tee-shirt et un short dans mon tiroir.

Elle me tire la langue et attrape sa brosse à cheveux. Elle glisse un élastique à son poignet et se fait une queue-de-cheval sur sommet du crâne. Des mèches retombent sur son cou et ses oreilles pâles et elle sort une épingle à cheveux de sa trousse de maquillage pour les relever.

En me jetant un coup d'œil, elle surprend mon regard.

– Quoi ? Le petit chignon décoiffé, ça va à certaines filles. Pas à moi. Si je fais ça, j'ai l'air d'être une criminelle en fuite.

– Je te trouve mignonne.

– Tu cherches juste à me calmer.

– Est-ce que ça marche ?

– Tu es une tasse de café ?

– Non. Mais je suis capable de te proposer un autre type de réveil si tu veux énerver ta mère encore un peu plus.

Je souris. Elle se retient sourire.

– Normalement, j'aurais adoré cette idée. Mais aujourd'hui, je vais essayer de maintenir la paix.

– Bon.

Je passe un peu de cire sur mes cheveux humides.

– Laisse-moi me laver les mains et nous irons prendre un café pour tenter ce truc de maintien de la paix.

– Tu ne crois pas que je puisse être gentille pendant toute une journée ?

– Je sais que tu en es incapable.

Je sèche mes mains sur une serviette, j'attrape mon téléphone et la clé de la chambre.

– Allez, Red, allons te réveiller pour de bon.

***

C'est vraiment incroyable.

Il y a vingt minutes à peine, elle était enragée. Du genre « je te tue juste en te regardant ». Furax, du genre « que personne ne me touche ».

Et maintenant ? Maintenant, elle sourit, putain.

C'est sa deuxième tasse de café et elle a pris un Mimosa, sur mon conseil. C'est peut-être pour ça.

– Arrête de me regarder comme si j'étais une tarée que tu ne peux pas comprendre.

Elle attrape un croissant et le coupe en deux.

– Tu es un drôle de zozo que je ne comprends pas, je lui réponds en serrant ma tasse de café entre mes mains. Ce n'est pas ma faute si tu es passée de cent à zéro sur l'échelle de la mauvaise humeur.

– J'ai été réveillée au milieu d'un très beau rêve, merci bien. Ce n'est pas tous les jours que Chris Hemsworth apparaît et veut faire l'amour avec moi.

– Charmant. Donc tu étais au lit avec moi et tu faisais des rêves cochons avec Thor.

Elle s'arrête, ses joues rosissent.

– C'est à peu près ça.

– Maintenant, répète-le sans rougir, je la taquine en souriant. Et je croirai que c'est bien de Thor dont il s'agissait.

Elle ouvre la bouche, puis serre les dents.

– Je ne dormais pas. Tu as prononcé mon nom.

Je hausse les épaules et elle rougit comme une pivoine. Je mens comme un arracheur de dents, mais bon sang, que c'est amusant !

– Admets-le, Red. Tu rêvais de faire l'amour avec moi. Ce n'est pas grave. Ça ne me dérange pas. Je suis flatté, en fait.

– J'ai le droit de garder le silence.

Elle sirote son Mimosa.

– Tu le fais. Mais tes joues te trahissent.

– Je te déteste, murmure-t-elle en s'acharnant sur sa viennoiserie.

Je me marre.

– Attends d'avoir des rides, et tout ça. Tu m'aimeras plus tard quand...

– Quand quoi ?

La voix de sa mère me coupe dans mon élan. Heureusement, car elle n'aurait pas apprécié la suite.

– Je suis venu l'aider à répéter son speech pour la réception, je lui réponds sans hésiter.

Je me lève et l'embrasse sur la joue.

– Bonjour, Miranda.

Poppy roule de gros yeux.

– Certainement pas. Poppy, dit-elle en se tournant vers elle, qui est en train d'enfourner un morceau de croissant, tu étais censée me rejoindre immédiatement.

– Maman. Tu m'as réveillée. J'avais besoin de manger quelque chose.

Poppy secoue le croissant.

– Tu pourras manger plus tard.

– Non, je ne pourrai pas. Tu vas être sur mon dos toute la matinée, à me demander de faire ceci et cela, et de faire le guignol auprès des invités, lui répond-elle. Alors, je mange maintenant. Les serviettes seront toujours là dans une demi-heure.

– Mmm. (Le regard calculateur de Miranda balaie la table.) Un Mimosa ? Poppy !

Cette fois, elle ne cache plus son irritation.

– Maman, si tu veux que je sois gentille aujourd'hui, je vais avaler ce Mimosa.

– Tu n'es jamais gentille.

Poppy hausse les épaules.

– Très bien, alors si tu veux que je fasse semblant d'être quelqu'un de sympa aujourd'hui, je vais prendre un Mimosa.

– Pourquoi Adam ne mange-t-il pas ?

Je m'interpose. Mon Dieu, que ce job est difficile !

– Je ne peux pas manger aussi tôt. D'habitude, je me lève et je m'entraîne avant de manger. Je suis juste venu m'assurer que la servante du diable ne dézingue personne.

Poppy me regarde fixement en secouant la tête.

Je souris.

Miranda nous regarde l'un après l'autre en clignant des yeux.

– Je ne vous comprends pas tous les deux.

– Moi non plus, je lui réponds.

Poppy me donne un coup de pied sous la table.

Je sursaute, et Miranda me regarde d'un drôle d'air.

– J'ai une crampe, j'explique en mimant la douleur et en tendant la main. Je me suis mal étiré.

Poppy prend un autre croissant et l'enfourne pour dissimuler son rire.

– Tu ris alors qu'il a mal ? lui demande Miranda.

– Oui, répondit-elle la bouche pleine.

Miranda nous dévisage à nouveau et lève les mains.

– Poppy, rejoins-moi quand tu seras raisonnable et prête à aider.

Et elle s'éloigne.

– Eh bien, ce sera pour le siècle prochain, je m'écrie en me frottant le tibia.

Poppy pointe le croissant vers moi.

– Tu m'énerves.

– Sûrement pas, je tente.

– Tu ne veux pas que je me mette en colère. Je ne suis pas gentille quand je suis en colère.

– Tu veux dire que ce matin, tu es charmante ?

– Je suis toujours charmante.

– Je vais t'offrir un dictionnaire, Red.

– Génial. Je pourrai te frapper avec quand tu m'énerveras.

Je ne sais pas pourquoi je ris, mais je le fais. C'est plus fort que moi, et je couvre mes yeux avec ma main. Je sais qu'elle me regarde, mais je ne peux pas m'en empêcher. Je ne peux m'empêcher d'imaginer cette rousse dingue en pétard qui me poursuit avec un dictionnaire, en essayant de me frapper.

Le téléphone de Poppy sonne sur la table. Elle décroche et, pour la première fois ce matin, elle se met à sourire.

– Le Monde Souterrain a-t-il rappelé ta mère ?

– Non. Ma meilleure amie est enfin arrivée. Elle devait venir hier, mais elle a dû travailler tard. Elle a fait la moitié du chemin hier soir et elle s'est réveillée tôt. Elle est en train de s'enregistrer.

Ses doigts volent sur l'écran tactile pendant qu'elle me répond :

– Je lui ai dit de venir ici nous rejoindre.

– Est-ce qu'elle te ressemble ?

– C'est mon opposé, en fait. Je ne sais pas comment nous faisons pour vivre ensemble.

– Vous vivez ensemble ?

Poppy lève ses grands yeux marron.

– Je ne l'ai pas mentionné ?

– Pas une seule fois.

– Mince. Bon, oui, je vis avec Avery. Depuis la fac. Et la chose que tu dois savoir, c'est que c'est une bonne chose qu'elle soit là, parce que ma mère l'adore. Elle adorerait pouvoir nous échanger et qu'elle devienne sa fille à ma place.

– Pourquoi est-ce une bonne chose ?

– Parce qu'elle la distrait. Elle fait tampon entre nous. Ça va rendre cette journée beaucoup plus supportable, c'est sûr.

– Il faut bien que quelque chose le fasse.

– Qu'est-il arrivé au gentil garçon d'hier soir ?

Je souris.

– Je peux dire à tout le monde à quel point je t'aime, si tu veux.

Elle plisse son nez.

– Arrête de jurer. Je ne m'en sortirai jamais vivante si tu racontes aux gens que tu es amoureux de moi. Je suis bien trop piquante pour tomber amoureuse.

– Je sais, je te confonds parfois avec un cactus.

– Ha, ha, comme tu es marrant !

Elle me tire encore une fois la langue et avale son Mimosa.

– Saluuuut !

Je me retourne pour voir une brune à l'air fatigué qui se précipite vers notre table.

– Ave ! (Poppy se lève d'un bond pour la serrer dans ses bras.) Je croyais que tu étais en train de t'enregistrer.

– C'est fait. Le portier s'occupe de mes bagages parce qu'apparemment j'ai l'air d'avoir besoin d'un café.

Elle hausse les épaules.

– C'est vrai. (Poppy se rassoit.) Avery, voici Adam. Adam, Avery.

– Salut ! (Avery tire une chaise et s'assoit, le sourire aux lèvres.) Alors, c'est toi le petit ami.

Je jette un coup d'œil à Poppy.

– Elle joue à la conne. Elle sait très bien de quoi il s'agit.

– Je suis conne. Elle a toujours raison. Que doit faire une fille pour avoir un café par ici ?

Poppy me montre du doigt.

– Les gens font attention à lui.

– C'est que je ne m'aliène pas les barmans en les sifflant.

– Je ne l'ai fait qu'une fois. (Elle lève un doigt.) Et quand les gens agissent comme des chiens, je les traite comme tels.

– Bien sûr. Moi aussi j'ai besoin d'un café, alors...

Je ramasse ma tasse vide et je cherche le serveur des yeux.

Avery penche la tête de côté en plissant les paupières. Je fais comme si je n'avais rien remarqué en faisant signe à un serveur de nous apporter deux tasses.

– Tu restes combien de temps ? demande Poppy à Avery.

– Je dois repartir tôt demain matin, répond-elle. Le travail commence à deux heures. Amy a démissionné, alors on fait tous des pieds et des mains pour assurer son boulot.

– Tu travailles où ? je lui demande.

Poppy hausse un sourcil.

– Quoi ? Puisque vous vivez ensemble, tu ne penses pas que ce sera bizarre si je ne sais rien à son sujet ?

– Merde. J'avais oublié ce détail.

Elle fait claquer sa langue.

– Ton plan de génie n'est pas si malin après tout, hein, Pops ?

Poppy fait les gros yeux en prenant son café, mais je capte le petit sourire qu'elle m'adresse.

Tout comme Avery.

– Je travaille dans un bar près de notre appart, répond-elle. C'est en gros un restaurant pendant la journée, et un bar à partir du dîner. Quelqu'un a démissionné la semaine dernière, une autre il y a deux jours, donc c'est assez mouvementé. (Elle marque une pause.) Je suis désolée, ça m'embête, mais je jurerais que ta tête ne m'est pas inconnue.

Bien sûr. Si Poppy ne savait pas qui je suis, il n'y a aucune raison qu'Avery le sache.

La réponse de Poppy se fait attendre, parce que nos cafés arrivent. À peine ai-je dit au gars que pour l'instant ça irait, qu'Avery pousse un petit cri.

– Tu joues chez les Storms, dit-elle d'une voix étouffée.

– Quoi ? (Poppy a l'air sidérée.) Tu sais qui c'est ? Je suis la seule à ne pas le savoir ?

– Tu ne savais pas qui il était ? demande Avery avant de se tourner vers moi. Elle ne savait pas qui tu étais ?

Je souris.

– Et voilà, je crois qu'il est temps pour moi de vous laisser rattraper le temps perdu et d'aller faire mon sport.

Je m'essuie la bouche avec une serviette et fais glisser mon café devant Poppy.

– Tiens, dis-je en me levant. (Je fais le tour de la table et j'attrape le dossier de sa chaise.) Tu vas avoir besoin de ça.

Je me redresse et je vois son père, Mark, Celia et Rory entrer. Poppy suit mon regard.

– Oh non !

Je lui tapote l'épaule, et quand elle se retourne, je me penche pour l'embrasser. Je pose ma main sur sa joue et je l'embrasse intensément. Je recommence une seconde fois avant de reculer. Elle rougit et Avery hausse les sourcils, en esquissant un sourire.

– Bonjour, je lance alors à sa famille. Tu vas bien, Mark ?

– Je n'en suis pas vraiment sûr, répond-il en riant.

– Adam !

Rory court autour de la table et se jette dans mes jambes.

– Oouf ! (Je fais semblant de reculer de quelques pas.) Tu as fait de la muscu ? Tu es plus fort qu'hier !

Il hoche la tête en reculant. Il relève sa manche et fléchit ses petits bras vers moi.

– J'ai fait cinq pompes ce matin !

– Cinq ? Wouah. Bon travail !

Je lève la main pour lui faire un high-five et il répond en frappant ma main avec beaucoup d'enthousiasme.

– Tu pars ? demande le père de Poppy.

– Ouais. Avery vient d'arriver, alors je les laisse un peu ensemble. Je vais faire de l'exercice.

Mark regarde la table et fronce les sourcils.

– Ça te dérange si je prends un verre et que je te rejoins là-haut ? J'ai besoin d'un peu d'exercice aussi.

– Ça me va. C'est toujours plus sympa avec un pote. (Je lui donne une tape sur l'épaule.) Pops, je t'envoie un texto quand j'ai fini, d'accord ?

– Hein ?

Elle jette un coup d'œil par-dessus son épaule, les joues encore roses.

Je me retiens de lui sourire.

– Je t'enverrai un SMS quand on aura fini pour savoir où tu es. D'accord ?

– Oh. Oui. Très bien.

Avery renifle, et je lui fais un clin d'œil.

Ça la rend dingue, et c'est follement amusant.

Chapitre quinze

Poppy

Serviettes et absurdité

Avery claque la porte de sa chambre et me regarde fixement.

– Tu as couché avec Adam Winters et tu ne savais pas qui c'était ?

– Je... tu l'as vu dans le bar et tu ne me l'as pas dit !

Vraiment, c'est ça mon argument ? Mon Dieu, je suis nulle.

– Je ne l'avais pas vu aussi clairement ! Tu m'as dit que tu rentrais avec lui et j'ai sauté dans un Uber.

– C'est comme ça que tu t'assures que je suis en sécurité ?

Elle écarquille les yeux.

– J'ai parlé à son pote toute la soirée. Je savais que tu étais en sécurité. Mais arrête de détourner le regard ! Comment diable as-tu pu t'en tirer dans ta famille de fans de hockey ?

Je lui raconte ce qui s'est passé vendredi soir.

– Alors, oui. Rosie m'a sauvé la mise.

– Adam n'a pas cru bon de te le dire, au cas où ?

– Non. Il a trouvé ça drôle.

– Il a rencontré ta mère, non ?

– Et elle l'aime beaucoup, je murmure en tombant sur son lit. Tout ce week-end est un vrai bordel, Ave.

Ma famille est dingue de lui et, bientôt, je vais devoir rompre avec ce petit ami bidon qui se trouve être le seul de mes petits copains que ma famille ait jamais apprécié.

– Eh bien, c'est un risque à courir, dit-elle sans ménagement. Je t'avais dit que c'était une mauvaise idée.

– Je sais. C'était une mauvaise idée. C'est une mauvaise idée.

Je m'allonge sur le lit et me couvre les yeux en rebondissant sur le matelas.

Le matelas s'affaisse lorsqu'elle s'allonge à côté de moi.

– Il a l'air gentil, pourtant. Très convaincant.

Je gémis en me retournant sur le ventre et en me vautrant presque sur elle.

– Il l'est. Il est beau, il est parfait.

– Oh oh, dit Avery en se déplaçant pour s'asseoir. (Elle s'appuie contre la tête de lit et jette ses chaussures par terre.) Charmant et parfait ?

Un autre gémissement. J'enfouis mon visage dans les couvertures.

– Oui. Et je déteste le fait qu'on s'aime bien.

– Que tu l'aimes bien ou que lui t'aime bien ?

– Je ne sais pas, Ave.

Je tourne la tête sur le côté et pose ma joue sur mes bras.

– Je ne veux pas répondre à cette question. Bien entendu, il est super-sexy et, au pieu, c'est un putain de magicien, et en plus on s'entend bien. C'est si facile, tu vois ? C'est comme si on se connaissait depuis des années.

– C'est... j'ai envie de dire que je trouve que c'est trognon, mais je ne pense pas que tu seras d'accord.

– Non. Et puis hier soir, Rosie m'a dit que nous faisions un super-boulot en prétendant être ensemble, et...

Avery éclate de rire.

– En prétendant, mon cul ! Ce baiser après le petit déjeuner m'a quasiment fait perdre la tête !

Je toussote en riant à moitié.

– Exactement. Je lui ai dit que ça me perturbait et il m'a répondu qu'il en pinçait pour moi. Beurk, Ave !

– Alors, pourquoi tu flippes ?

– Je ne flippe pas.

– Tu flippes totalement.

Je secoue la tête.

– Demain, tout sera terminé, alors peu importe, parce que...

– Pourquoi faut-il que ce soit fini ?

Elle croise ses jambes et serre un oreiller entre ses bras.

– Vous vous aimez bien. Vous vivez tous les deux à Orlando. Pourquoi ne pas être honnête et voir si quelque chose se passe ?

– Parce que nous sommes différents et que nos vies ne sont pas compatibles.

– Tu es comme cette héroïne de romance qui donne envie aux gens de balancer leur Kindle. Tu sais, le genre de bouquins où tu te poses, tu cries et tu demandes : COMMENT LE SAIS-TU ? TU N'AS MÊME PAS ESSAYÉ !

Je cligne des yeux.

– Vers le milieu du livre, hein ?

Elle pousse un long soupir.

– Ouais. Mais bon, comment tu sais que vos vies sont incompatibles ?

– Parce qu'il est célèbre, talentueux et riche, et...

– Tu as du talent.

– Ça ne compte pas. Je peins pour le plaisir. (Je me rassieds.) Tu es la seule à savoir que je continue.

– Et alors, est-ce que ça rend les choses moins importantes ? Pops, tu travailles comme serveuse et tu vis avec une coloc dans un appart un peu trop cher. C'est comme ça que la plupart des gens riches débutent.

Elle me fait rire.

– À Hollywood oui, et seulement si tu es prête à vendre ton âme au diable.

– Alors, tu es bien partie puisque tu as été mise au monde par un véritable démon. Elle sourit, je pense que tu devrais tenter le coup.

– Hmph. On verra bien. Pour l'instant, concentrons-nous sur cette journée. J'ai hâte que ce mariage soit terminé et que ma sœur soit mariée.

– D'accord. D'accord.

***

– Avery, je t'ai raconté la fois à Amsterdam ? demande grand-père, penché sur la table, les yeux exorbités.

Avery hésite.

– À Amsterdam ?

Ding ding, mauvaise réponse.

– Celle avec la prostituée britannique aux seins comme Jupiter.

– Je vais chercher d'autres cartes de placement à table !

Je me précipite à l'autre bout de la pièce. Avery ne l'a peut-être pas entendue, mais moi j'y ai eu droit la veille, je n'ai aucune envie de l'entendre à nouveau.

Il a visiblement choisi son sujet de conversation pour cette réunion de famille, et quand ma mère va le découvrir, la vapeur va lui sortir des oreilles.

Des bras glissent le long de mon dos et des lèvres effleurent ma pommette. C'est Adam.

– Hey.

– Hé, tu peux me lâcher. Grand-père est trop occupé à parler de Jupiter à Avery pour y prêter attention.

– Pas encore ça !

– Si.

– Ton père va probablement arriver, alors je te garde pour l'instant, murmure-t-il. On a été interrogés dans la salle de gym par ta mère.

Je prends une pile de cartes annotées et je me retourne dans ses bras, en penchant la tête pour croiser son regard.

– Je parie que c'était marrant.

– Apparemment, Mark doit vérifier que tous les costumes des garçons d'honneur sont corrects et ton père doit t'aider, et bon sang, moi aussi, puisque je suis là.

– Ah !

Je lui donne un petit coup sur le nez et je lui passe les cartes.

– Elles doivent aller dans ces petits porte-cartes.

Je m'extirpe de ses bras et j'attrape la boîte qui contient les ravissants porte-cartes.

– C'est ça qu'elle nous demande de faire ?

– Il n'y en a que soixante. Toutes les cartes ne sont pas parfaitement découpées, il faut donc en recouper quelques-unes. Grand-père est censé nous aider, mais...

– Il écluse un Bloody Mary et raconte des histoires sur Amsterdam.

– Mhmm. On espère qu'il s'endormira rapidement. On a demandé au barman de mettre une dose supplémentaire dans son verre.

– Je croyais que vous l'empêchiez de boire de l'alcool.

– C'est le cas. Mais on nous a confié cette connerie, alors...

Je soulève la boîte avec une grimace et je retourne à la table.

– Et laissez-moi vous dire... (Grand-père s'agrippe à son verre, les yeux légèrement vitreux.) Elle pouvait monter un taureau comme un cow-boy, si vous voyez ce que je veux dire.

Avery hoche la tête d'un air solennel.

– Je vois. J'imagine qu'elle vous a coûté cher.

– Ça valait chaque putain de centime ! glousse-t-il. Adam, tu es déjà allé à Amsterdam ?

– Oui, Monsieur, répond Adam en posant les cartes. J'y suis allé quand j'avais seize ans.

Grand-père se penche en avant.

– Je t'emmènerai un jour ! Nous passerons du bon temps.

Je m'assieds à la table en soupirant. Adam fait de même, attrape mon pied nu et le pose sur sa cuisse, en me faisant un clin d'œil.

Je hausse les yeux au ciel.

J'ai besoin de plus de paracétamol.

– Grand-père, tu ne feras jamais le voyage, je te rappelle que ton médecin t'a dit, pas de vols de plus de trois heures.

– Il a aussi dit, pas de Bloody Mary, glousse-t-il. Et regardez ce que je bois !

– Ne crie pas si fort. Maman croit que c'est du jus de tomate pour lutter contre ton addiction.

Je glisse une carte dans un support et je la range de côté, avec les cartes terminées.

Grand-père va répondre quelque chose quand il est interrompu par un claquement de porte.

Nous sursautons tous.

C'est Rosie. Elle est adossée à la porte, vêtue d'un pantalon de yoga et un haut sur lequel sont dessinés une part de pizza et les mots « Triangle amoureux ».

– Je vais voler ce tee-shirt, je lui lance en insérant une autre carte. La tienne est à l'envers, dis-je à Adam. Le petit oiseau doit être devant.

Il soupire.

– J'ai de trop gros doigts pour faire ça.

– C'est bien la première fois qu'un homme se plaint d'être trop grand, réplique Avery du tac au tac.

Grand-père continue son caquetage et ses hoquets.

– Je suis contente que vous vous amusiez tous autant, nous lance Rosie, l'air tendue.

– Pas vraiment. Je m'ennuie à mourir. Pourquoi as-tu l'air d'être poursuivie par la police ?

– C'est le cas ! Par la police du mariage ! Maman et l'organisateur sont après moi ! Je voulais aller à la salle de sport parce que, bon sang, je me marie aujourd'hui, je panique, je flippe et je veux juste me défouler, mais elle est sur mon dos à propos de cupcakes et de fleurs, et quand est-ce que les bouquets arrivent, et suis-je sûre de cette table, et est-ce que grand-père n'est pas assis trop près du bar ?

– Je vais m'y asseoir, pas de problème. Tu veux boire un verre ?

Rosie fixe le Bloody Mary et le prend. Elle avale et grimace.

– Jésus ! Combien y en a-t-il là-dedans ?

– Assez pour l'expédier dans les bras de Morphée, répond Avery. Comme ça, il ne créera pas de problèmes.

– Bizarrement, ça a du sens, répond Rosie.

– Continue, à propos de la police du mariage. (Je saisis ma bouteille d'eau et la débouche.) Tu te caches ?

– Oui, soupire-t-elle. Et tu ne me piqueras pas mon tee-shirt.

– On verra bien, je réponds en souriant. Elle va probablement débouler ici d'abord et me demander si je t'ai vue.

Un petit ronflement s'élève du côté de grand-père, nous le regardons tous au moment précis où il se réveille d'un seul coup.

– Ne laissez pas les canailles s'échapper, les filles !

– Ok, grand-père.

Adam est hilare, le visage écrasé contre ma cuisse.

Des voix se font entendre à l'extérieur de la pièce, Rosie écarquille les yeux.

– Ils sont là !

– Sous la table ! siffle Avery en soulevant le tissu.

Rosie plonge dessous et Avery fait retomber la nappe juste à temps, alors que la porte s'ouvre.

– Tu peux me passer d'autres supports ? je demande à Avery.

– Bien sûr.

Elle fait glisser la boîte vers moi.

– Te voilà, Poppy, s'écrie maman en entrant dans la pièce, l'organisateur sur ses talons.

Je fronce les sourcils.

– Tu nous as demandé de rester ici avec grand-père, tu m'as dit de ne pas bouger avant que tous les cartons avec les noms des invités soient prêts. Où donc pourrais-je être ?

– Je ne sais pas, je suis surprise que tu sois là.

Sauvez-moi, mon Dieu.

– Est-ce qu'il dort ? demande l'organisateur.

– Oui, répond Avery. C'est la vieillesse. Ça arrive même à ceux qui pensent avoir encore vingt ans.

C'est la description la plus précise de grand-père...

– C'est du Bloody Mary ?

Je tente une improvisation

– Tante Blythe est venue chercher papa. Elle a laissé son verre. Tu sais comme elle est...

Je mime un pochtron qui titube.

Maman soupire.

– Cette famille ressemble parfois à une assemblée d'alcooliques.

C'est vrai.

– As-tu vu ta sœur ? Il y a des choses de dernière minute qu'elle doit régler avant de se préparer.

Maman serre ses mains l'une contre l'autre sur son ventre.

– Quelqu'un l'a vue ?

Avery secoue la tête.

– Non, désolée.

– Adam ?

Il hausse les épaules.

– J'étais à la salle de sport jusqu'à ce que vous me demandiez de venir ici.

– Poppy ?

– Quand donc l'aurais-je vue ? J'ai pris mon petit déjeuner, je suis montée avec Avery pour qu'elle se change, puis on est tombées sur toi. Je termine un autre support. Mais si c'est à propos de ce satané plan de table, elle va te tuer si tu le changes encore. Et elle m'a envoyé un texto ce matin pour me dire que les bouquets arriveront à... merde, quand ça déjà ?

Trois coups sur mon mollet me donnent la réponse.

– Trois heures. J'en suis sûre. Le concierge attend la livraison dans son bureau. C'est tout ce que je sais, d'après les informations qu'elle m'a fournies. Si je la vois, je lui dirai que tu la cherches. (Je souris à maman et j'attrape une autre carte.) On peut continuer maintenant ?

– Je suppose. Nous allons voir le concierge. N'oublie pas d'appeler si tu vois Rosie.

En croisant les doigts, je lance un « promis ».

Elle hoche la tête et quitte la pièce avec l'organisateur.

Quand la porte se referme, nous poussons tous un soupir de soulagement. Mon Dieu, c'était un véritable interrogatoire. Pas étonnant que Rosie n'en puisse plus.

Au bout d'une minute, elle montre le bout de son nez.

– C'est safe ?

– Oui, tu peux sortir.

– Je te donne mon tee-shirt en gage de reconnaissance, me prévient-elle en riant.

Je lui réponds en souriant :

– De toute façon, je l'aurais eu. Voilà. C'est fait. Je t'ai fait gagner du temps. Même si tu ferais mieux, pour l'instant, de rester ici et de nous filer un coup de main.

– Ouais, je suis nul pour ça, s'excuse Adam en laissant retomber le support qu'il tenait entre les mains.

Je lui fais les gros yeux.

– Toi, tu restes assis ici et tu es sage.

– Je vais t'aider. C'est mieux que de devenir dingue, toute seule dans ma chambre. Les filles se font toutes faire les ongles, mais je l'ai déjà faits hier, alors... Oh, comme c'est mignon !

– Dommage qu'elles ne soient pas livrées déjà assemblées.

Entre nous, le silence se fait. Les ronflements intermittents de grand-père sont les seuls bruits que nous entendons, en continuant à préparer les cartes. Adam caresse la partie inférieure de ma jambe de haut en bas. Et chaque fois, son pouce fait le tour de ma cheville.

Rosie nous jette un regard en coin avant de croiser celui d'Avery. Je les ignore. Je sais qu'elles essaient de m'énerver, mais peu m'importe, je ne mords pas.

– À l'attaque ! L'Armada arrive ! (Grand-père renifle en se trémoussant.) Feu sur les ordures, marmonne-t-il avant de ronfler encore une dernière fois, puis de redevenir silencieux.

Nous échangeons tous un regard et nous éclatons de rire, en tentant de nous retenir pour ne pas le réveiller.

Mon Dieu !

On peut toujours compter sur grand-père.

Chapitre seize

Poppy

Pizza et étincelles

– On a combien de temps ? demande Adam.

Il glisse ses doigts entre les miens et me traîne à travers tout l'hôtel.

J'ai du mal à le suivre, je cours littéralement derrière lui.

– Euh... une demi-heure. Ensuite, je dois aller me préparer. Pas de discussion.

– Il n'y en aura pas. Je t'ai prévenue que j'allais te kidnapper avant que tu doives te préparer.

– Je ne pensais pas que ça voulait dire que tu allais t'incruster sous ma douche !

Il rit et ralentit lorsque nous approchons du restaurant.

– Il fallait que tu te dépêches. Tu as des coiffeurs et des maquilleurs là-haut. Tu n'avais pas besoin de te coiffer toi-même, juste pour un rendez-vous.

Il a raison, mais tout de même.

– J'ai failli tomber.

– Dis-moi quelque chose qui ne me surprenne pas.

Il sourit et lâche ma main.

– Je vous ai appelé il y a une demi-heure, dit-il au type de l'accueil. Adam Winters.

Le type lui répond par un signe de tête.

– C'est prêt. Une minute, Monsieur Winters.

– Qu'est-ce que c'est ? (Je le tire par la main.) Dis-moi.

Il sourit en secouant la tête,

– Je ne te le dirai pas. C'est une surprise.

Je soupire. Ce n'est pas juste. Qu'a-t-il prévu ?

– Tenez, Monsieur.

Le type de l'accueil revient avec une boîte à pizza et un sac en tissu rempli de je ne sais quoi.

– Merci.

Il hoche la tête, serre la main du type et lui prend la boîte.

– Viens, Red.

Je surprends le réceptionniste qui glisse discrètement sa main dans sa poche. Il vient de faire ce truc de la poignée de main ?

– Est-ce que tu viens de lui refiler un pourboire en lui serrant la main ?

– Tu l'as remarqué ?

– Je remarque tout.

– Bien sûr. Allez viens. Ça va être le rencard le plus rapide de tous les temps.

Je le suis à l'extérieur. Il prend un virage serré vers les marches de la plage.

– C'est un rendez-vous galant, n'est-ce pas ?

– Évidemment. Et on doit manger de la pizza, bavarder et s'embrasser, le tout en... (Il jette un coup d'œil à sa montre.) Vingt-cinq minutes.

Je me marre.

– Tu as tout prévu, n'est-ce pas ?

– Planifié de A à Z. Tu peux tenir la pizza ?

– Bien sûr.

Je fais glisser mes lunettes de soleil et j'attrape la boîte.

Nous marchons sur quelques mètres sur la plage. Adam choisit un endroit près d'un palmier, qui nous offre un peu d'ombre. Je reste en arrière pendant qu'il pose le sac et en sort une énorme couverture qu'il pose sur le sable devant nous.

Il me fait signe de m'asseoir avec la pizza. J'esquisse un sourire en laissant tomber mes tongs, je m'avance sur la couverture en prenant soin de poser délicatement la boîte à pizza dessus.

Personne n'aime la pizza avec du sable.

Adam sort du sac une demi-bouteille de vin et deux gobelets en plastique.

– Voilà, dit-il, en posant le sac, tout en ôtant ses chaussures et en gardant parfaitement l'équilibre.

Si j'essayais, je ferais tomber le vin. Et je ne vais pas vous mentir, pendant que je le regarde faire, mon cœur bat un peu plus fort.

Le vin, c'est important.

Il s'assied avec précaution sur la couverture et me tend les verres. Je les lui prends avec un grand sourire, il débouche la bouteille et s'approche pour les remplir.

Quand il a terminé, il se retourne et cale soigneusement la bouteille dans le sable.

– Maintenant, on peut manger.

Il sourit en prenant son vin.

– C'est sans doute le rendez-vous le plus bizarre que j'aie jamais eu, mais je crois que j'aime ça.

– Bien sûr que tu aimes ça, Red. Tu as de la pizza, du vin et un mec sexy. Ça pourrait être pire.

Je hume le vin, son arôme me monte au nez. Adam rit, mais je ne peux même pas le rembarrer parce que, putain, mon nez me brûle.

– Je m'en doute. J'ai eu des rencards bien pires que celui-là. Je ne suis pas célibataire par hasard, tu sais.

Je hausse un sourcil et ouvre la boîte de pizza. L'odeur du fromage et de la sauce fait gargouiller mon estomac. Je n'avais même pas réalisé que j'avais faim.

Bien sûr, c'est le milieu de l'après-midi et je n'ai rien avalé depuis ce petit déjeuner hyper-matinal, ce n'est donc pas vraiment une surprise. Sans parler du fait que j'ai couru toute la journée comme un poulet sans tête.

Je suis plus que prête à m'allonger sur une plage pendant vingt-cinq minutes sans rien faire.

– J'en suis certain, répond-il en gloussant légèrement. Est-ce que tout roule ?

Je hoche la tête, tout en mâchant.

– Rosie va aller se faire coiffer. Ses autres demoiselles d'honneur sont en train de se faire engueuler par maman pour lui avoir fichu la paix cet après-midi, c'est pour ça que j'ai décidé de filer.

– Pourquoi ta mère est furieuse ?

– Honnêtement ? Je pense qu'elle est à un doigt de perdre la tête et de faire une bonne dépression, alors à ce stade, mieux vaut la laisser faire.

Je hausse les épaules et j'avale une bouchée de pizza.

– Je me suis enfuie.

Il rit en léchant la sauce sur son doigt,

– Tu penses que tout va bien se passer ce soir ?

– Absolument pas.

– Pourquoi pas ?

– Parce que c'est ma famille. J'ai une totale confiance pour ce qui est de la cérémonie, mais après ? Aucune chance. C'est un miracle qu'ils aient réussi à organiser tout ça sans que rien ne tourne mal.

Adam se penche côté et regarde la plage.

– Ça ? Devant le bar ? C'est très joli. C'est quoi, toutes ces lumières ?

– Des lanternes. Elles sont disposées tout au long de l'allée et autour de l'arche. Il y en a partout dans le bar, pour la fête d'après cérémonie.

– Tout se passe dehors ?

– Oui, Rosie avait le choix, dedans ou dehors, et comme le mariage a lieu tard, il n'y aura pas de dîner assis. Il y aura des discours (je lève les yeux au ciel), mais ce sera informel.

– Et tu dois faire un discours ?

Ses yeux s'éclairent.

– Si tu te moques de moi, je ne coucherai plus jamais avec toi.

– Je te promets que je ne me moquerai pas. Tu sais ce que tu vas dire ?

– Oui, mais je vais tout oublier dès que je vais me lever pour prendre la parole. Sans compter qu'on m'a prévenue que je n'aurai qu'une pauvre chaise en guise d'estrade. C'est aller au-devant des ennuis.

Adam m'interroge du regard un instant.

– Ça n'a pas l'air de te faire plaisir.

– Non. Je n'ai plus le droit de changer les ampoules. Avery me l'a interdit.

– Pourquoi ?

– La dernière fois que j'ai essayé, j'ai glissé de la chaise et j'ai arraché le plafonnier en l'entraînant avec moi dans ma chute. (Je souris innocemment.) Ce n'est pas ma faute s'il n'a pas supporté mon poids.

– Les luminaires ne sont pas faits pour supporter le poids d'une adulte, Red.

– Je le sais à présent. Inutile de remuer le couteau dans la plaie.

Il rit et referme la boîte de la pizza. Nous avons réussi à en avaler un peu plus de la moitié malgré notre petite discussion. Adam repousse la boîte sur le côté de la couverture.

– C'est la partie du rendez-vous où l'on s'embrasse comme des ados en chaleur ? je lui demande en capturant son regard.

Il esquisse un sourire,

– Non, parce que si ça arrive, tu ne te prépareras pour rien d'autre qu'un nouvel orgasme. Et j'aurai des ennuis avec ta famille.

– Ça pourrait jouer en notre faveur. Ils ont besoin d'une raison pour ne pas t'apprécier. Ce sera plus facile quand je leur annoncerai que nous avons rompu.

C'est à son tour d'écarquiller les yeux en s'allongeant.

– On va trouver quelque chose. Peut-être qu'on va s'éloigner l'un de l'autre quand la saison va commencer, parce que je suis trop souvent absent.

– Et que les filles se jettent sur toi, et ça me fait me sentir comme une merde.

– Tu vois ? Voilà. On a trouvé.

Avec un sourire, il lève la main pour un high-five.

Je frappe ma main contre la sienne, il attrape mes doigts et me tire vers lui. Je tombe en avant et j'atterris sur sa poitrine. Il laisse échapper un petit sifflement, mais je ne peux qu'en rire.

– Voilà ce qui arrive quand tu me tires. Je ne suis pas une corde. Je suis un poids mort.

– Oh oui. Avec tes deux cent cinquante kilos, c'est comme si un rocher me tombait dessus.

– Et tu dis que c'est moi qui suis une langue de pute, Hockey Boy !

– C'est le cas. Et j'aime beaucoup ça. (Il me sourit et passe son pouce sur ma lèvre inférieure.) Je n'ai jamais prétendu que je n'étais pas sarcastique. En fait, je pense que tu fais ressortir ce penchant chez moi. C'est contagieux ?

– Non. C'est un langage de gens intelligents. C'est comme ça qu'on confond les idiots.

– Tu viens de me dire que je suis intelligent ?

– Tu réussirais à tirer un compliment même d'une carpe, n'est-ce pas ?

– Surtout si elle m'en fait un de façon détournée.

Son rire est incroyablement contagieux. Surtout lorsqu'il rejette la tête en arrière, ferme les yeux et que son corps tout entier se secoue.

J'enfouis mon visage dans sa poitrine et je me mets à glousser moi aussi. Je ne sais pas pourquoi. Il n'y a rien de drôle.

À part toute cette situation, qui l'est, elle.

Adam pose une main dans mon dos et repousse mes cheveux sur le côté de mon cou. Le contact de ses doigts sur ma peau me procure des frissons tout le long de la colonne vertébrale. Lentement, je relève la tête et je le regarde.

Ses lèvres pleines sont recourbées dans un sourire, ses yeux brillent encore du rire qui s'attarde dans son regard, sa barbe me donne envie de le toucher.

Ses yeux capturent les miens.

Doucement, je passe mon pouce sur sa pommette, en suivant la courbe. Sa barbe me picote. C'est étrangement... agréable. C'est une sensation bizarre, je n'arrive pas à croire que ce soit aussi agréable.

Je place « Toucher sa barbe de trois jours » tout en haut de ma liste, au même niveau que « Caresser des petits chatons ».

Mon regard s'arrête sur sa bouche. Ses lèvres sont là, pleines, lisses, et...

Sous les miennes.

Je l'embrasse doucement en le tenant par le menton. C'est si naturel, si tendre, que les battements de mon cœur s'accélèrent et cognent férocement contre mes côtes, à l'opposé de la douceur de ce baiser.

Lent. Calme. Doux. C'est un vrai baiser, un baiser qui laisse le temps à vos sentiments de s'installer pour que vous puissiez les prendre en compte, même si votre esprit voudrait qu'ils se taisent.

Et c'est ce qui m'arrive en ce moment même. Des sentiments. J'éprouve des sentiments pour Adam Winters, et il faudrait qu'ils se taisent et retournent à leur expéditeur.

Ces pensées quittent mon esprit lorsqu'Adam me fait rouler sur le dos en plongeant sa main dans mes cheveux et qu'il m'embrasse plus intensément. Sa langue taquine la mienne, et je glisse ma main sur sa nuque.

Il tend le bras et, à cet instant précis, je suis éclaboussée par un liquide très froid.

Du vin.

– Oh mon Dieu ! (Je le repousse et ramasse le verre vide.) Adam !

– Merde. Je suis désolé. J'ai complètement oublié qu'il était là.

Mes cheveux sont pleins de vin.

– Il va falloir que je reprenne une douche !

– Plonge dans la mer. Ça va le faire.

– Je ne peux pas aller au mariage de ma sœur parfumée à l'eau de mer et au sauvignon blanc. Je ne suis pas une baleine ivre.

Il se penche en avant, ses épaules tremblent.

Oh non. Je ne vais pas le supporter.

J'attrape l'autre verre plein et je lui jette à la figure.

Il se fige.

Moi aussi.

Je mords ma lèvre inférieure pour dissimuler un sourire pendant qu'il relève la tête lentement, très lentement.

– Tu n'as pas osé me balancer du vin, dit-il à voix basse.

– C'est toi qui as commencé.

– C'était un accident.

– Moi aussi. J'ai voulu boire, et oups ! mon poignet a vrillé et tu as tout reçu, j'affirme en mimant le geste, le verre à la main.

– Poppy...

Il y a un semblant d'avertissement dans sa façon de prononcer mon nom.

Je n'ai plus qu'une seule solution.

Courir.

Je quitte la couverture et, en criant, je m'élance sur le sable. Il est juste derrière moi. J'ai à peine fait trois mètres qu'il me rattrape.

– Non, non, non !

Je ris en m'agrippant à ses avant-bras.

– Tu n'espérais pas pouvoir me distancer, n'est-ce pas ?

– Si ! (Je crie et je ris à la fois.) Ça valait le coup d'essayer.

– Espèce d'idiote ! Tu savais que j'allais te rattraper. (Il rit à présent.) Tu l'as fait exprès.

– Ok ! Si je l'admets, tu me laisseras partir ?

Mes orteils touchent à nouveau le sable.

– Oui.

– C'était délibéré. Je te l'ai jeté exprès pour me venger.

– Bien.

Il resserre sa prise et me soulève à nouveau, cette fois-ci en me faisant tournoyer plusieurs fois, en rond.

– Adaaaaaaaam ! Nooooon !

Bien sûr, je crie. Mais je ris aussi. C'est ridicule, de tournoyer en rond à vingt-quatre ans, mais c'est également étrangement amusant.

Ça ne me fait pas de mal de virevolter, soulevée par autant de kilos de muscles super-sexy. Un tour de plus, et il me repose. Mes pieds, en touchant le sable, ne se sont jamais sentis aussi bien, et je suis prise d'un fou rire quand il me relâche. À peine ai-je repris mon souffle qu'il s'avance, me soulève le menton et plante un énorme baiser sur mes lèvres.

– Va prendre une douche avant que je recommence, dit-il à voix basse.

– Tu n'oserais pas.

Il fait un pas dans ma direction.

Vous savez quoi ?

Je ne vais pas rester là à attendre, parce que j'ai bien l'impression qu'il le ferait.

L'écho de son rire, qui me poursuit lorsque je m'enfuis, me le confirme.

***

– Tu es en retard ! aboie ma mère à la seconde même où je pénètre dans la suite de Rosie.

– Cinq minutes. Il fallait que je prenne une douche.

Je lui montre la serviette sur ma tête.

– Tu n'as aucune excuse.

– Maman, lâche-la.

Rosie sort de la salle de bains. Elle est coiffée et maquillée. Son maquillage est impeccable et naturel, il met en valeur l'éclat de ses yeux et les taches de rousseur qui parsèment son petit nez. Ses cheveux sont tirés en arrière, deux petites tresses épousent les côtés de son crâne. Le reste de sa chevelure retombe sur ses épaules en boucles lâches. De minuscules fleurs parsèment les tresses, et une grande fleur couvre l'endroit où les tresses se rejoignent à l'arrière de sa tête.

– Quoi ?

– Rien. Tu es juste magnifique.

Je lui tends la main et serre la sienne.

– Je sais. (Elle me fait un clin d'œil.) Pourquoi es-tu en retard ?

– Adam m'a jeté du vin sur les cheveux.

Elle hausse les épaules.

– Ça arrive quand on s'embrasse sur une plage.

– Lâche-moi.

Elle sourit.

– Viens t'asseoir. Lori va te coiffer.

Je me laisse guider vers une table jonchée de toutes sortes d'accessoires. Rosie me fait asseoir, fait un signe de tête à une brune, et c'est parti.

Je reste assise pendant une heure, à me préparer, et à me préparer. C'est ainsi que les Kardashian doivent vivre tous les jours. Comment les gens font-ils ? On me tire la tête à gauche et à droite. Les pinceaux, les crayons, les éponges, tout ce qu'on peut imaginer, s'attaquent à mon visage. Je suis sur le point de dire que j'en ai ma claque lorsqu'on me donne enfin le feu vert pour me lever.

Je me regarde dans le miroir.

Eh bien, merde.

Je ne suis pas mal du tout.

Mon maquillage est aussi naturel que celui de ma sœur, et un côté de mes cheveux roux a été tiré vers l'arrière de mon crâne, retenu par une grande fleur blanche. Le contraste avec mes cheveux est saisissant, et bon sang, je me trouve jolie.

Entre demoiselles d'honneur, nous nous aidons à enfiler nos robes. Elles sont rose pâle et assez moulantes. Les ourlets asymétriques des jupes en dentelle légère camouflent bien des défauts, les encolures en V et les fines bretelles font pigeonner toutes les poitrines, mêmes celles des filles qui sont plates comme des limandes.

Ma sœur a trouvé des sandales de plage qui sont tout sauf des chaussures, mais plutôt un truc qui s'attache autour de nos chevilles et descend pour passer sur le deuxième orteil, et qui donne l'impression que nous sommes pratiquement pieds nus.

Nous sommes toutes assises à différents endroits, en train de mettre nos sandales de mariage lorsque la porte de la chambre de Rosie s'ouvre.

Je reste muette, les autres filles poussent un cri. Maman renifle et sort un mouchoir.

Elle est magnifique.

Sa robe bohémienne moule le haut de son corps, dans un bustier avec des applications de fleurs. Elle s'évase à la taille dans une jupe en mousseline de soie floue qui donne l'impression que la robe a été cousue sur elle.

– Ro, lui dis-je doucement, tu es magnifique.

Elle fait tourner sa jupe d'un côté, puis de l'autre.

– Tu trouves ?

– C'est vrai, dit maman en l'embrassant doucement sur la joue. (Puis elle regarde sa montre.) Bon ? Est-ce que tout le monde est prêt ? Est-ce que Celia...

– Oui, dit Celia, en ouvrant la porte, Rory est là.

Rory entre. Il porte une chemise blanche avec un nœud papillon rose pâle et un short gris.

– Maman ! Tu ressembles à une princesse !

Rosie se penche et l'embrasse.

– Quant à toi, tu es très beau.

Maman revérifie l'heure à nouveau.

– Ok, les filles, vous devez descendre. Les garçons d'honneur vous attendent. Celia, tu peux aller t'asseoir, chérie, merci. Rosie, ton père sera là d'une minute à l'autre.

Nous faisons une dernière vérification dans le miroir, avant de nous diriger vers la porte.

Rory me tend sa petite main.

– Prête, tante Poppy ?

– Bien sûr, mon pote. (Je le prends par la main.) Tu es prêt à être le plus beau gars qui marche vers l'autel ?

Il me fait un signe de tête.

– Je suis prêt.

Je ris et, après avoir envoyé un baiser à ma sœur par-dessus mon épaule, je conduis le plus beau des petits gars jusqu'à l'autel.

Chapitre dix-sept

Adam

Alliances et réalité

Je ne peux m'empêcher de la regarder. Quand elle est apparue au bout de l'allée en donnant la main à Rory. Quand elle est passée devant moi en me lançant un sourire timide. Lorsqu'elle se tient devant, en rang avec les autres demoiselles d'honneur. Quand Rosie et Mark se disent oui.

Et lorsqu'on dit à Mark qu'il peut embrasser sa femme, je ne peux toujours pas détourner mon regard, surtout quand elle me regarde.

Elle est si belle que c'en est presque douloureux. Tout le monde a les yeux rivés sur Rosie, mais pour moi, c'est Poppy qui se démarque complètement. Ses cheveux de feu sont tellement plus lumineux que ceux de toutes les autres demoiselles d'honneur.

C'est peut-être parce que je la cherche. Chaque fois que j'essaie de détourner le regard, mes yeux se reposent sur elle.

Et je pense qu'elle le sait. Elle n'arrête pas de me regarder, même en jouant à la sœur et à la parfaite demoiselle d'honneur.

C'est magnétique. Je n'arrive absolument pas à contrôler la manière dont nous nous regardons. Je ne vois qu'elle, et c'est assez terrifiant.

Sur le papier, Poppy Dunn n'est rien de plus qu'une belle inconnue.

Dans la réalité, Poppy Dunn est un rêve ambulant à la force diabolique.

Quoi qu'il en soit, je ne suis pas assez fort pour lui résister. Pas quand elle est près de moi. Pas quand elle me rend muet, que ses yeux me captivent et que son rire me rend fou.

J'éprouve quelque chose d'intense pour cette rousse dingue, et c'est une vraie connerie.

Elle m'a fait part de sa position dès le premier jour, et j'étais prêt à l'accepter. C'était l'affaire de quatre jours. Une aventure.

Une aventure de quatre jours.

Ni plus ni moins.

Je n'avais rien contre. Rien, sauf les sentiments que j'ai rapidement développés pour cette petite diablesse, mais ils étaient faciles à dissimuler. L'attirance que j'éprouve pour elle et la force de mon désir, c'est une chose, mais mes émotions ?

J'ai bâti ma carrière en dissimulant mes émotions. Je n'ai pas obtenu mes trophées et tous ces honneurs en dévoilant ce que je ressentais à mes adversaires.

Poppy représente, à tout point de vue, un adversaire.

Il m'est difficile de cacher ce que je ressens pour elle. Elle m'attire au-delà de toute imagination. Elle est chaude comme la braise et insolente comme l'enfer. Tout le reste est tellement attachant que je n'arrive plus à réprimer mes sentiments pour elle.

Bien sûr, je mentirais si je disais que je n'ai pas envie de temps en temps de poser ma main sur sa bouche pour la faire taire. Je serais un menteur si je disais que je n'ai pas envie d'embrasser ses lèvres si douces pour lui clouer le bec.

J'applaudis lorsque Rosie et Mark redescendent l'allée en se tenant la main avec un grand sourire. Je suis heureux pour eux. C'est toujours agréable de voir deux personnes qui s'aiment vivre un heureux dénouement, et il n'y a aucun doute dans mon esprit, ils ont trouvé leur partenaire idéal. Lentement, les invités commencent à se lever et l'avant du cortège se disperse. Les gens se répartissent en groupes, les amis se saluent et les membres de la famille s'embrassent en se lançant des « C'est si bon de te voir ! ».

Je réussis à me glisser hors de la rangée de chaises où j'étais assis. J'ai à peine le temps de faire deux pas que je suis arrêté par deux préadolescents. L'un d'eux est visiblement nerveux, il se balance sur ses pieds d'avant en arrière, mais l'autre semble nettement plus sûr de lui.

– Excusez-moi, me demande le plus calme. Mais, euh, vous êtes Adam Winters ?

Je pourrais lui répondre non. Ça serait la chose la plus facile à faire, mais bon sang, j'ai été l'un de ces garçons autrefois. En plus, le mariage est terminé et je n'ai rien à faire pendant les photos, alors...

– Vous m'avez démasqué. (Je souris.) Vous vous appelez comment ?

– Je suis Ross, et voici Ryan. On se demandait si, euh, ça ne posait pas de problèmes, si...

Il recule, à présent aussi nerveux que l'autre, qui est clairement son frère. Je termine sa phrase pour lui.

– ... Si vous pouviez avoir une photo ?

Ils hochent timidement la tête.

– Bien sûr ! Mais à une condition. Vous ne les mettez pas en ligne avant demain, après la fin du mariage, d'accord ?

– C'est promis, lancent-ils à l'unisson.

– Très bien. Bon. Qui a l'appareil photo ?

Ross plonge une main dans sa poche et sort son téléphone.

– Ça vous dérange si on fait un selfie et une de vous tout seul ?

– C'est d'accord, mon pote.

Je me penche lorsque les garçons s'installent de chaque côté de moi. Ils font quelques clichés, qu'ils alternent ensuite avec des portraits de moi.

Ils me remercient chaleureusement, lorsqu'une rousse que je connais arrive derrière eux et leur ébouriffe les cheveux.

– Quelles bêtises êtes-vous encore en train de faire ? leur demande Poppy. Vous ne les mettez pas sur Twitter, n'est-ce pas ? Vous connaissez les règles. Pas de photos aujourd'hui.

Les deux garçons écarquillent les yeux,

– Nous ne faisons rien de mal, Poppy, s'exclament-ils à l'unisson.

– Ils voulaient juste leur photo. Ils connaissent les règles. C'est tout bon.

Elle sourit et les serre dans ses bras.

– Ta mère te cherche. Vas-y vite, ou je lui raconte la fois où tu as fait caca dans la piscine et accusé ta sœur.

Ils s'enfuient comme s'ils avaient le feu aux fesses.

– Mes cousins, sourit-elle. Ils avaient six ans quand Ross a accidentellement fait caca dans la piscine. Il a accusé Ryan, qui a accusé Ruby, et je suis la seule à connaître la vérité.

– Tu vas les faire chanter avec ça éternellement, n'est-ce pas ?

– Bien sûr ! (Son sourire s'élargit.) Je n'ai pas de petit frère, mais si c'était le cas, je serais la pire des grandes sœurs.

– Je n'ose pas l'imaginer.

– Maman t'appelle. Apparemment, tu es censé être sur les photos.

– Pourquoi ?

Elle soupire en levant les mains au ciel.

– Elle pense que notre relation est suffisamment sérieuse pour que tu apparaisses sur certaines photos de famille.

Je me frotte la nuque.

– Tu crois qu'on en a trop fait ?

– Tu penses ? Peu importe. Au contraire, Mark et Rory vont pouvoir se vanter que *Le* Adam Winters était présent à ce mariage. Dis-leur juste que ça ne fait que quelques mois que nous sommes ensemble et que même si tu es heureux de faire quelques photos, tu penses qu'il convient d'en limiter le nombre, ok ?

Il y a comme un soupçon de frustration dans sa voix. J'ai envie de lui rappeler que c'était son idée, mais j'ai le sentiment qu'elle me répondra simplement que je n'aurais pas dû accepter, et que comme je l'ai fait, c'est de notre faute à tous les deux.

Et elle aurait raison.

Elle a suffisamment raison comme ça, sans que je l'invite littéralement à avoir raison.

– Très bien. On va faire comme ça. Il s'agit juste de quelques photos, n'est-ce pas ?

– Ouais. Quelques-unes seulement, ensuite Mark et Ro iront faire tous leurs trucs amoureux cucul la praline. Ça te prendra dix minutes.

Elle me prend par la main et me guide vers les autres.

– Promis.

***

Spoiler : Cela n'a pas pris dix minutes, elle m'a menti.

– Ce n'était pas dix minutes, je lui fais remarquer quand elle me rejoint à notre table avec des boissons.

Poppy place un Coors Light devant moi et s'assied avec son espèce de Margarita rose.

– C'est ce qu'ils m'avaient dit ! Je n'ai fait que transmettre les infos. Ce n'est vraiment pas ma faute si le photographe a voulu shooter dix fois chaque pose.

D'ailleurs, c'était trop mignon quand tu as posé avec Rory. Je suis quasi certaine qu'il va s'en souvenir toute sa vie.

Je hausse les épaules en jouant avec la bouteille glacée.

– C'est un môme génial. Ça a pris un temps fou parce qu'il me racontait entre deux poses à quel point il aime le hockey et qu'il veut être comme moi.

Poppy sourit, ses yeux bruns brillent.

– Tu n'as pas idée à quel point. Tu sais comment sont les ados avec des gens comme Harry Styles[9] ?

– Pas Harry Styles en particulier, mais oui, j'ai quatre sœurs. Je sais à quel point les adolescentes peuvent être timbrées.

– Eh bien, c'est la même chose. Tu es son Justin Timberlake, genre.

Elle me fait un signe de la main dédaigneux.

– Je pense qu'il va s'en vanter pendant des années. Et Mark aussi, en fait.

Je me marre en me penchant sur ma chaise.

– Je peux te demander quelque chose ?

– D'autre que la question que tu viens de me poser ?

Elle se pince les lèvres.

– Vas-y.

Poppy pose son menton sur sa main et incline légèrement la tête :

– Est-ce que ça fait bizarre de savoir que les gens te regardent comme si tu étais une sorte de dieu ?

C'est une question délicate.

– Sincèrement, oui. (Puis avec un demi-sourire, je poursuis.) Ça fait bizarre. Je ne vais pas te mentir. La seule chose qui rend ça supportable, c'est de savoir que moi aussi, j'ai été Rory un jour.

---

9. Chanteur, parolier et acteur britannique (découvert lors de l'émission télé *The X Factor*), membre du groupe One Direction.

– Je suppose que c'est logique.

– N'avons-nous pas déjà eu cette conversation ?

– Je ne sais pas. Peut-être.

Elle hausse les épaules.

– Je pense que oui, mais ça m'a fait réfléchir. Voir mes cousins, puis Rory, puis tous les autres, faire pratiquement la queue pour prendre leur tour pour les photos...

Je glousse en avalant ma bière.

– Ça peut être éprouvant.

– Et tu leur souriais à tous, alors que moi, la plupart du temps, je ne peux même pas me sourire à moi-même.

– Mais toi, tu es une asociale. Tu es tout comme un coquelicot fait femme.

– Il m'est difficile de contester les faits. Et toi, tu es quelqu'un de sociable ?

– Mon Dieu, non, mais je suis très doué pour faire semblant.

Elle fait la moue. Elle est mignonne à croquer.

– Je ne pense pas que je pourrais faire semblant. Je déteste trop les gens pour ça.

– Je ne m'en serais jamais douté.

– Tu deviens trop sarcastique. Je crois que je déteins sur toi.

– Je peux te dire avec certitude que tu peux déteindre sur moi autant que tu veux.

Elle s'étouffe avec sa Margarita. Je me mets à rire alors qu'elle se frappe la poitrine en toussant.

– Si tu te moques de moi, je te tue, grommelle-t-elle d'une voix cassée.

– Je ne ris pas !

– Mmm.

Elle me lance un regard féroce et boit une autre gorgée.

– Dis plutôt que tu t'efforces de ne pas rire.

Je ne peux pas nier cette vérité. Je lui adresse un sourire enjoué et je hoche la tête en apercevant sa mère par-dessus son épaule :

– Voilà ta mère.

Elle gémit, en se frappant le visage.

– Poppy ? C'est l'heure des discours, dit Miranda en lui effleurant l'épaule. Tu es prête ?

– Bien sûr. J'arrive tout de suite, lui dit Poppy sans la regarder.

Dès que Miranda s'éloigne, je grimace.

– Tu n'es pas du tout prête, n'est-ce pas ?

Elle secoue la tête, ses boucles volent.

– Pas le moins du monde.

En m'approchant de la table, je lui prends la main et la soulève jusqu'à mes lèvres pour embrasser ses doigts.

– Tout ira bien. Tant que tu ne tombes pas de la chaise.

Elle pousse un gémissement en se levant.

– Super. Maintenant, je sais que je vais tomber de la chaise. Merci bien.

– De rien, Red. De rien.

Chapitre dix-huit

Poppy

Couchers de soleil et discours

Mon estomac se met à gronder quand Mark achève son discours. Tout le monde applaudit, je cherche Adam dans la foule. Il me fait un clin d'œil et un petit sourire rassurant.

Ça ne marche pas. Je suis hyper-nerveuse. Je déteste parler en public, en général j'évite. La dernière fois que j'ai pris la parole, j'ai trébuché en montant sur scène et j'ai failli montrer ma culotte à tout l'auditoire.

La seule chose qui me plaît dans la situation actuelle, c'est que ma robe est assez longue pour couvrir mes fesses si je tombe.

Ça, et j'ai de l'alcool. Je vais m'en sortir en picolant s'il le faut.

Il le faut. Je le sais.

– À ton tour, ma chérie, me dit papa en me tendant la main.

Je déglutis violemment, j'attrape sa main et je grimpe sur la chaise. À la vue de la centaine de personnes qui se tournent vers moi, j'ai l'estomac complètement retourné.

– Ses seins ont l'air plus gros. Elle s'est fait refaire les seins ? hurle ma grand-tante Linda. Elle est enceinte ?

Je fais claquer ma langue et je prends le micro que me tend papa.

– Je n'avais pas prévu de commencer comme ça mon discours, mais, euh, tante Linda, non, je ne me suis pas fait refaire les seins. Et... (je lève mon verre) je ne suis définitivement pas enceinte.

– Pourquoi ? me demande-t-elle. Tu ne fais pas l'amour ?

Voilà pourquoi je n'aime pas faire de discours.

– Passons rapidement à autre chose, dis-je en l'ignorant. (Je surprends alors Adam en train de pouffer entre ses mains et je lui lance un regard furieux, avant de me concentrer sur la foule.) D'abord, laissez-moi commencer en disant que toute la famille Dunn devrait se féliciter. Pourquoi ? Parce que nous sommes tous ensemble et que personne n'a été blessé...

– Pas encore ! crie tante Blythe.

– Ni ivre mort... s'écrie-t-elle à nouveau, en brandissant un verre de Bloody Mary vide.

– Pas encore. Merci, tante Blythe.

Je lève mon verre dans sa direction, elle hoche la tête en levant un pouce en l'air.

– Comme je le disais. Personne n'est blessé, ni ivre, ni en train de se battre. Pour l'instant, j'ajoute avant qu'elle puisse le faire à ma place. Donc, tout va bien. Et tant que quelqu'un garde un œil sur grand-père et tante Blythe près du bar, on devrait pouvoir tenir toute la nuit !

De légères protestations de la part de grand-père et de tante Blythe se font entendre au milieu des rires de tous les autres.

– Bref, pour être plus sérieuse, parce qu'apparemment je dois l'être, quand Rosie m'a demandé d'être sa demoiselle d'honneur et qu'elle a réalisé que cela signifiait que je viendrais ici prendre la parole, elle m'a imposé trois choses. (Je cherche ma sœur du regard.) La première, c'était que je ne pourrais pas vous raconter la fois où elle a accidentellement fait tomber son fer à friser sur le chat, Sir Socks, qui a donc eu le pelage de sa queue mité pour le restant de sa vie.

Rosie se couvre le visage.

– La deuxième règle, c'était que je ne serais pas autorisée à mentionner la fois où elle s'est faufilée dehors après l'extinction des feux et qu'elle a déchiré son pantalon, ce qui fut, à ma grande joie, la raison pour laquelle elle s'est fait prendre. Elle s'était habillée dans le noir et portait le pantalon de notre mère. Après avoir essayé d'attribuer la responsabilité de l'accroc à un blaireau, elle a dû « avouer ».

– Je vais te tuer ! crie Rosie en se tortillant dans les bras de Mark.

Je souris.

– Tu savais qu'il ne fallait pas m'obliger à faire ça.

– C'est quoi la troisième ? crie oncle Dave.

– La troisième règle, c'était que je n'ai absolument pas le droit de vous dire que son obsession pour N-SYNC[10] était telle que lorsqu'elle avait seize ans, elle est rentrée bourrée à la maison et s'est endormie avec une silhouette en carton de Justin Timberlake grandeur nature.

Ça fait marrer tout le monde.

Tout le monde, sauf ma sœur qui se met à rougir comme jamais.

– Et on m'a également dit de ne pas vous dire qu'il existait des règles, mais je suppose que là, j'ai vraiment foiré. Désolée, Ro. Mais c'est ma revanche pour la fois où tu as dit à Darren Fowler que le bouton que j'avais sur la lèvre était un herpès.

Rosie s'arrête, se pince les lèvres, puis hausse les épaules.

– C'est de bonne guerre.

---

10. Boys band américain formé en 1995, composé de Lance Bass, JC Chasez, Joey Fatone, Chris Kirkpatrick et Justin Timberlake.

– D'accord, mais sérieusement, je suis ici pour une bonne raison et ce n'est pas pour dévoiler tous tes secrets. Je dois en garder pour tes anniversaires, tes fêtes... et le chantage habituel entre sœurs, après tout.

Un autre rire, léger, parcourt l'assemblée.

– Bon, Ro, Mark... (Je me tourne vers eux.) Honnêtement, je peux dire que je n'ai jamais douté que ce jour viendrait. Parmi tous les gens que j'ai vus tomber amoureux, je ne pense pas avoir rencontré un autre couple qui s'aime autant que vous deux. Donc, même si je vous taquine, sur cette plage, personne n'est plus heureux pour vous que moi. Vous êtes un véritable conte de fées, et si jamais je suis aimée un jour avec la moitié de la passion que vous avez l'un pour l'autre, je me considérerai comme très chanceuse. Félicitations, Monsieur et Madame Perkins. Puissiez-vous rester ensemble pour toujours. Et, sinon, je sais comment dissimuler un cadavre. Je t'ai à l'œil, Mark.

Je lève mon verre à mon beau-frère et à ma sœur. Ils me sourient tous les deux.

Bon. Ça ne s'est pas trop mal passé.

Je descends de la chaise pendant que les gens leur portent des toasts et les félicitent.

Je l'ai fait. Et je suis encore en vie. Et je n'ai pas vomi.

Bonus.

– Eh bien, ce n'était pas si mal, me dit Adam en passant un bras autour de ma taille et en me serrant contre lui, tu n'as pas glissé, tu n'es pas tombée et tu ne t'es pas ridiculisée.

– Tu pourrais au moins faire semblant de ne pas être étonné, je murmure en lui glissant un bras dans le dos.

– Je pourrais, mais alors tu me reprocherais de mentir.

– Peut-être. Peut-être que je ferais semblant de ne pas le remarquer.

Je hausse les épaules et vide mon verre.

– Je pense que c'est un mensonge.

Je lui fais les gros yeux parce qu'il a parfaitement raison. C'est évident que je lui reprocherais. Surtout parce que moi aussi, je suis surprise d'y être parvenue sans tout faire foirer.

Maman monte sur la chaise, le micro à la main, et fait un signe de la main pour attirer l'attention.

– Salut, salut ! Merci à tous. La plage a été nettoyée et la piste de danse installée. C'est l'heure de la première danse, donc si tout le monde pouvait redescendre, ce serait parfait. Merci.

Adam prend mon verre et le pose sur la table la plus proche.

– Viens. Ta mère va piquer une crise si tu n'es pas là.

Je regarde mon père qui guide ma mère avec précaution sur la piste de danse.

– Je pense que la seule chose dont ma mère a besoin, c'est d'un verre d'eau.

Elle glisse et glousse en se rattrapant à la chemise de mon père.

– Oui, de ça aussi.

***

Je me mords la lèvre et j'enfouis mon visage contre la poitrine d'Adam. Ses épaules tressautent et le grondement de son rire dans mon oreille me donne des frissons.

– Vraiment ? me demande-t-il. Tu as vraiment caché un serpent dans son lit ?

– Non, une peau de serpent, je corrige. Et c'était parce qu'elle avait mis une patte de lapin dans le mien.

– Pourquoi avez-vous fait cela ?

Je recule en haussant les épaules.

– Je ne me rappelle même pas comment ça a commencé. Je pense que c'est un défi qui a mal tourné et que chacune essayait de faire mieux que l'autre.

– Qui a gagné ?

– Moi, évidemment.

Le soleil est presque complètement couché à présent. Le ciel est un mélange de bleu d'encre et de rouge profond, mais la plage et les environs sont éclairés par des lanternes. La piste de danse elle aussi est éclairée, elle change de couleur toutes les deux ou trois secondes. Adam et moi avons abandonné depuis longtemps l'idée d'y monter, nous nous tenons donc à l'extérieur du groupe de danseurs, nous nous balançons lentement au son de la musique.

– Tu veux aller t'asseoir quelque part ? me demande-t-il doucement.

Je lui fais signe que oui. J'ai pu oublier que c'était notre dernière nuit ensemble grâce à la préparation mouvementée du mariage, puis au mariage lui-même, mais maintenant, en dansant avec lui... je ne peux plus.

Et puis, j'ai ce petit creux à l'estomac qui m'empêche de l'oublier.

Adam glisse ses doigts entre les miens et m'entraîne sur la plage. Nous marchons jusqu'à ce que nous ne puissions presque plus entendre la musique des haut-parleurs du bar et que nous soyons dans l'obscurité quasi totale. C'est incroyablement paisible, et j'en suis reconnaissante. Le brouhaha du mariage en arrière-plan disparaît presque sous le doux clapotis des vagues sur le rivage.

Nous nous asseyons sur le sable, et je m'appuie sur mes bras. Adam desserre sa cravate, il parvient à la passer par-dessus sa tête et à la jeter au loin. Pendant un moment, aucun de nous ne dit un mot, et lorsqu'il s'appuie sur ses bras, ses doigts effleurent les miens.

– Vous vous êtes tout le temps fait des farces ? demande-t-il.

Je hoche la tête, en regardant l'océan qui peu à peu s'illumine sous la lune presque pleine.

– Aussi loin que je me souvienne. Ce n'était pas des farces méchantes...

– Je ne sais pas. Le truc de la peau de serpent est assez cruel.

– C'est elle qui a mis la patte de lapin en premier. Quand tu montes d'un cran, il ne faut pas t'étonner que l'autre fasse pareil. (Je hausse les épaules.) Ce n'est pas ma faute si j'ai cassé son fer à friser.

– J'ai l'impression que toutes les bagarres que vous avez eues à l'adolescence tournaient autour de fers à friser.

– À peu près toutes. Tes sœurs ne se sont pas battues pour des trucs comme ça ?

– Je ne sais pas. Je les ignorais la plupart du temps. Elles se disputaient généralement pour des fringues ou des garçons, ou pour savoir qui utilisait toute l'eau chaude de la douche. Il leur a fallu deux ans pour réaliser que c'était moi, parce que pendant qu'elles se bagarraient pour savoir qui devait passer à la salle de bains principale en premier, j'en profitais pour y aller.

– Moi aussi, j'ai connu ça. L'heure de la toilette, ce n'est pas une blague. Une fois, j'y suis entrée avant Rosie, qui avait un rencard, du coup elle a coupé l'eau chaude au milieu de ma douche. J'ai dû sortir avec du shampoing plein les cheveux parce qu'elle refusait de la rallumer.

– Oh non. Je crois que je vois où ça mène.

– Elle n'avait pas pensé que si elle m'avait juste laissée finir de prendre ma douche, elle aussi aurait eu de l'eau chaude.

Adam secoue sa tête,

– Comment avez-vous fait toutes les deux pour survivre à votre adolescence ? Sérieusement ?

– À dix-huit ans, elle est partie à l'université. Et j'ai eu la salle de bains pour moi toute seule.

– Et comment faites-vous pour être si proches à présent ?

– Nous n'habitons pas près l'une de l'autre. Ça aide. On se parle tout le temps, et je prends souvent Rory le week-end pour aller chez Disney ou Universal, mais on ne se voit pas vraiment régulièrement. Et toi, tu es proche de tes sœurs ?

– Ouais. Je veux dire, c'est un peu la même chose que toi. Elles sont éparpillées dans tout le pays, alors on prend le temps de se voir si je suis en ville pour un match. C'est à peu près tout, sauf pour Noël, quand toute la famille se retrouve chez mes parents et que j'atterris dans la maison d'amis.

– Ouille. Je détesterais que ma sœur débarque chez moi. En partie parce que je n'ai pas de chambre d'amis, et en partie parce que je détesterais partager mon appartement avec elle.

– Ça ne me dérange pas. Je peux passer du temps avec les enfants et m'amuser. Je n'ai pas l'occasion de faire ça bien souvent.

– Parce que tu voyages beaucoup ?

Il hoche la tête.

– C'est assez compliqué. Pourquoi crois-tu que je suis célibataire ?

– Je ne sais pas. Je me disais que tu devais avoir de très sales habitudes. Comme te ronger les ongles de pieds, ou un truc dans le genre.

Il esquisse un sourire.

– Mais les voyages semblent être une raison plus valable.

C'est même l'explication idéale pour mettre fin à une relation, tant dans la vraie vie que dans notre fausse relation.

– Tout le monde ne peut pas faire face à ça. C'est difficile. Si je suis dans une ville où vit une de mes sœurs, je risque de ne pas rentrer chez moi pendant deux ou trois semaines. Mon équipe, c'est ma famille. La plupart des femmes ne sont pas prêtes à affronter ce qui se résume, pendant sept bons mois de l'année, à une relation à distance. Le stress et la confiance... Tout le monde ne veut pas trouver un moyen de faire avec.

Sa façon de le dire ressemble presque à un avertissement. Comme s'il voulait me dire à quel point c'est difficile. Si mon cœur bondit à l'idée qu'il me prévient, j'ai également le ventre noué.

Je ne suis pas cette personne. Je le sais. Je suis impatiente et je peux être exigeante. Je suis incapable d'entretenir une relation à distance avec mon lit, et encore moins avec un être humain auquel je tiens.

Et le manque de confiance, il a dit cela comme s'il l'avait vécu. Comme s'il avait été blessé ou que quelqu'un ne lui avait pas fait confiance.

Ce qui est triste, c'est que je doute fort qu'Adam puisse un jour être celui qui abusera de la confiance.

Ça viendra plutôt des femmes qui l'entourent.

Il faut se rendre à l'évidence. Je ne fais pas confiance aux femmes. Les femmes sont des salopes. Et, comme j'en suis une, je le sais de source sûre.

– Est-ce qu'il t'arrive de te sentir seul ? je lui demande en me retournant pour lui faire face.

– Vraiment seul ou seul d'un point de vue relationnel...

– Sentimentalement, je veux dire.

– Parfois. Certains des autres gars sont mariés, ou leurs petites amies viennent les voir. Si nous avons une pause pour pouvoir rentrer chez nous, parfois ça craint de savoir que je rentre dans une maison vide.

– Tu aimerais que ça change ?

– Bien sûr. J'aimerais qu'il y ait quelqu'un qui m'aime pour ce que je suis et qui puisse supporter mon absence. (Ses yeux rencontrent les miens.) Mais c'est plus difficile à trouver que tu ne le penses.

– J'imagine.

– Ce n'est pas si mal. Je rencontre quelqu'un de temps en temps, mais ça ne va jamais bien loin. Je pense à elles comme à des diamants bruts. Bien sûr, je suis toujours à la recherche du pur diamant, mais...

Je lui tape sur la jambe en riant.

– T'es con. Franchement.

Il s'allonge sur le sable et me fait signe de m'allonger avec lui. Je le fais, en posant ma tête sur sa poitrine. Je sens les battements de son cœur contre ma joue. Je ferme les yeux un instant.

– Est-ce que c'est fou, dit-il doucement, si je te dis qu'une partie de moi aimerait que nous n'ayons pas décidé que ça durerait seulement ce week-end ?

– Absolument, dis-je, totalement fou.

Mais non. Ce n'est pas fou. Une partie de moi le souhaite aussi.

– Tu crois ?

– Oui. Tout est parfait, ici, non ? Les journées et les choses à faire sont parfaitement structurées. Honnêtement, dans la vraie vie, je t'ennuierais probablement. Ma vie est terriblement peu excitante.

– Toi. Poppy Dunn. Ennuyeuse ? Je ne te crois pas.

– Sérieusement. Je te frustrerais à mort. J'ai du mal à me coucher à une heure décente à cause d'une petite dépendance aux séries policières sur Netflix. Je mène un combat de longue date avec cet enfoiré de chat d'Avery, chaque fois qu'il décide de se montrer. Je suis en retard pour à peu près tout, y compris au boulot, c'est pourquoi je dois commencer quinze minutes avant le début de mon service.

Tout le haut de son corps est secoué par son fou rire.

– J'ai un ordre permanent de virement pour payer le loyer à Avery le lendemain du jour où je touche mon salaire, sinon j'oublierais. Je n'ai pas le droit de toucher à l'aspirateur parce que je le casse tout le temps. Je ne pense même pas savoir comment utiliser correctement le lave-vaisselle. Je me contente d'appuyer sur des boutons en espérant que ça fonctionne.

Il rit de plus en plus fort.

– Donc, vraiment, je suis une adulte épouvantable. C'est pour ça que je suis célibataire. Je ne suis pas le genre de fille que tout le monde souhaite présenter à sa mère. Je ne suis pas Suzy Homemaker[11].

Il passe un bras autour de ma taille en riant toujours.

– Tu vois, on peut se demander comment il se fait que je sois autant attiré par quelqu'un qui est, littéralement, mon opposé absolu.

– Excuse-moi, Monsieur Parfait.

– Hé, j'ai aussi mes défauts. Ils ne me font pas paraître aussi charmant que les tiens.

– Mes défauts ne me rendent pas charmante.

– Non, mais la façon dont tu les énumères comme autant de raisons de ne pas t'aimer, si.

– Pfff. Peu importe. Quels sont tes défauts ?

– Très bien. (Il lève une main et joue avec mes cheveux.) Je dois payer quelqu'un pour faire ma lessive parce que je n'arrive jamais à la faire correctement. Je ne me souviens jamais des dates d'anniversaires, jamais. Ma mère m'a créé un calendrier Google, donc je reçois un rappel trois jours avant chacun d'eux.

Je me mords l'intérieur de la joue. C'est charmant.

– Je travaille trop. Je suis le premier à entrer dans la salle de sport et le dernier à en sortir, même les jours de congé. Je m'inquiète trop pour les autres gars de mon équipe. Je ne sais pas comment décrocher. Je suis déterminé à être le meilleur, même si un jour ça risque de me coûter cher.

– Tu vois, le truc du calendrier ? C'est charmant. Moi aussi, si je pouvais, je paierais quelqu'un pour faire ma

11. Célèbre poupée de la marque de jouet Topper Toys, représentant la parfaite femme au foyer.

lessive. (Je penche la tête en arrière.) Et travailler dur n'est pas vraiment une mauvaise chose. Peut-être as-tu besoin de ralentir, mais tu le feras quand tu seras prêt. Tu es déterminé, et ce n'est pas vraiment un défaut.

– Ça dépend de la façon dont on voit les choses. Je ne dirais pas qu'être en bagarre avec le chat de ta colocataire est un défaut parce que, avouons-le, les chats sont des putains d'enfoirés.

– Et Spike est le plus gros connard de tous, je surenchéris. Je suppose que tu as raison. Je ne vois pas en quoi le fait que tu sois volontaire soit une faute. Vraiment pas. Et tu vas ralentir un jour. Tu seras obligé de le faire.

– Mmm. Peut-être que je vais ralentir quand je trouverai quelqu'un qui en vaut la peine.

Il m'embrasse le sommet du crâne.

– Tu veux aller nager ?

– Maintenant ?

– Non, la semaine prochaine. Bien sûr, maintenant.

– Je n'ai pas de maillot de bain.

– Et moi, est-ce que j'ai l'air d'en porter un sous ce pantalon ?

– Adam, je ne porte même pas de soutien-gorge. (Je m'assieds et je le regarde d'un air sévère.) Juste une culotte.

– Rouge, soupire-t-il, en se levant. Si tu essaies de me convaincre que nager en sous-vêtements est une mauvaise idée, tu va échouer lamentablement.

Mon Dieu, Poppy. Vis un peu. Va nager en culotte avec ce mec super-canon.

Chapitre dix-neuf

Poppy

Algues et appâts

J'écarquille les yeux.

– Tu crois qu'ils peuvent nous voir ?

Adam lève la tête.

– Je crois qu'ils ne se sont même pas rendu compte qu'on avait disparu.

– Tante Blythe est probablement à mi-chemin entre la danse et la baise, dis-je en remarquant que beaucoup de gens sont massés autour de la piste de danse.

– Je suis navré de manquer ça.

– Non, vraiment, ne le sois pas, Ça fait peur. Je ne me remettrai jamais de la fois où elle a montré son string à tout le monde.

– Je retire ce que j'ai dit. Je ne suis pas du tout navré.

En riant, il défait les boutons de sa chemise et la fait glisser sur ses épaules.

Avec précaution, je retire mes sandales de plage pendant qu'il retire ses souliers vernis. Je me détourne et me tords le bras pour atteindre la fermeture Éclair au dos de ma robe.

Pourquoi les robes sont-elles faites ainsi ? Non seulement on nous refuse les poches mais il faut être une sacrée contorsionniste pour parvenir à enlever ces fichus trucs. Jamais on imposerait à un homme une chemise avec des boutons dans le dos, pas vrai ?

Non, jamais.

L'égalité, mon cul.

Adam rit en s'avançant derrière moi.

– Je m'en charge.

– Merci.

J'ôte les fines bretelles et je cache mes seins avec mon bras.

Adam ne dit rien, mais attrape ma main libre et nous entraîne vers la mer. Il ne nous faut pas longtemps pour y arriver et je halète lorsque l'eau recouvre mes pieds. Elle n'est pas froide, mais pas aussi chaude que ce à quoi je m'attendais.

– Elle est bonne, dit Adam, en se plaçant devant moi et en m'entraînant dans la mer.

– Doucement ! Doucement ! Oh mon Dieu.

– Elle n'est pas froide. (Il me lâche et avance plus loin dans l'eau.) Elle est bonne.

Je tente quelques pas.

– Arrête de faire ta mauviette, ou je te jette à l'eau, me menace-t-il alors.

– Tu ne ferais pas ça !

Je le montre du doigt, en serrant plus fort mon bras contre mes seins.

Il se contente de me regarder comme pour me dire « essaie de me tester pour voir ». Il m'a déjà attrapée une fois et m'a projetée dans les airs. Je devrais donc savoir qu'il ne faut pas m'arrêter avec de l'eau jusqu'aux chevilles pour protester.

Une vague lui permet de m'atteindre, il me plaque contre lui avant que j'aie le temps de réagir. Mon bras est écrasé entre nous, mais il ne s'interrompt pas pour autant, il recule vers le large.

Il pose ses lèvres sur les miennes pour m'empêcher de protester quand la mer m'éclabousse les cuisses de plus en plus haut, puis les fesses grâce à une vague plus grosse. Je halète dans sa bouche et je sens qu'il sourit.

Et soudain, il m'attrape par la taille et me jette à l'eau.

Ce qui me sauve, c'est que ce n'est pas si profond que ça. Je continue à barboter avec de l'eau jusqu'au menton, ce qui signifie que mes cheveux sont à présent à moitié trempés.

– Trou du cul !

Il se marre.

À mi-chemin de la station debout, une vague me percute, et je retombe, cette fois-ci je suis entièrement recouverte par l'eau.

Oh. Mon. Dieu.

Je repousse mes cheveux de mon visage et je tâte la fleur. Elle est encore en place, Dieu merci, même si je ne peux pas vraiment voir.

En faisant attention à mon mascara, je m'essuie sous les yeux et je tamponne mes cils.

– Je vais te tuer !

Il rit plus fort et je décide de saisir ma chance. Je lui saute dessus et je le pousse. Il perd l'équilibre, une vague au puissant karma lui joue le même tour qu'à moi.

Je ris tellement fort que j'en ai mal au ventre. Le karma de cette vague était un beau salaud, mais bon sang, qu'elle était belle. J'ai du mal à rester debout à cause du ressac et de mon incapacité à... eh bien, à m'arrêter de rire.

Adam s'essuie le visage en me pointant du doigt.

– Tu...

– Non ! Ce n'est que justice ! Tu m'as poussée en premier !

– L'eau t'a poussée. Je t'ai jetée.

– Peu importe. Je ne fais pas de sémantique dans des eaux infestées de requins.

– Je suis sûr que les requins dormeurs seront ravis de te croquer.

– Ce sont des animaux nocturnes. Bien sûr qu'ils sont là, je réponds vivement.

– Et ils ne sont pas du tout intéressés à boulotter une rousse qui a du cran et un beau cul.

– Tu trouves que j'ai un beau cul ?

– Tu as vite oublié les requins.

Il glisse ses mains autour de mes fesses et m'attire contre lui.

– Ouais, eh bien, tu l'as dit toi-même, ça ne les intéresse pas de me manger.

Je passe mes bras autour de son cou. Mes seins nus sont écrasés contre sa poitrine, et mes mamelons durcissent en frottant contre ses poils foncés et doux.

– En plus, je suis petite et relativement teigneuse. S'ils ont faim, ils trouveront beaucoup plus de viande sur toi.

Il rit en baissant la tête.

– Super. Alors, je suis un appât à requins.

– Non. Tu es le dîner, au cas où. C'est un acte chevaleresque. Tu vas te sacrifier pour me sauver.

– Poppy, tu es la dernière personne sur terre qui aurait besoin de quelqu'un pour la sauver. Tu te retournerais probablement et tu finirais par sauver ton sauveteur.

– Je prends ça pour un compliment, je murmure.

– C'en est un, s'amuse-t-il en me frôlant la joue avec ses lèvres.

Nous restons un moment immobiles. J'incline mon visage pour rapprocher mes lèvres des siennes. Mon cœur bat fort dans ma poitrine. J'ai une boule dans la gorge, une sécheresse dans la bouche qui ne veut pas disparaître.

Je veux qu'il m'embrasse.

Non.

J'ai besoin qu'il m'embrasse.

J'ai besoin d'un moment de plus pour faire semblant que c'est bien réel. Que ça arrive vraiment et que ça ne s'arrêtera pas demain.

J'ai besoin d'un moment de plus pour me permettre de ressentir ce que je ressens pour lui. Pour ressentir les papillons qu'il déclenche en moi, les battements de mon cœur qui s'accélèrent, ma chair de poule et l'envie de m'enrouler autour de lui comme un koala sur son eucalyptus.

J'ai besoin de le sentir, et je sais que c'est notre dernière chance.

Le temps nous manque, et si c'est le seul moment où je peux m'avouer que j'éprouve des sentiments très réels pour mon faux petit ami, alors je le saisis.

Des deux mains.

À la place, je l'embrasse. Légèrement. Juste un effleurement de mes lèvres sur les siennes. Une allusion, une simple question, une demande de me rendre mon baiser encore plus fort.

Il me répond.

Ses lèvres sont douces mais fermes quand il prend ma bouche. Mes doigts s'enroulent dans ses cheveux, à la base de sa nuque, et les siens agrippent mes fesses. Je ne me suis jamais collée aussi fort contre quelqu'un. Je n'hésite pas un instant à lui ouvrir mes lèvres quand son baiser se fait plus profond.

Sa langue caresse la mienne. À chaque baiser, le désir brûle dans mes veines. Je l'embrasse plus fort et je le serre plus encore, en pressant mes hanches contre lui. Son sexe est de plus en plus dur contre moi, et je suis sur le point de lui dire que nous devrions retourner dans notre chambre, quand quelque chose effleure mon pied.

En criant, je saute et j'enroule mes jambes autour de la taille d'Adam. Il recule de quelques pas avant de me prendre à nouveau par les fesses.

– C'est quoi ce bordel ?

– Quelque chose a touché mon pied !

– Alors tu cries ?

– Qu'est-ce que je suis censée faire ? Rester là et le laisser me bouffer ?

Ses lèvres remuent et son sexe glisse entre mes jambes. Ce n'est pas très malin...

– Donc tu as décidé de sauter et de me laisser me faire bouffer ?

– On a déjà parlé de ça ! S'il y a une bestiole affamée dans les parages, elle va te manger toi et pas moi. Je suis trop jolie pour être mangée par un requin.

– Et moi, je suis quoi ? De la chair à pâté ?

J'effleure sa joue.

– Oh, non, tu es très mignon, mais là, c'est chacun pour soi.

– Tu sais que ce sont probablement des algues qui t'ont touchée, n'est-ce pas ? Et tout ce que tu parviens à faire, c'est à me faire bander si dur que j'ai bien envie d'arracher ta petite culotte et de te baiser ici, sur la plage ?

Non. Non, je ne le savais pas.

Les algues ou la baise sur la plage.

Sa queue... j'imagine.

– Hum.

– Hum. Tu m'embrasses comme ça, puis tu enroules tes jambes autour de ma taille où je sais que tu peux sentir mon désir, et tu dis simplement « Hum ».

– Hum. Ouais.

Il se met à rire et m'embrasse à nouveau. Je le serre très fort dans mes bras pendant que nos lèvres remuent à l'unisson, et il nous fait lentement reculer dans une eau un peu plus profonde. Ses dents effleurent ma lèvre inférieure et ses doigts s'enfoncent à nouveau dans mes fesses. Mon clitoris se met à palpiter lorsque son sexe rebondit contre moi, et...

– Putain !

Nous sommes submergés avant que je comprenne ce qui m'arrive, je bafouille en cherchant à reprendre mon équilibre et à me relever.

– Mais qu'est-ce qui se passe ?

Adam sort la tête de l'eau en riant et s'essuie le visage.

– Il y avait un trou. Je suis tombé.

– Idiot. Voilà ce qu'on gagne à vouloir aller plus loin dans l'eau !

Je prends une profonde inspiration. L'eau m'arrive à présent à la poitrine, et je ne vais pas vous mentir, je ne suis pas ravie d'avoir les tétons à l'air.

Mais il suffit d'une simple créature pour que, bam ! plus de seins.

De nouveau, je les recouvre avec mon bras et Adam m'attrape la main.

– Ne panique pas, mais quelque chose vient de toucher mon pied, marmonne-t-il.

– Des algues ?

– Non. C'était une queue.

Je me mords la joue pour ne pas crier et je saute sur son dos en l'agrippant fermement.

– C'est bien. Tape dans l'eau, s'exclame-t-il. Ça va l'effrayer. Et aussi, Red, tu m'étrangles.

– Désolée.

Je relâche ma prise autour son cou.

– Il est parti ?

– Je ne sais pas. Reste tranquille.

– Je croyais que les requins dormeurs ne s'attaquaient pas aux humains !

– Ok, merde. Pour quelqu'un qui a grandi en Floride, tu ne sais pas grand-chose sur l'eau, n'est-ce pas ?

– Tu t'en doutes bien, ce n'est pas un endroit où je vais souvent.

Je me tortille sur son dos en essayant de garder mes pieds hors de l'eau.

– Arrête d'éclabousser, me dit-il en me tapant sur la cuisse. On va y aller doucement.

– Si je meurs parce que tu voulais te baigner en sous-vêtements, je viendrai te hanter pour l'éternité et faire de ta vie un enfer.

– C'est bien noté.

Lentement, il entame notre retour vers la plage. Il avance doucement et prudemment, c'est exactement pour cela que ma mère me disait toujours de rester hors de l'eau la nuit.

– Rien de tel qu'un hypothétique requin pour vous faire débander.

– Ça m'inquiéterait si ce n'était pas le cas.

Je me laisse glisser, mais dès l'instant où mes pieds touchent le sol, je me mets à grimacer.

– Qu'est-ce qu'il y a ? me demande-t-il.

L'inquiétude se lit sur son visage éclairé par la lune. Je passe tout le poids de mon corps sur mon pied droit.

– Mon pied me fait mal.

– Attends. Mon téléphone est dans la poche de mon pantalon. Je vais chercher ma chemise pour que tu puisses t'asseoir dessus pendant que je regarde.

Il s'élance avant que j'aie pu m'apercevoir qu'il m'abandonne au bord de l'eau.

Mais non.

– Adam ! (Je saute sur le sable à cloche-pied.) Ne me laisse pas avec le requin.

– Seigneur, Poppy. (Il rit en revenant vers moi en courant, juste avant que je tombe.) Il ne peut pas monter aussi haut. Viens.

Il passe un bras autour de ma taille et me fait sautiller jusqu'à l'endroit où il a posé sa chemise sur la plage.

Il m'aide à m'asseoir, ramasse ma robe et me la passe pour que je me couvre les seins. Il remonte même la fermeture Éclair pour moi pendant que je me renoue les cheveux en les essorant.

– Laisse-moi mettre mon pantalon.

Ce qu'il fait rapidement, puis il sort son téléphone. En se servant de la lampe de poche pour s'éclairer, il prend délicatement mon pied gauche dans sa main et l'incline pour l'examiner.

– Tu saignes.

– Super. C'était donc moi la proie du requin.

– Absolument. C'est entièrement ta faute si on a failli être dévorés. Je n'y vois rien. Est-ce que ça pique ou est-ce que ça fait mal ?

– Ça fait mal, c'est tout.

– Bon. (Il pose mon pied sur le sien et tire sur une manche de sa chemise.) Voilà.

– Qu'est-ce que tu fais ?

– Poppy, je vais utiliser ma chemise pour arrêter le saignement avant de te ramener à l'intérieur et aller chercher un pansement ou quelque chose d'adapté pour te soigner, d'accord ? C'est juste dans la voûte plantaire.

Je soupire.

– Je parie que c'est arrivé quand je suis tombée.

Il hoche la tête.

– Probablement, la deuxième fois. Tu ne l'as pas senti parce que tu étais trop en colère contre moi.

– Alors, c'est plutôt de ta faute !

– Si ça t'aide à te sentir mieux...

Il me regarde en souriant, puis vérifie mon pied.

– Ok. Ok. Si je te porte, on arrivera probablement avant que ça se remette à saigner.

– Je vais avoir un mal de chien à conduire demain pour rentrer.

Il acquiesce silencieusement d'un air apitoyé et se relève. Il éteint sa lampe torche, remet son téléphone dans sa poche, puis se penche pour me prendre dans ses bras. Je m'arrange pour ramasser sa chemise et nos chaussures avant qu'il me soulève. Il me serre contre lui, un bras passé sous mes genoux, l'autre autour de mes épaules.

– Je n'avais pas prévu de terminer cette nuit comme ça, je marmonne en grimaçant pendant qu'il me porte le long de la plage.

Son rire est léger, bas, et – oh ! – tellement délicieux.

– Tu sais quoi, Red ? Ce n'était pas mon plan non plus, mais c'est tout à fait logique, tu ne crois pas ?

Bizarrement, il a raison.

C'est logique.

Chapitre vingt

Poppy

Les adieux, ça craint

Je me sens mal.

Je n'ai aucune envie de lui dire au revoir.

Je passe d'un pied sur l'autre quand Adam ouvre le coffre de sa voiture. Ce matin, on m'a refait un bandage et donné des analgésiques pour me faciliter le retour à la maison, mais là, sachant qu'il part, la douleur dans mon pied n'est pas comparable à celle que je ressens dans mon cœur.

Et c'est une douleur stupide. Pas douloureusement stupide, mais c'est une douleur franchement stupide. Je savais que ça allait arriver. C'était écrit dès le début. Ce n'était pas un premier rendez-vous ni les prémices de quelque chose de plus long ou de plus sérieux.

Pourtant, je me suis permis de franchir la ligne pour tomber amoureuse de lui. Je sais... nous n'avons passé que quatre jours ensemble. Mais presque constamment tous les deux. Si vous mettez ensemble deux étrangers qui éprouvent une attirance l'un envers l'autre, ils vont forcément ressentir des choses.

J'espère simplement ne pas être tombée trop bas et en avoir fini avec ça dans une semaine. C'est ce à quoi je me raccroche quand Adam claque son coffre et s'approche de moi.

Il me tend la main, ses doigts s'attardent sur ma peau quand il écarte les cheveux de mon visage et les enroule autour de mon oreille.

– J'ai passé un très bon moment ce week-end.

– Moi aussi, dis-je doucement. C'était amusant. Tu sais. À part mon pied qui s'est ouvert et tante Blythe qui s'est déshabillée au petit déjeuner.

Elle était encore saoule... Enfin, c'est ce qu'elle a dit.

– Ça a égayé la matinée, répond-il avec un sourire. Je suis désolé de devoir partir si tôt. Je resterais plus si je pouvais.

Je hausse les épaules.

– C'est bon. Je ne vais pas rester longtemps. Je dois reprendre le boulot demain midi et je ne veux pas arriver en retard.

– Avery est déjà partie ?

– Ouais. Elle travaille ce soir, elle est partie juste après le petit déjeuner.

Il hoche la tête lentement. Nous restons debout un moment, à nous regarder, jusqu'à ce que je rie et que je baisse le menton.

– Qu'est-ce qu'il y a de si drôle ?

Il passe deux doigts sous mon menton, et nos regards se croisent.

– C'est ridicule. Je veux dire... on se reverra. On ne vit pas non plus à des millions de kilomètres l'un de l'autre.

– Je connais ton bar préféré. Et je sais où tu travailles, ajoute-t-il.

– Exactement. C'est débile.

– Viens ici.

Il m'attire à lui, me prend dans ses bras. Je ferme les yeux et mon cœur fait un bond quand il dépose un baiser sur le sommet de mon crâne.

Mon Dieu, il faut que je me ressaisisse. Nous avons des sentiments l'un pour l'autre, mais nous avons mis les choses au clair hier soir. Je ne suis pas du genre à pouvoir supporter ses absences répétées. Il a du mal à vivre des relations amoureuses à cause du hockey, et c'est bien ainsi.

Adam recule et m'embrasse en glissant sa main sur ma nuque. Je ressens ce baiser jusqu'au bout des orteils et quand il recule, j'enfouis mon visage dans sa poitrine.

Je ne veux pas qu'il voie à quel point ce baiser me bouleverse.

Je le serre fort, puis je recule.

– Merci de m'avoir sauvé la mise ce week-end.

– Je te sauverai encore quand tu le voudras, Red.

Il sourit, puis m'embrasse encore une fois avant de me lâcher.

Je recule et me cogne contre la voiture de Rosie, garée à côté de la sienne. Mon pied m'élance, du coup je passe mon poids sur mes orteils, pas sur la totalité de la voûte plantaire, et je le regarde monter dans sa voiture. Il baisse la vitre et le grondement du moteur me donne envie de sauter sur le capot pour l'empêcher de partir.

Il me fait un clin d'œil et m'offre un de ses petits sourires sexy avant de reculer.

La dernière vision que j'ai de lui, c'est qu'il me fait un signe de la main par la fenêtre. Je lève tristement la mienne, en ravalant une grosse boule dans ma gorge.

Ce n'était pas censé être aussi douloureux.

Rosie s'approche et passe un bras autour de mon cou.

– Viens, Hopalong[12]. Asseyons-nous.

Elle me guide vers les escaliers et nous nous asseyons en regardant le parking. Je le fixe. Ou plutôt, soyons honnêtes, je fixe la sortie.

---

12. Hopalong Cassidy est un personnage de cow-boy qui a inspiré des romans, des BD et des dizaines de films aux États-Unis.

Elle me lance des regards pleins de compréhension que seule une sœur peut avoir. C'est comme si elle ressentait la même douleur que moi de savoir qu'il est parti.

– Dis-moi si je me trompe, mais ton plan a échoué, non ?

C'est une façon de voir les choses.

Je hausse les épaules et fixe mes doigts de pied peints.

– Ça n'a pas d'importance, hein ? C'était pour un week-end seulement. Je le savais. Lui aussi.

– Là n'est pas la question, Pops, dit-elle doucement en me serrant contre elle. Faut-il vraiment que ça signifie que tout est terminé ?

J'ouvre la bouche, mais rien ne sort.

– Il est peut-être venu jouer le rôle de petit ami, mais pas besoin d'être un génie pour voir que vous avez tous les deux développé des sentiments très réels pendant ce week-end. Bon sang, il a suffi qu'Avery vous regarde cinq minutes pour qu'elle ait besoin d'aller prendre une douche chaude.

Je me mets à rire en enfouissant mon visage dans mes mains.

– Mon Dieu, Ro. Ça devait être facile. Il n'était pas censé me faire rire ou quoi que ce soit du genre. Il était juste censé être... là.

– Eh bien, ce « juste là » a explosé en plein vol à la seconde même où tu as ramené un joueur de hockey dans une famille de dingues de hockey.

– Très bien, d'accord, j'ai compris. La prochaine fois, je vérifierai que mon pseudo-rencard n'est pas une célébrité.

Elle secoue la tête lentement.

– Avoue-le. Tu l'aimes bien. Beaucoup même.

– Non.

– Pourquoi non ?

– Parce que, dis-je doucement en la regardant. Si je le dis à haute voix, alors je ne pourrai plus le nier, tu vois ?

Elle sourit, mais son sourire est plein de tristesse.

Au lieu de se disputer avec moi comme je le pensais, elle m'attire à elle et je pose ma tête sur son épaule.

Je sais deux choses avec certitude.

J'ai besoin de retourner à ma vraie vie, mais il y a un problème évident.

Ma vie ne sera plus jamais la même après Adam Winters.

Chapitre vingt et un

Poppy

Des fleurs, et laisse tomber

Hier soir, j'ai trébuché en passant la porte, littéralement, à cause de mon pied et j'ai foncé au congélateur. Avery m'avait envoyé un SMS pour me dire qu'elle avait acheté de la glace et du vin pour moi.

C'est une véritable amie.

Je me suis laissée aller à pleurnicher devant Netflix et à me perdre devant un documentaire en avalant mon poids en glace, puis je suis allée me coucher. En fait, je me suis endormie sur le canapé avec le carton vide à la main et Avery m'a traînée au lit, mais ne me jugez pas.

Je suis triste.

À présent, je me sens à nouveau humaine. Une douche chaude et une journée de boulot m'ont fait sortir du conte de fées du mariage de ma sœur et entrer dans ma vraie vie. Même si j'ai passé ma journée derrière le bar parce que je ne peux pas servir à table, vu que je peux à peine marcher d'après ma patronne.

Je ne vais pas me disputer avec elle. J'aime bien servir à boire aux gens ivres pour les enivrer encore plus. Si je pouvais écrire un livre, j'aurais de sacrées histoires à raconter.

Journal d'une serveuse de cocktails. Je vous torcherais ça. Avec un peu de travail, bien sûr. Après tout, je ne suis pas une minette branchée qui sert des cocktails dans des restaurants chics.

Je referme la porte de l'appartement derrière moi et je jette mon sac à main sur le canapé.

– Ave, c'est moi !

– Hey !

Elle passe la tête par la porte de sa chambre.

– Comment tu te sens aujourd'hui ?

– Vivante. Je me suis dit que j'allais me changer, commander une pizza et peindre. Tu vas bosser ?

Elle bâille, une main devant la bouche.

– Jusqu'à onze heures. Je suis tellement fatiguée.

– Tu as le temps de manger avant de partir ?

Elle jette un coup d'œil par-dessus son épaule.

– Si tu commandes une pizza maintenant, probablement.

– D'accord. Je fais ça via l'application.

Je cours dans le salon pour prendre mon téléphone, puis je passe dans ma chambre pour me changer. En quelques secondes, j'ai commandé la pizza, je jette mon téléphone sur le lit.

On frappe alors que je suis encore à moitié nue, la tête plongée dans mon placard.

– Tu veux que j'aille ouvrir ? me crie Avery.

– S'il te plaît ! Je ne suis pas vraiment habillée !

– Merci pour ces détails !

De rien.

Je sors un pantalon de yoga et un débardeur avec l'inscription « J'aime faire la fête, et par fête, je veux dire bouquiner ». Le déclic de la porte d'entrée se fait entendre lorsque je remonte mon pantalon et enfile mon tee-shirt.

– Pops ? Il y a quelque chose pour toi.

En fronçant les sourcils, je pénètre dans la pièce principale. Sur notre petite table à manger, actuellement couverte de mes peintures, il y a un énorme bouquet de pavots. La couleur rouge sang illumine notre cuisine, et je m'arrête net en comprenant.

Une seule personne a les couilles de m'envoyer des fleurs qui portent mon nom.

Avery récupère la carte.

– Il a du cran. Le dernier garçon qui a essayé de t'offrir un coquelicot s'est reçu un coup de poing sur le nez.

– J'avais huit ans, et c'était un connard.

Je lui prends la carte en effleurant le bord d'un des pétales. Je ne crois pas que j'ai envie de lire ça, mais je n'ai pas le choix. J'ouvre la carte.

Merci de m'avoir rappelé comment m'amuser pendant ce week-end, Red.

Ne me tue pas pour autant.

Je souris. Les pavots sont installés dans un vase rouge parfaitement assorti. Je passe mon doigt sur l'une des fleurs et sur le vase brillant. Mon ventre se noue lorsque je repose la carte à côté.

Avery soupire et secoue la tête.

– Je ne te comprends pas.

– Ne commence pas, Ave. (Je me glisse sur ma chaise et je repousse mon chevalet portatif sur le côté.) Je ne veux pas le savoir, ok ?

Elle tape violemment sur la table.

– Tu détestes les pavots.

– Je ne déteste pas les pavots. Je pense que c'est une solution de facilité, et que seul un idiot peut croire que ce sont mes fleurs préférées juste à cause de mon nom.

L'air étonné, elle tend les bras en me désignant les fleurs.

– Elles ne sont pas... (Je m'interromps et je soupire.) Red. Il m'a surnommée comme ça. Ça a commencé le lendemain matin après qu'on a... tu sais.

– Baisé.

– On a couché ensemble, je rétorque sèchement. Je lui ai demandé pourquoi il m'appelait Red, et il a dit que c'était en partie à cause de mes cheveux, et en partie parce que je m'appelle Poppy et que les coquelicots sont rouges. Je crois qu'il fait référence à cette conversation.

– C'est une façon ridicule de donner un surnom.

– Je sais. Pourquoi crois-tu qu'il me demande de ne pas le tuer ?

Avery se pince le nez en pouffant.

– Vous avez manifestement des sentiments l'un pour l'autre.

Je lève mon index.

– Je t'ai dit de ne pas commencer.

– Je fais ça parce que je suis ta meilleure amie et que je tiens à toi. Tu es tellement têtue que tu ne vois pas que tu te fais du mal parce que tu as trop peur de lui dire ce que tu ressens.

– Non, Ave, tu as tort. Je sais que je me fais du mal, mais ce n'est pas si simple. Il est très souvent absent. Il voyage la plupart du temps. Il a admis que ses histoires d'amour sont compliquées à cause de cela. Tu préfères que je me remette de ce petit béguin maintenant ou que j'essaie d'avoir une relation dont je sais déjà qu'elle ne marchera pas, uniquement parce qu'on a passé un week-end ensemble ?

Elle est sur le point de dire quelque chose, mais elle s'arrête.

– Si je passe plus de temps avec Adam, dès à présent je peux te dire que je suis sûre à cent pour cent que je vais tomber amoureuse de lui.

– Oh, fait-elle d'une petite voix.

– Et si je tombe amoureuse de lui, c'en sera fini de moi. Je n'ai pas peur de lui dire ce que je ressens. J'ai peur de tomber amoureuse et d'avoir le cœur brisé.

– Comme tout le monde, mais ça n'empêche pas de le faire pour autant.

Elle me sourit tristement et glisse son téléphone dans son sac à main.

– Je vais aller travailler. Je pense que tu as besoin d'être seule pour réfléchir à tout ça.

Elle a raison. Même si je ne le veux pas. Je ne veux pas y penser. Ma décision est déjà prise, et il était presque d'accord. Il ne m'a pas vraiment dit qu'il voulait que ça aille plus loin.

Bien sûr, il m'a avoué qu'une partie de lui souhaitait que ce ne soit pas juste pour le week-end, mais cela ne veut pas dire « Voyons-nous dans la vraie vie ».

Peut-être que je tire sur l'ambulance pour me sentir mieux, mais peu importe. Je dois faire ce qu'il faut pour me convaincre que j'ai fait le bon choix.

Non, vous savez quoi ? Je n'ai pas besoin de me convaincre parce que je sais déjà que c'est le cas, et je n'ai pas non plus besoin de me justifier auprès de quelqu'un d'autre.

Voilà.

Je pose mon carnet de croquis devant moi et je prends un crayon.

Je ne peux pas garder Adam, mais je peux conserver un de ses pavots.

Chapitre vingt-deux

Poppy

Le temps guérit les blessures,
pas les peines de cœur

TROIS SEMAINES PLUS TARD

– Tu peux éteindre, s'il te plaît ?

Avery me jette un coup d'œil par-dessus son épaule.

– Quoi ? me demande-t-elle d'un air innocent.

Je fixe la télé. Adam Winters, dans toute sa splendeur, remplit l'écran. Il donne une conférence de presse à propos d'un contrat de sponsoring qu'il vient de signer.

C'est cool. C'est bon. Ça fait trois semaines. J'en ai terminé avec ça.

– Tu sais parfaitement quoi. Tu as besoin de le regarder ?

– J'aime le hockey.

– Tu n'as jamais regardé de hockey depuis qu'on vit ensemble, et ce n'est même pas du hockey. Tu essaies de me faire passer un message.

Je prends mon pinceau et je le trempe dans la peinture rouge que j'ai préparée plus tôt dans la journée. J'ai essayé de finir ce pavot pendant des semaines, et voilà qu'à présent je n'ai plus qu'une photo que j'avais prise comme modèle.

Avery soupire et coupe le son de la télévision.

– Je ne comprends pas. Ça fait trois semaines. Ça ne devrait plus te déranger, mais si c'est le cas, appelle-le.

– Je pense qu'il se débrouille très bien sans la rousse bizarre avec qui il a passé un week-end, je rétorque. Surtout si les chiffres avancés par les médias sont corrects.

– Poppy. Tu t'es mise à suivre les infos à propos des Storms et tu l'as même Googlé la semaine dernière.

– Je n'ai rien fait du tout. C'est ce truc flippant d'Internet qui te balance des pubs sur des trucs que tu n'as jamais googlés.

– Ok, alors pourquoi ne pas le googler ?

– Je n'ai pas à me justifier auprès de toi à propos de mes recherches sur Google. Je ne t'ai pas demandé de t'expliquer quand tu cherchais du porno lesbien.

Elle hausse les épaules.

– Complètement hétéro, mais hyper-torride.

– Ton porno, c'est ton porno. Lui, c'est le mien et j'ai eu un moment de faiblesse. (Je peaufine un pétale.) Ça ne veut rien dire.

– Ça ne veut rien dire ? Je pense qu'il te manque, sinon tu t'en ficherais qu'il passe à la télé.

– Je ne le connais pas assez pour qu'il me manque.

– Tu le connais très bien !

– J'essaie de me concentrer, Ave.

Elle secoue la tête et remonte le volume.

D'accord, bon, je n'en suis pas remise. Ça m'énerve. Je ne veux pas voir son visage si je ne peux pas l'embrasser et je ne veux pas entendre sa voix à moins qu'elle ne murmure à mon oreille.

Trois semaines. Cela fait trois semaines et je pense à lui tous les jours. J'ai rédigé des mots que je ne lui ai jamais envoyés et j'ai passé beaucoup trop de temps à hésiter devant mon téléphone, mais je n'ai jamais pu me résoudre à l'appeler. Je suis donc nulle à ce point ?

– Peux-tu au moins baisser le son, si tu ne l'éteins pas ? je demande à Avery.

– Non.

Je suppose que c'est ça.

Je fais de mon mieux pour bloquer tout ce qui m'arrive de cette direction pour me concentrer sur l'ajout des détails les plus fins sur mon pavot. Les graines, l'ombré, tous ces petits détails qui occupent mon esprit et m'empêchent de prêter attention à la télé.

Je me mets même à fredonner. Mmm, Mmm, Mmm. Un air que je ne connais même pas, mais qui m'empêche d'écouter.

– Oh mon Dieu, appelle-le ! s'écrie Avery en lançant la télécommande dans ma direction.

Je l'esquive, elle va percuter le frigo derrière moi en retombant sur la porte. L'arrière saute, les piles s'éparpillent sur le sol.

– Si ça marche encore, tu as de la chance.

– Poppy.

– Non.

– Poppy.

– Va-t'en.

– Poppy !

– Non ! (Je suis sur le point de lui balancer quelque chose quand mon téléphone sonne. Je repousse la chaise et je jette un coup d'œil à l'écran.) C'est mon père.

Elle fait la tête et se retourne pour regarder Adam.

– Salut papa, qu'est-ce qu'il y a ?

– Ta mère veut que tu viennes dîner ce week-end, m'annonce-t-il sans même me saluer.

– J'ai hâte.

– Et elle veut qu'Adam vienne aussi.

Je me fige.

– Pourquoi donc ?

– Elle dit qu'elle n'a pas pu lui parler autant qu'elle l'aurait voulu pendant le mariage, et comme on vient pour une réunion, s'il est en ville, elle aimerait le voir.

Merde.

Merde.

Chiotte.

Putain de merde.

Je suis dans la merde.

À nouveau.

– Oh, d'accord, eh bien, euh. (J'ignore Avery qui est en train d'applaudir.) Quand est-ce ? Samedi ?

– Oui. À dix-huit heures. Elle a déjà réservé une table.

– Au moins, je n'aurai pas à cuisiner. Je vais voir s'il est libre. Il est très occupé en ce moment.

– J'ai vu son nouveau contrat. Cool, hein ?

– Ouais. Très cool.

S'il te plaît, arrête de parler.

Comme s'il lisait dans mes pensées, papa se met à tousser.

– Bon, je dois y aller. J'ai une conférence téléphonique. Je pensais que je devais te prévenir.

– Merci papa. J'apprécie.

– Je t'aime, Pops.

– Moi aussi, je t'aime. À samedi. *Bye.*

Je raccroche et je repose mon téléphone sur la table, une main sur la bouche.

Avery se lève.

– Qu'est-ce qui ne va pas ?

– Mes parents viennent en ville pour dîner samedi.

– Oh non.

– Et ils veulent qu'Adam soit là.

– Oh non.

– Oh si.

Je m'affale sur ma chaise et je cache mon visage dans mes mains.

– Eh bien, poursuit-elle en ouvrant le frigo, je suppose que tu vas devoir l'appeler finalement.

J'ai envie de lui voler dans les plumes.

– J'ai besoin de réfléchir.

Je me lève, me dirige vers ma chambre et claque la porte derrière moi.

Ensuite, je me jette sur mon lit à plat ventre et je crie dans mon oreiller.

Merde.

***

J'empoche le pourboire pas très généreux et je jette l'addition à la poubelle. Aujourd'hui, j'ai du travail, mais je ne suis pas totalement concentrée. Je ne peux pas m'empêcher de penser à ce dîner débile.

– Hé, Poppy ? Tu as un nouveau client. Il est là depuis quelques minutes.

Yvonne, ma collègue bien en chair, passe derrière moi en frottant sa grosse poitrine contre mon dos pour aller à la caisse.

Je lève les yeux.

– Oh, merci. J'y vais tout de suite.

Je sors mon bloc-notes de mon sac et je clique sur mon stylo tout en me dirigeant vers la table.

– Salut, je m'appelle Poppy et ce soir, c'est moi votre serveuse. Qu'est-ce que je peux vous proposer ?

– Je vais prendre le cheeseburger au bacon.

Oh non.

– Avec une limonade.

Oh putain.

– Et une discussion ?

Adam Winters laisse tomber le menu et me regarde avec un sourire qui fait bondir mon cœur jusqu'au ciel.

J'entrouvre les lèvres, mais aucun son n'en sort. Je reste complètement figée sur place, à l'exception de mon cœur. Bon sang, ce truc bat comme un dingue.

Et moi ? Je suis en train de mourir.

– Eh bien, je m'attendais à un choc, mais pas à une horreur totale, dit-il en riant.

J'étouffe un petit rire.

– Je suis désolée. J'ai juste... oui. Je ne m'attendais pas à ce que tu te caches derrière ce menu.

– Surprise. (Il sourit.) Je voulais te parler.

– Euh... je dois finir mon service. Je termine dans une demi-heure environ. Tu peux attendre ?

– Je n'ai pas commandé un burger pour rester devant à le regarder, Red.

Ce surnom me fait frissonner.

– Oh toi, tu veux vraiment manger ?

Il se frotte le menton en souriant.

– Ouais. Si je viens ici, c'est que je romps mon régime.

Bien sûr. Bien sûr qu'il veut manger. Pff, je suis une idiote.

– Ok. Bien sûr. C'était quel burger, déjà ?

– Un cheeseburger au bacon.

– Et la boisson, c'était, euh...

– Une limonade.

Je griffonne.

– Ce sera tout ?

– Est-ce que je vais pouvoir te parler ?

J'acquiesce d'un signe de tête.

– Alors c'est tout, dit-il dans un demi-sourire.

Je baisse la tête pour cacher le mien.

– Je reviens tout de suite avec la limonade.

Je dois vraiment prendre sur moi pour ne pas retourner en courant au comptoir taper sa commande à la machine. Ma collègue est toujours là, elle me lance un sourire torve.

– C'est Adam Winters ?

Je hoche la tête.

– Tu le connais ?

– On peut dire ça.

– Tu as baisé avec lui.

– Ni ici ni ailleurs.

– Alors, pourquoi est-il ici ? Pour te jurer son amour éternel ? Pour clamer son désir d'avoir des enfants avec toi ?

Je tousse en m'étranglant à moitié. Sérieusement.

– Tu as fumé quoi ? Non, il n'est pas là pour ça !

Elle hausse les sourcils.

– Ma fille, comment tu le sais ?

– Parce que ce n'est pas ça du tout.

– Ah oui ? C'est pour ça qu'il n'arrête pas de te regarder comme s'il allait te dévorer toute crue ?

Je me retourne, Yvonne a raison. Il me fixe, un sourire aux lèvres. Je gémis en rougissant violemment,

– Oh mon Dieu !

– Mhmm, fait-elle en me dévisageant. C'est plus qu'un plan cul, hein ?

– Avery m'emmerde déjà avec ça à la maison. Alors, arrête.

Je la tapote avec mon stylo et je sors de derrière le comptoir.

– Tu n'as pas de clients à servir ?

Elle jette un regard concupiscent à Adam.

– J'aimerais bien servir les tiens, répond-elle en remuant son énorme poitrine.

– Oh doux Jésus ! Eh bien, il veut une limonade. Tu peux t'en occuper.

Elle tire sur son tee-shirt et remonte ses seins.

– Je m'en charge, ma poulette.

Je m'éloigne en secouant la tête et en souriant. Seigneur, c'est quelque chose, celle-là.

***

– Quoi qu'Yvonne ait pu te dire, ignore-le, dis-je lorsqu'Adam pousse la porte du restaurant et la tient ouverte pour moi.

Il répond avec un petit sourire,

– C'est un numéro.

– Et encore, tu n'en connais pas la moitié, littéralement.

Je secoue la tête et passe mon sac à main sur mon épaule.

– Où veux-tu aller ?

– Je me disais qu'on pourrait aller au parc. Je doute que tu veuilles aller jusque chez moi et je suppose qu'Avery n'est pas au travail ?

– Elle est à la maison.

Et elle en ferait vraiment tout un plat si je te ramenais avec moi...

– C'est parti pour le parc.

Nous nous mettons en route, côte à côte. Mes mains tremblent, ça me fait bizarre de ne pas lui prendre la main. C'était si naturel quand nous étions à Key West. Nos mains trouvaient tout simplement leur chemin l'une vers l'autre.

Adam fourre ses mains dans les poches de son short. Ressent-il la même chose que moi ? Je sais que je me sens bizarre. Je n'arrive pas à croire qu'il est réellement devant moi, ou à côté de moi, peu importe. C'est la même chose.

Et je ne l'ai pas oublié. Pas même un peu.

Bon sang.

Nous nous dirigeons vers le parc, et je le laisse me conduire vers un endroit caché où personne ne nous verra. Je lui en suis reconnaissante, je n'ai aucune envie de voir ma tête dans les pages Sport ou autres de tous les journaux.

Je m'assieds sur l'herbe et je pose mon sac à main à côté de moi. Adam s'assied en face en s'appuyant sur ses mains et en étendant ses jambes. Moi, je m'adosse à un tronc d'arbre.

– Comment vas-tu ? me demande-t-il en me fixant de ses yeux bleu vif.

– Je vais bien, et toi ?

– Bien. Je m'entraîne. Je bosse.

– Ouais, Avery t'a regardé à la télé hier. Quelque chose à propos d'un contrat de sponsoring ?

Il hausse les sourcils,

– Tu n'as pas regardé ?

– Je ne m'intéresse pas au sport. Pourquoi je regarderais ?

– Je suis plutôt intéressant.

– Ça dépend à qui tu demandes, et si oui ou non il fait nuit, et qu'il y a des requins dans les environs.

Il se met à rire.

– Comment va ton pied ?

– Guéri. J'ai vu un médecin à mon retour, au cas où. Juste une coupure un peu profonde sur un rocher, donc tu avais raison. (Je hausse les épaules.) Mais c'est cicatrisé. Plus jamais je ne me baignerai dans le noir.

– Je suis d'accord avec toi là-dessus, Red.

Pourquoi ce surnom autrefois détesté me donne-t-il des frissons ? Putain, putain, putain.

– Alors. Pourquoi es-tu venu me chercher au travail ?

Son sourcil remonte. Je me mords le bord de ma lèvre inférieure.

– Je me suis mal exprimée. Je veux dire. Merde.

Adam se met à rire.

– J'ai compris. J'aurais dû t'appeler. Désolé.

– Eh, ce n'est pas grave. De toute façon, il fallait que je t'appelle.

– Vraiment ?

– N'y pense même pas. C'est moi qui t'ai posé la question en premier.

Je le pointe du doigt. Il lève une main en riant à nouveau :

– D'accord, d'accord. Ton père m'a appelé ce matin.

Oh non.

– Oh non.

Adam me regarde avec un sourire ironique. Je fronce les sourcils. Qu'est-ce que ça veut dire ?

– Attends, comment mon père a-t-il ton numéro ?

– Il... me l'a, en quelque sorte, demandé au mariage. Je n'ai pas su comment lui refuser. Je ne pensais pas qu'il m'appellerait un jour.

Je me frotte les tempes.

– Doux Jésus de bordel de merde. Je parie que je sais pourquoi il t'a appelé.

– Pour le dîner. Samedi soir.

– Ouais. Il m'a appelée hier et m'a dit que maman voulait te voir. Je me demandais comment te le demander, mais je suppose que papa m'a devancée.

– Il m'a appelé et m'a invité. Je ne voulais pas juste débouler comme ça, et comme je n'ai pas d'entraînement aujourd'hui, je me suis dit que j'allais venir te trouver en personne.

– Tu aurais pu appeler.

– J'aurais pu appeler, dit-il en penchant la tête sur le côté. Mais alors, Red, je n'aurais pas pu venir te voir ?

Je rougis légèrement,

– Je suppose que non.

Je marque un temps d'arrêt, je joue avec l'ourlet de mon tee-shirt.

– Écoute, tu n'es pas obligé. Je lui ai dit que tu étais occupé, donc que tu ne pourrais probablement pas venir. C'est bon.

– Tu veux que je vienne ?

– Tu es occupé. Tu as un million d'autres choses à faire...

– Ce n'est pas ce que je t'ai demandé, Red.

Il se déplace pour être plus près de moi et je sens sa jambe frôler la mienne.

– Je t'ai demandé si tu voulais que je vienne.

Je prends une grande respiration et je détourne le regard un moment.

– Tu veux venir ?

– Je n'ai pas particulièrement envie de dîner avec ta mère, non. J'ai l'impression qu'elle va me poser toutes sortes de questions auxquelles je ne veux pas répondre.

C'est l'histoire de ma vie.

– C'est bon, je vais juste...

– Mais je veux dîner avec toi, ajoute-t-il doucement, pendant que ses yeux capturent les miens. Et si cela signifie la présence de tes parents, alors ça me convient parfaitement. Et prétendre être ton petit ami pendant quelques heures encore n'est pas si difficile non plus.

– Je...

Ça ne m'aide pas du tout. C'est un pas en arrière. J'essaie de l'oublier et je n'y arrive pas, mais peu importe, et ça ne va pas le faire.

Mais, putain, qu'il me manque !

C'est dingue. Je sais que c'est dingue. Comment quelqu'un peut-il vous manquer après seulement quelques jours ? C'était censé être une aventure, ni plus ni moins. Et pourtant, trois semaines après lui avoir dit « ciao », me voilà avec un gros problème sentimental.

– Si tu ne veux pas que je vienne, dis-le, je ne viendrai pas. Je peux être occupé. Ce n'est pas un problème, m'assure Adam. C'est pour ça que je te demande.

– Non, je... (Je soupire.) Tu penses que c'est une bonne idée ?

– Non. Absolument pas. Mais je pense qu'on devrait le faire quand même.

– D'accord, dis-je doucement. Passe me prendre à dis-sept heures trente.

– Ok.

Chapitre vingt-trois

Adam

Une suite de mauvaises idées

– Tu as perdu la tête, me dit Warren. Un week-end, c'était déjà bien assez.

– Il n'a pas tort, dit Kyle en laissant retomber le poids qu'il vient de soulever.

Je les regarde tous les deux.

– Je l'aime beaucoup, ok ?

– On sait. Tu te traînes comme une merde depuis que tu es rentré de ce mariage. Je t'avais dit de l'appeler, putain, ajoute Warren.

– Je ne voulais pas. Elle m'a fait comprendre que notre vie, tous ces voyages, toute cette merde, ce n'est pas pour elle.

– Alors, pourquoi tu dînes avec sa famille samedi, putain ? (Kyle s'assied sur le banc de musculation devant moi et se penche en avant, les coudes sur les genoux.) Juste... pourquoi ?

– Si tu avais la chance de voir Keisha encore une fois, tu le ferais, non ? je lui demande, en faisant référence à sa petite amie. Poppy a été assez claire sur le fait qu'elle n'est pas le genre de femme qui peut supporter la vie que nous menons. D'accord. Mais je ne lui ai pas vraiment dit que j'ai envie d'essayer.

– Alors, c'est ça que tu vas faire ? Tu vas faire semblant d'être son foutu petit copain et lui dire ce que tu ressens vraiment ?

– Peut-être. Je ne sais pas.

Je n'ai pas réfléchi aussi loin. Je veux juste la revoir, parce qu'elle me manque, putain. Sa bouche, son rire et son culot me manquent. Ce qui me manque, c'est la rousse fougueuse qui est entrée dans ma vie comme une tornade.

Warren s'exclame :

– C'est logique, mais seulement si tu es honnête avec elle. Il faut que conclues avec cette fille, parce qu'elle te distrait trop depuis que tu es revenu.

Et c'est loin de la vérité. Poppy Dunn me consume l'esprit. J'ai pensé à elle tous les jours, et cela me rend dingue de ne pas avoir les couilles de l'appeler.

Il m'est plus facile de me pointer dans ce foutu restaurant et de la voir en personne que de décrocher mon téléphone.

– Je vais aller à ce dîner, et après, on va prendre un verre et je lui dirai ce que je ressens. Si elle me dit non, très bien. Elle pourra repartir sans que je lui mette la pression. (Je me frotte la nuque.) Si elle me dit oui, on trouvera une solution.

– D'accord, mais tu n'as jamais eu de relation sérieuse depuis que tu as été sélectionné, me fait remarquer Kyle. Ce n'est pas comme Keisha et moi qui sommes ensemble depuis la fac. D'après ce que tu m'as dit, Poppy n'aime même pas le hockey.

– Elle ne savait pas qui j'étais quand on s'est rencontrés, je te rappelle. Bien sûr qu'elle n'aime pas le hockey.

– Tu vois, c'est ce que je préfère dans tout ça, dit Warren. Toutes les filles du monde se jettent sur M. Fuckin' Superstar ici présent, et il choisit la seule nana au monde qui n'a aucune idée de qui il est.

– C'est la plus authentique.

Kyle hausse les épaules et se lève pour ajuster le poids de la machine.

– Elle a vu en toi l'adorable connard qu'on aime tant, pas la superstar méga pleine aux as.

– Elle ne savait pas, et elle s'en fiche.

Je me penche et me frotte les mains sur le visage.

– Comment tu vas faire, toi qui es incapable d'entretenir une relation quand tu es sur les routes ? Elle a sa vie ici, non ? Un boulot ? Un appartement ? (Kyle se rassied.) C'est un sacré changement.

– Je peux faire en sorte que ça marche. Je le sais. Je sais que ça peut marcher. Je n'ai jamais trouvé personne qui vaille la peine d'essayer avant elle.

Mes deux amis les plus proches dans l'équipe se lancent un regard.

– Eh bien, putain, lance Warren, tout simplement.

– Vous me faites passer pour un play-boy célibataire.

Kyle s'arrête,

– Non, mais tu as toujours placé le hockey en premier. Ce qui n'est pas forcément une mauvaise chose, ajoute-t-il rapidement. On le fait tous, mais personne avec autant de zèle que toi. Si tu es prêt à mettre ça de côté, ne serait-ce qu'un peu, pour une fille que tu connais depuis moins d'une semaine, ça doit être un sacré truc.

Un sacré truc.

C'est une façon de décrire Poppy Dunn.

Et, bizarrement, probablement la plus exacte.

Parce qu'elle l'est. Elle est un sacré truc.

Je veux juste que ce « sacré truc » soit à moi.

***

Issy : Tu lui as acheté des fleurs ?

Moi : Non. C'est un dîner avec ses parents.

Issy : Tu devrais lui acheter des fleurs.

Moi : Je pensais que ce trolling allait cesser quand j'ai déménagé.

Issy : Ce n'est pas du trolling. Juste le conseil d'une sœur. Si un mec sort avec moi, il a intérêt à m'apporter des fleurs.

Moi : Si un mec sort avec toi, il ferait mieux d'amener des gardes du corps.

Issy : Tu es trop con. Vas-y ou tu vas être en retard. Et apporte des fleurs.

Je regarde la photo de ma petite sœur sur l'écran de mon téléphone en écarquillant les yeux. C'est la plus jeune, mais putain, c'est aussi la plus têtue.

Les fleurs ne me serviront à rien dans la situation actuelle. En dépit de son insistance, j'aime à croire que je connais une ou deux choses de plus qu'elle, du haut de ses vingt ans, sur les relations amoureuses.

Sinon, c'est que j'ai de sérieux problèmes.

Je fourre mon téléphone dans la poche de mon jean et je prends mes clés et mon portefeuille. Le père de Poppy a insisté pour m'inviter à dîner, mais ça ne veut pas dire que je ne vais pas essayer de payer.

Je referme la porte derrière moi et me dirige vers ma voiture. Je suis très nerveux. Trois semaines sans la voir vraiment, je ne compte pas la conversation de vingt minutes d'il y a deux jours, et je me sens comme un adolescent en route pour le bal de fin d'année.

Je veux juste la revoir. Si c'est la dernière fois, alors très bien. Je l'accepte. Je peux l'accepter. Ce n'est pas la fin du monde, du moins, c'est ce que je me dis.

En définitive, Poppy est une flamme et elle doit brûler comme elle l'entend. Si elle croit vraiment que ça ne pourra pas marcher entre nous à cause de mon boulot, je peux l'accepter. Mais cela ne veut pas dire que je ne vais pas essayer.

Quatre jours. Nous avons passé quatre jours ensemble, et cette petite emmerdeuse s'est tellement bien glissée sous ma peau qu'elle pourrait aussi bien faire partie de moi.

Peut-être que ce n'est pas très sain de me sentir dans cet état après si peu de temps. Peut-être que ce n'est pas normal qu'au bout de trois semaines, je sois encore accro à cette petite furie.

Peut-être tout cela est-il franchement bizarre, mais je vais faire avec.

Cette dernière nuit à Key West, sur la plage, avant qu'elle se coupe le pied et attire la faune marine locale, je l'ai senti.

Quelque chose s'est emparé de moi, j'ai compris qu'il fallait oublier l'idée de vivre une aventure. Ce n'est pas une simple aventure, c'est quelque chose de plus fort, de plus important que ce que nous avions imaginé, et merde, je suis baisé.

Je la désire.

Je la désirais déjà, et je la désire toujours. Peut-être même plus encore. J'aurais dû l'oublier depuis le temps, mais je n'ai pas pu. Pas même de loin. Elle m'a consumé, comme le brasier qu'elle est.

J'essaie de ne pas penser à elle en traversant la ville pour me rendre à son appartement. Je sais qu'Avery sera là, et je ne sais pas quoi lui dire. Nous n'avons pas passé beaucoup de temps ensemble au mariage, du moins pas assez pour que je sache si elle est de notre côté ou pas, à Poppy et moi.

Putain, c'est devenu ça, ma vie ? Me demander si sa meilleure amie est ok pour que nous soyons ensemble ?

Putain de merde. J'ai besoin de me ressaisir. Je suis en train de perdre la tête.

Au bout d'un très long moment, je m'arrête sur le parking devant leur appartement. Je coupe le moteur et je me mets à sourire en me rappelant ce que m'a dit Poppy, elle est toujours en retard.

Est-elle prête ? Probablement pas, elle qui a tendance à énerver sa mère à la moindre occasion.

Je ferme ma voiture à clé et me dirige vers le bâtiment. J'appuie sur la sonnette et j'attends que quelqu'un me fasse entrer.

– Allô ?

La voix d'Avery crépite.

– Salut. C'est Adam.

– Oh ! (Silence.) C'est ouvert !

– Merci, Avery.

J'entre et monte à l'appartement. J'ai l'impression que ma chemise est trop serrée et j'ai comme une énorme pierre dans l'estomac.

Je ne sais toujours pas ce que je fais, même lorsque je frappe à leur porte.

– C'est ouvert, lance Avery.

En déglutissant, je pousse la porte et j'entre.

– Salut !

– Salut !

Avery se lève de son canapé et vient me serrer dans ses bras.

– Comment ça va ?

– Bien. Et toi, comment vas-tu ?

Je lui rends son salut.

– Je vais bien, merci. Elle n'est pas encore prête. Fais comme chez toi. Elle en a pour au moins vingt minutes.

– Je t'ai entendue ! crie Poppy de quelque part dans l'appartement.

Avery lève les yeux au ciel,

– Sérieusement, Adam, assieds-toi. La poulette est loin d'être prête. Elle est dans un sale état.

– J'ai entendu ça aussi ! (Une porte s'ouvre.) Ferme-la !

Je pouffe entre mes doigts.

Avery sourit.

– J'adore l'énerver, murmure-t-elle. Habille-toi, pour l'amour de Dieu, ou j'appelle ta mère !

– Je te déteste !

Une porte claque, et le sourire d'Avery s'élargit un peu plus.

– Alors, dit-elle d'une voix feutrée, perchée sur l'accoudoir du canapé, tu vas lui dire que tu tiens à elle ?

– J'aimerais bien un verre, merci, Avery. Je peux utiliser votre salle de bains ? L'entraînement se passe bien. Merci de me poser la question, je lui réponds sèchement.

– Ravie de l'apprendre. La cuisine est juste là. Alors, tu vas le faire ?

– Ce n'est pas si simple et tu le sais.

– En fait, je pense que vous compliquez les choses tous les deux comme personne, poursuit-elle doucement. Mais ce n'est que mon opinion.

Elle me fait un clin d'œil. Elle se lève, sort dans le couloir et frappe à une porte.

– Poppy ! Dépêche-toi ! Tu vas être en retard !

– Si ma mère s'attend à ce que je sois à l'heure, c'est une sacrée idiote ! crie-t-elle à travers la porte.

– Elle est un peu tendue, chuchote Avery.

Quelque chose claque sur une porte.

– Tu ne sais pas faire de messes basses et tu es une amie exécrable ! Va bosser, espèce de païenne !

Je me retiens de rire.

– Bien ! J'y vais ! (Avery frappe sur la porte avec le poing.) Mais ton copain bidon est là qui t'attend, il ressemble à une plaquette de chocolat pendant la semaine de Shark Week[13].

Qu'est-ce que...

---

13. Programme télévisé très populaire qui propose, chaque année depuis 1988, une semaine de documentaires sur les requins sur Discovery Channel.

– Ramène tes fesses ici avant que je le traîne au coin d'une rue et que je commence à offrir ses services aux dames pour renflouer mon compte en banque !

Avery me fait un clin d'œil. Poppy craque.

– Je jure devant Dieu...

Avery prend son sac à main et s'arrête à la porte. Elle lance d'une voix très forte :

– Amusez-vous bien ! Je travaille jusqu'à une heure ce soir, mais Adam, je veux qu'elle soit rentrée pour minuit, tu m'entends ?

– Promis.

– Et si tu es encore là demain matin, je veux que tu nous prépares une putain d'omelette. (Elle sourit en ouvrant la porte.) Il y a des œufs, du bacon et des champignons dans le frigo. Je ne serais pas fâchée en me réveillant de voir tes belles petites fesses en train de m'apporter mon petit déjeuner au lit.

– Avery !

– Et maintenant je pars, dit-elle en m'offrant un dernier sourire.

Putain, Avery sait vraiment comment la rendre chèvre.

Je m'assieds pour attendre que Poppy sorte. Elle prend son temps, et un regard à ma montre me confirme que nous allons être en retard.

À l'instant où je décide de regarder la télévision, une porte s'ouvre à l'autre bout de l'appartement. Je tourne la tête, Poppy apparaît.

Sa robe noire la moule parfaitement, bien qu'elle ronchonne en tirant dessus pour la lisser sur ses hanches. Ses cheveux flottent sur ses épaules en boucles lâches, et le rouge à lèvres rose vif qu'elle porte me donne une envie folle de l'embrasser.

Elle s'arrête, lève les yeux et surprend mon regard.

– Tu veux ma photo ?

– Oui, en fait. Ça te pose un problème ?

Elle rougit en repoussant sa crinière derrière son oreille.

– Allons-y avant que je me fasse botter le cul. Et si on est en retard, c'est à cause de la circulation.

Elle attrape un sac à main sur la table de la cuisine qui est couverte de peinture et y glisse son téléphone.

– Allons-y.

– Accroche-toi.

J'éteins la télé et je me lève pour l'intercepter avant qu'elle atteigne la porte.

– Je suis officiellement à nouveau ton petit ami pour de faux, ça veut dire que j'ai le droit de faire ça.

Et je l'embrasse dans la nuque. Elle se love contre moi, ses mains glissent instantanément vers les pans de ma chemise. C'est tout ce que je voulais savoir.

Je ne suis pas le seul à éprouver des sentiments.

– Maintenant, on peut y aller, je murmure sur ses lèvres.

Sa gorge tressaille et elle hoche la tête.

– Allons-y.

Chapitre vingt-quatre

Poppy

Des questions absolument sans réponses

Adam verrouille la voiture sur le parking du restaurant, puis sans attendre une seconde, me prend dans ses bras. Son bras glisse autour de ma taille et je me serre contre lui comme si je ne l'avais jamais quitté.

Ça m'ennuie de constater à quel point ça nous est facile. Tout comme ce baiser dans l'appartement. Combien il m'est facile de monter dans sa voiture pendant qu'il me tient la portière. Comme c'est parfait d'être blottie contre lui, sans plus me soucier du reste du monde.

Sauf que mes parents sont là, à l'intérieur.

On nous mène tout droit à notre table. Quelque part entre le comptoir de l'hôtesse et la table, Adam glisse ses doigts entre les miens et nous avançons ensemble d'une façon absolument fluide. Ça me fait peur. Tout cela est tellement naturel, mais bien que je commence à lentement accepter mes sentiments pour lui, je ne pense pas vraiment qu'il éprouve des sentiments sérieux pour moi.

La facilité avec laquelle il a encore une fois accepté de jouer le rôle de mon petit ami m'a étonnée.

Il m'avait dit à Key West que jouer ce rôle d'amoureux était la chose la plus facile qu'il ait jamais faite.

Est-ce encore vrai ?

Parce que, je trouve ça absolument dingue, mais prétendre être Poppy, la petite amie d'Adam, est tellement facile que c'en est effrayant.

Maman et papa sont installés à la table. Les retrouvailles sont faciles : embrassades, baisers, poignées de main. Nous prenons tous place et papa nous offre un verre de vin, qu'Adam refuse puisque c'est lui qui conduit.

Maman hausse les sourcils, et je me rends compte qu'elle est impressionnée. Il n'est pas prêt à accepter un seul petit verre. Parce que l'idée que se fait mon père d'un verre de vin, ce n'est pas exactement celle qu'en ont habituellement les gens dans un restaurant. Il a toujours une bonne raison pour se resservir.

Un verre de vin, ce n'est qu'un verre.

– Alors, Adam, nous avons entendu parler de ton nouveau contrat de sponsoring, lance papa. Nous sommes ravis pour toi. Raconte un peu.

Adam se met à gigoter, un peu mal à l'aise.

– C'est le sponsor de mon équipe. Nous avons signé un contrat pour une nouvelle ligne de baskets et d'autres équipements sportifs, principalement conçus pour aider les enfants à débuter dans le hockey. L'intérêt, c'est surtout l'investissement que cela représente, je n'ai pas besoin d'argent, nous nous sommes donc mis d'accord pour que quatre-vingt-quinze pour cent du montant soient reversés à la fédération de hockey junior aux États-Unis et au Canada.

– Les chiffres annoncés dans des médias sont-ils exacts ? demande maman.

– Maman ! je bafouille. Tu ne peux pas demander ça !

– Il n'est pas obligé de répondre, me rabroue-t-elle comme si j'étais stupide. C'est juste une question.

– C'est bon. (Adam me touche la cuisse.) Oui, les chiffres sont exacts. Mon équipe essaie de garder le chiffre secret, mais il s'avère qu'il est important.

– Eh bien, j'imagine que les médias veulent savoir pourquoi le joueur de hockey le mieux payé a besoin d'un contrat de sponsoring de trente millions de dollars, dit papa.

Mon Dieu.

Je veux mourir.

– Vous avez raison, répond Adam. C'est le cas. Mon équipe se donne à fond, mais la plupart des gens ne veulent pas connaître la vérité. Même pendant la conférence de presse, personne ne s'est intéressé au véritable objectif.

J'interviens, tout en tentant de me servir à boire.

– Fais-le annoncer par les sponsors. Ils ont une plus grande visibilité que toi. Fais-leur publier un communiqué dans tous les médias au sujet des conditions. Si les médias refusent, les sponsors peuvent supprimer toute leur publicité sur leurs chaînes. Ce n'est pas compliqué.

Lentement, Adam se tourne vers moi.

– Tu es brillante.

– J'ai ce qu'on appelle du bon sens. Les médias aiment le fric. Enlève-leur le fric, et boum.

– Je vois que tes études de marketing t'ont appris quelque chose, dit maman en souriant presque fièrement.

– C'est du simple bon sens, je répète en reprenant un verre.

Papa glousse.

– Elle a raison.

– Tu as étudié le marketing ? me demande Adam.

– Je peux prendre votre commande ? nous interrompt alors la serveuse.

Nous passons rapidement commande, même si Adam et moi avons à peine eu le temps de regarder le menu.

– C'était une option, je réponds à Adam. Pas ma matière principale.

– Vous n'avez jamais parlé de vos matières principales ? s'étonne papa.

– On n'a pas abordé cette question.

– Quelle était ta matière principale ? me demande Adam.

Je vide mon verre, papa prend la bouteille de vin pour me le remplir. Je lui lance un regard reconnaissant.

Ma mère lève les yeux au ciel.

– L'art.

– Écoute Miranda, il n'y a rien de mal à ça. (Papa repose la bouteille.) Tu sais bien qu'elle a du talent.

Adam incline la tête et me regarde.

– Les trucs de peinture. Sur ta table. C'est à toi.

Ils veulent ma mort.

Il faut bien que quelqu'un le fasse.

À ce stade, je choisirais même la mort à coups de fourchette.

– Vous ne saviez ?

Maman attrape son verre et nous regarde avec attention.

Sérieux. Maintenant. Plante-moi un couteau dans le bide.

– Ce n'est qu'un passe-temps, je peins pour le plaisir.

– Voilà, dit papa. Problème résolu.

– Tu veux bien me montrer ? demande Adam. Tu en as chez toi ?

Oui. Ton pavot.

– Quelques trucs.

Je reste délibérément évasive.

– Tu peins toujours ?

Maman écarquille les yeux.

– J'ai besoin d'aller aux toilettes.

Je quitte la table. Plus que tout, j'ai besoin de respirer. Mes sentiments pour Adam s'embrouillent, et tout ce truc sur la peinture. Oui, l'art, c'était ma putain de spécialité, mais ce n'est plus qu'un hobby, ça me rend folle. Je ne peux plus le supporter.

Je m'enferme dans un cabinet de toilette pour dames. Je m'assieds sur le siège et je prends une profonde inspiration. J'en prends plusieurs, en fait.

Pourquoi diable ai-je accepté ? Pourquoi ai-je fait tout cela ? Putain, je suis une idiote. Une sacrée idiote.

Je reste assise quelques minutes à respirer profondément et à réfléchir à l'enfer qui va forcément suivre. Je décide de faire quelques trucs : je vais me taire, je ne parlerai que quand on me le demandera. Et, si quelqu'un me demande ce que j'ai, j'ai mes putains de règles.

Je déverrouille la porte du cabinet, je sors et je m'arrête devant le miroir. Je suis seule, je me lave les mains, je les sèche avant de sortir.

Pour tomber nez à nez avec mon père.

Il pose un doigt sur ses lèvres et m'entraîne plus loin dans le couloir, près de la salle réservée au personnel.

– Je suis au courant, me dit-il doucement.

– De quoi ? je demande en lissant ma robe.

– Je sais pour toi et Adam. Je sais que tu n'avais aucune idée de qui il était avant de nous le présenter.

– Je vais buter Rosie.

Papa lève les mains,

– Écoute-moi, Pops. Je sais. Elle me l'a dit. Mais je sais aussi que vous vous aimez beaucoup. Dans une trentaine de minutes, je vais recevoir un appel urgent de mon bureau et ta mère et moi devrons partir immédiatement. On va payer la note, mais...

– Espèce de fouineur ! (Je lui enfonce mon doigt dans le bras.) Papa ! C'est quoi ce bordel ?

– Je l'aime bien, dit simplement papa, je pense qu'il est parfait pour toi et je pense que tu es une tête de mule et une emmerdeuse qui ne veut pas admettre que tu l'aimes.

– Je ne l'aime pas.

– Tu viens de me prouver que j'ai raison, Pops.

– Tu es un vrai fouineur, je répète. Et ça m'énerve.

– Eh. Ça a marché. (Il hausse les épaules.) j'ai une flasque de whisky dans ma poche. Tu en veux ?

Je tends la main.

Sans rien dire, il me passe sa flasque, et j'en prends une grande gorgée. Je suis tellement énervée, tellement énervée, mais que puis-je faire ?

Tuer ma sœur, par exemple. Bien que je doive me demander si ce crime en vaut la peine.

Probablement pas.

– Qu'est-ce que tu attends de moi ? je lui demande.

– J'attends de toi que tu supportes ta mère, qui est particulièrement difficile aujourd'hui, pendant trente minutes. Souris. Hoche la tête. Mange. C'est tout ce que je te demande.

– Mmm. Tu me devras quelque chose pour ça, papa.

– Pourquoi ? Je te fais une faveur.

– Non, tu te mêles de ce qui ne te regarde pas. Et tu me fais dîner avec maman sans aucune raison. C'est toi qui me dois une faveur.

Il soupire.

– Bon. Qu'est-ce que tu veux ?

– Je te le dirai quand j'aurai trouvé.

Et je reprends le couloir.

Qu'est-ce qui ne tourne pas rond avec ma famille ?

***

– Je suis vraiment désolé, dit papa, debout au bout de la table. Miranda, ma chérie, on doit y aller. Je viens de recevoir un coup de fil du bureau, un de mes clients a une urgence à laquelle je me dois de répondre.

Je résiste à l'envie de lui faire les gros yeux. Je suis encore énervée et toujours pas d'accord avec le stratagème de mon père. Je trouve tout cela ridicule. Je me débrouillais très bien jusqu'à ce qu'il fourre son nez dans mes affaires. J'ai également envoyé à ma sœur quelques mots bien sentis.

Il s'agit principalement de « va », « te faire », « foutre », mais tout de même.

Ce sont des mots.

– Oh, bonté divine. Bien sûr. (Maman se tapote la bouche avec sa serviette.) Je suis vraiment désolée. Chéri, tu t'es occupée de l'addition ?

– C'est réglé. Je suis désolé.

Papa m'embrasse sur la joue, puis se penche pour serrer la main d'Adam.

– J'espère que ce n'est que partie remise.

Tu peux toujours courir, papa.

Maman nous embrasse sur les deux joues et se précipite vers papa qui lui annonce :

– Je te dépose à la maison, Miranda, puis je vais au bureau...

Mon Dieu. Cette petite merde a tout prévu.

Eh oui, je le traite de merde. C'est une merde. Je suis en colère.

Je vide le restant de mon vin cul sec.

– C'est bizarre, s'étonne Adam en se retournant.

– Pas vraiment.

– Qu'est-ce que tu veux dire ?

Je soupire et je repose mon verre vide. Comment diable suis-je censée dire ça ? Il n'existe aucun moyen de le lui expliquer qui ne soit pas totalement bizarre.

Du genre, « mon père sait qu'on fait semblant et il veut nous piéger parce qu'il sait que je suis sur le point de tomber amoureuse de toi ».

Non.

Seigneur, non.

– Poppy.

Je fixe mon verre. C'est bien ça. Je l'ai fini.

Putain de merde.

– Papa, euh... il est au courant

Adam me fixe pour essayer de comprendre.

– Il sait que je ne savais pas qui tu étais au mariage, je poursuis doucement, la tête baissée. Il a parlé à Rosie. Elle lui a tout dit.

– Sale traîtresse, murmure-t-il.

Sa réaction me faire rire, mais inutile d'argumenter, c'est la vérité pure et dure. Ma sœur est une putain de traîtresse.

– Tu sais que les Britanniques décapitent les gens pour cela, ajoute Adam.

– Peut-être il y a deux cents ans. Probablement plus maintenant. Mais oui. Elle lui a dit. Ce soir, il nous a piégés.

Adam se frotte le menton.

– Alors on a dû supporter le stress de ta mère, juste pour se faire piéger ? Il ne pouvait pas s'arranger pour nous fixer un rendez-vous et ne pas venir ? Si j'avais voulu piéger mon fils, c'est ce que j'aurais fait.

– Ton fils ? Et pourquoi pas ta fille ?

– Parce que n'importe quel copain de ma fille sera reçu avec un fusil de chasse, répond-il.

– Eh bien, n'importe quelle petite copine de mon fils sera accueillie de la même façon. (Je croise les bras.) C'est comme ça que ça marche. Si tu veux sortir avec mon môme, tu dois poser ton cul et me parler de toi avant que j'accepte.

Adam hoche la tête :

– Est-ce que ton père a déjà fait ça ?

– Est-ce que mon père a l'air d'être le genre à menacer mes rencards avec une arme ?

– Non. Et moi ?

– Uniquement parce que tu es braqué, je lui réponds. Mes cheveux me font peur.

– Oh oui. Regardez ces boucles. Elles sont terrifiantes.

– C'est mon caractère, je lui rappelle. Je m'enflamme comme une allumette.

Il se penche et fait tourner une boucle autour de son doigt.

– C'est pour ça que tu as fait la tête toute la soirée ? Parce que tu savais que c'était un coup monté ?

– Mmm. (Je croise son regard.) Je ne suis pas contente.

– Tu pourrais être piégée avec des gars bien pires que moi.

– Je ne dis pas que c'est nul, je...

– Ton père nous a piégés pour une bonne raison, Poppy. Et ce n'est pas parce que nous ferions une bonne équipe de patins à glace.

C'est parce qu'on s'aime bien.

Ces paroles restent en suspens entre nous. Non prononcées. Aucun de nous ne veut l'admettre avant l'autre, du coup nous restons coincés dans une spirale de silence.

Adam soupire en relâchant mes cheveux.

– Tu veux que je te ramène à la maison ?

Je hoche la tête, en ramassant mon sac à main à mes pieds.

– S'il te plaît.

– Très bien, Red. Viens.

***

Adam m'ouvre la portière.

– Je vais te raccompagner.

– Ce n'est pas nécessaire.

– Je sais. Mais je suis un gentleman, et c'est ce que font les gentlemen. (Il me tient la portière pour que je puisse sortir de la voiture.) Viens.

Je sors en serrant mon sac à main contre moi. J'arrive à la porte avant lui et je tape le code en me faufilant pour essayer de fermer la porte avant qu'il n'arrive.

Raté.

Adam met son pied dans la porte.

– Bien tenté, Red.

– Eh merde.

Je me retourne et me dirige vers les escaliers, mais là encore il me bat. Au lieu de me laisser passer, il me soulève d'un seul coup, malgré mes protestations, et me jette sur son épaule.

– Tais-toi. Tu vas déranger tes voisins.

– Tu me fais mal !

Il monte l'escalier.

– Pas vraiment, je te donne un coup de main.

Lui et moi avons des idées différentes sur ce que c'est qu'un coup de main.

– Essaie de m'offrir ton bras la prochaine fois, Fred Pierrafeu.

– Okay, Wilma.

– Je peux aussi te filer un coup de pied dans les couilles.

– Tu ne feras pas ça.

– Comment le sais-tu ?

– Parce que tu aimes mes boules.

– Faux. Je suis indifférente aux boules, en général. Les ballons de foot, de basket, de hockey...

Il toussote.

– Palets.

– Quoi ?

– On joue au hockey avec des palets. Pas des ballons.

– C'est bizarre le hockey. Et toi aussi, d'ailleurs. Maintenant, repose-moi.

– Avec plaisir. (Il me laisse glisser sur son corps.) Te voilà chez toi.

Je lui fais les gros yeux et je le repousse.

– Tu m'emmerdes. Cette soirée a été vraiment frustrante.

Je farfouille dans mon sac à la recherche de mes clés et je finis par les trouver tout au fond.

Pourquoi sont-elles toujours au fond ?

L'appartement est parfaitement silencieux puisqu'Avery est au boulot. Je n'ai qu'une hâte, c'est de courir me planquer dans la salle de bains.

C'est ainsi que des gens normaux et rationnels réagissent face à un choc émotionnel complet, non ?

J'entre, je me retourne et je capte le regard d'Adam. Il y a quelque chose de triste, comme une douleur qui brille dans son regard.

Je pose mon sac à main.

– Merci d'avoir fait plaisir à mes parents, lui dis-je doucement. Je suis désolée que ça n'ait pas été ce que nous pensions.

Il hausse les épaules.

– Hé, on s'en est bien sortis. C'est bien ce qu'il fallait, n'est-ce pas ?

– C'est ça.

Mon cœur se serre.

Cœur stupide.

– Maintenant, ton père sera de ton côté quand tu devras expliquer pourquoi ça n'a pas marché entre nous, poursuit Adam. Parce que c'est comme ça que ça va se passer, n'est-ce pas ?

Non.

– Ouais. Je veux dire... On n'en serait pas là sans mon père, alors... ouais.

Mon Dieu, il est tellement beau.

C'est pour ça que je n'ai pas recommencé. C'est pour ça que je ne pouvais pas le voir. Je lui ai déjà dit au revoir une fois. Je ne voulais pas avoir à le faire une deuxième fois.

Je répète.

– Merci.

Adam prend mon visage dans ses mains.

– Non, Red. C'est moi qui te remercie.

Il m'embrasse, ses lèvres touchent les miennes comme pour me dire adieu, j'en ai la gorge nouée.

Des picotements parcourent ma peau, et je comprends que c'est bien ça.

C'est un adieu.

C'est ici que notre folle pseudo-romance se termine.

Et je ne suis pas d'accord avec ça.

Il recule, en passant son pouce sur ma lèvre inférieure une dernière fois.

– À bientôt, Red.

– À bientôt.

Ma voix est presque inaudible, et je referme très vite la porte pour ne pas avoir à le regarder.

Elle a un déclic, et je m'aplatis contre elle en fermant les yeux.

Mon Dieu, il est là. Il est juste derrière, putain.

Quatre jours. Quatre putains de jours ont suffi à me retourner comme une crêpe.

Du bois.

Du bois, c'est la seule chose qui nous sépare.

Et si j'ouvre la porte ? Il sera toujours là ? Et si j'enlève mes chaussures à talons et que je lui cours après ?

Ce soir, techniquement, nous étions encore ensemble pour de faux. Bien sûr, mais mes sentiments eux, sont bien réels, et il est juste là, putain.

Est-ce que je peux le laisser partir sans l'embrasser encore une fois ? Vraiment ? Si je l'embrasse assez fort, est-ce que je vais pouvoir lui dire que je craque pour lui ?

Que je suis tombée amoureuse de lui en quatre jours et que ces souvenirs me hantent.

Est-ce possible ?

Est-ce que je vais me détester si j'essaie ?

Est-ce que je vais me détester si je ne le fais pas ?

Oh, et merde ! Pourquoi doit-il être parfait ? Pourquoi doit-il être tout ? Pourquoi ne peut-il pas être nul au lit ou avoir une jambe plus courte que l'autre ?

Pourquoi faut-il qu'il me rende folle ?

Et pourquoi l'idée de ne plus jamais le revoir me fait-elle tellement mal ?

J'ôte mes chaussures et je les jette par terre. Mes mains plongent dans mes cheveux.

Cette décision peut tout changer. Elle lui fera comprendre à quel point j'ai envie de lui, ou elle enfoncera le dernier clou au cercueil de ce qui aurait pu être.

J'hésite.

Je prends une profonde inspiration.

J'attrape la poignée.

Et je tente le jeu le plus stupide qui soit, celui des réponses rapides. La première chose qui me viendra à l'esprit sera la bonne.

Rose ou violet ?

Rose.

Tacos ou pizza ?

Pizza.

Vin ou vodka ?

Vodka.

Disney ou Universal ?

Disney.

Talons ou chaussures plates ?

Chaussures plates.

J'ouvre ou je ferme ?

Chapitre vingt-cinq

Poppy

Encore, encore et encore

J'ouvre violemment la porte.

Adam est appuyé contre le mur d'en face, un bras posé sur son ventre et l'autre main dans ses cheveux.

Il est là.

Il lève les yeux.

J'entrouvre la bouche, mais rien n'en sort. Je ne sais pas quoi dire. Je ne sais pas ce que je peux lui dire.

Mais j'ai ouvert cette porte pour une bonne raison, et j'espère qu'il sait que ce n'est pas à cause d'une araignée dans ma baignoire ou une autre chose du même genre.

Il soutient mon regard pour ce qui semble être une éternité avec une intensité incroyable.

Lentement, je hausse une épaule, puis je la laisse retomber en soupirant.

Il parcourt la distance qui nous sépare en un éclair. Il attrape mon visage, m'embrasse, nous fait rentrer dans l'appartement. Il donne un coup de pied dans la porte derrière nous. Moi, je m'agrippe à sa chemise.

Notre baiser est intense dès le début, entrecoupé de pauses pour nous assurer que nous nous dirigeons bien vers ma chambre. Adam donne un second coup de pied, dans ma porte cette fois, et nous nous écroulons tous les deux sur le lit.

Nos mouvements sont hâtifs, comme désespérés. Nous nous agrippons aux vêtements de l'autre comme si nous voulions les lui arracher. Pendant que je m'assieds pour enlever ma robe, lui recule pour enlever sa chemise et baisser son pantalon.

C'est torride et violent, nous nous offrons à l'autre sans la moindre retenue. Nous ne perdons pas de temps avant de nous retrouver en sous-vêtements, et c'est Adam qui prend le contrôle quand je me retrouve en soutien-gorge et en string.

Il maîtrise parfaitement la situation lorsque ses mains et sa bouche explorent mon corps à fond, pendant qu'il dégrafe mon soutien-gorge et qu'il repousse mon string. Je suis complètement nue, sa bouche glisse de mon cou à mon clitoris en passant par mes tétons.

Il maîtrise parfaitement la situation, des frissons et des bouffées de chaleur parcourent ma peau. Lorsqu'il remue pour enlever son pantalon. Lorsqu'il me chuchote à l'oreille qu'il me fait confiance, qu'il me demande si je lui fais confiance, parce qu'il ne désire que moi.

Et rien d'autre.

Je lui réponds simplement, en tendant la main pour guider sa bite en moi. Lorsqu'elle se met à bouger dans ma chatte trempée, je ressens le désir à l'état pur. J'enroule mes jambes autour de sa taille en me cambrant pour qu'il puisse me pénétrer plus profondément.

C'est fort et dur, et c'est tout ce que je désire. Nous nous embrassons passionnément tout en baisant, et alors que ses doigts agrippent mes fesses et que mes dents mordent sa lèvre inférieure, les sensations qui déferlent en moi deviennent incomparables.

La douleur, le plaisir, la violence avec laquelle j'enserre sa taille entre mes cuisses en jouissant de ses coups de boutoir.

C'est tout.

C'est parfait.

C'est ce dont les contes de fées sont faits, parce que ce n'est pas du tout romantique. Ça n'a pas besoin de l'être. C'est réel et incontrôlé. C'est la libération ultime de tout ce que je craignais que nous ayons gardé pour nous, au cours de ces dernières semaines.

Alors qu'il m'embrasse profondément, que sa langue joue avec la mienne, que son sexe me laboure, j'ai soudain le sentiment fugace que je n'ai absolument rien à craindre.

Parce que nous sommes absolument honnêtes l'un envers l'autre, sans avoir besoin de prononcer un mot.

J'imagine que les actes sont vraiment plus éloquents que les paroles.

Adam se retire et roule sur le côté, en me serrant contre lui un instant. Il enfouit son visage dans mes cheveux et je le laisse enrouler son corps autour du mien.

Je déteste les câlins. M'endormir en se faisant des câlins est pour moi une sorte de torture, mais avec lui... et bien, c'est dingue. C'est agréable.

Enfin presque. Je ne suis pas un interrupteur. Je ne peux pas allumer et éteindre cette merde à volonté.

– Est-ce que tu es... murmure-t-il.

– Si je ne l'étais pas, ça ne serait pas arrivé, je lui réponds tout aussi doucement. Je ne savais pas qui tu étais quand je t'ai emmené dans ma famille fan de hockey. La dernière chose dont j'ai besoin, c'est d'avoir une réplique de toi en miniature pendant les fêtes de famille, pour le restant de ma vie.

Adam se met à rire, en plongeant à nouveau son nez dans mes cheveux. Son souffle caresse mon épaule et me donne la chair de poule.

– Dis ça à ton père.

– Ne parle jamais de mon père après le sexe.

– Est-ce que ça veut dire qu'on va à nouveau faire l'amour ?

– Non, sauf si tu me jures de ne plus jamais parler de mon père, dis-je en me levant du lit et en gémissant.

– Tu peux m'apporter une serviette ?

– Bien sûr. C'est toi qui as besoin d'une serviette. Tu as un seau rempli de sperme en toi.

– Je l'avais, répond-il nonchalamment. Maintenant, c'est toi.

J'attrape un ours en peluche sur ma commode et le lui jette à la tête.

– Ferme-la.

Je quitte la pièce au son de son rire.

Je déteste l'idée que j'aime ce son.

Maudit soit-il !

Je me nettoie dans la salle de bains, puis je retourne dans ma chambre. Adam est allongé sur le dos, une jambe hors des couvertures, un bras reposant sur l'oreiller au-dessus de sa tête.

Je lui jette une serviette.

– Je suppose que tu restes.

Il glisse la serviette sous les draps.

– Tu protestes ?

Non.

– Non, lui dis-je en éteignant la lumière. Je demandais, c'est tout.

– Il n'est pas un peu tôt pour dormir ?

J'attrape la télécommande sur ma table de nuit et j'allume ma télé. Netflix apparaît immédiatement à l'écran. Je lui demande en me retournant pour me recroqueviller sur le côté :

– Tu penses quoi des serial killers ?

– Tu le sais, je n'en pense que du bien.

***

En sortant de ma chambre, je tombe sur Avery assise à la table à manger et Adam devant la cuisinière. Avery est en train de manger, son Kindle dans une main et une fourchette dans l'autre.

Adam est en train de cuisiner en fredonnant sur la playlist que diffuse doucement l'ordinateur portable d'Avery.

– C'est sympa, je murmure en allant au frigo.

Avery grogne, le nez dans un livre.

Adam me chope au passage.

– Bonjour, Red. (Il ponctue sa salutation d'un baiser sur mes lèvres.) Comment ça va ?

Je hausse les sourcils.

– On a regardé *Friends* pendant que tu dormais, ajoute Avery.

– Je me suis réveillée dans un univers parallèle ou quoi ? je demande, en les regardant. Vous êtes devenus copains ?

Adam hausse les épaules.

– Bien sûr. C'est une fille chouette. Pourquoi pas ?

– Elle est... chouette ? Qu'est-ce que c'est ? Une paire de jeans ?

– Oh ! (Avery claque des doigts.) Si c'est le cas, je suis la paire qui te colle au cul comme un Bisounours.

Je la regarde fixement.

– J'ai besoin de nouvelles amies.

Elle se marre pendant que je me tourne vers la machine à café. Est-ce que je suis dans un univers parallèle ? Pourquoi donc tout cela me semble normal ? Pourquoi Adam cuisine-t-il une omelette pendant qu'Avery lit son dernier livre ? Pourquoi suis-je si désorientée ?

Est-ce ça, ma vie ?

Pourquoi est-ce que je ne sais pas ce qui se passe ?

Je m'assieds à table avec ma tasse de café. Adam me sert une omelette parfaitement cuite comme lors de notre première matinée ensemble, et je la regarde fixement.

Je suis tellement désorientée.

Que se passe-t-il ici ?

Pourquoi personne ne veut me le dire ?

Adam m'embrasse sur la joue.

– Voilà. Je dois aller à l'entraînement. Désolé qu'Avery ait eu la sienne en premier, mais elle était réveillée.

Il dépose un baiser sur le sommet de mon crâne, puis avance jusqu'à Avery avant de lui passer une main dans les cheveux pour la décoiffer.

– Merci pour le conseil, Ave.

Ave ?

Un conseil ?

Ai-je dormi pendant une putain d'apocalypse ?

Je reste assise, abasourdie, pendant qu'Adam disparaît dans ma chambre. Avery continue à m'ignorer en mangeant et en bouquinant.

– Est-ce que j'ai raté quelque chose ?

Avery lève les yeux.

– Je ne sais pas. Est-ce que c'est le cas ?

– Je te le demande, idiote.

– Tu es vénère parce qu'il a préparé mon petit déjeuner avant le tien ?

– Quoi ? Non. (Je plante ma fourchette dans l'omelette.) Bien sûr que non. Non.

– Il n'y a pas de problème, alors.

Elle enfourne un autre morceau d'omelette quand Adam sort de ma chambre.

Il porte exactement les mêmes vêtements qu'hier soir. La chemise, le pantalon, la barbe...

Je suis encore à moitié endormie. Je suis dans cet état de conscience où rien n'a de sens. Seigneur, j'ai les yeux encore complètement bouffis de sommeil.

Adam fait le tour de la table jusqu'à moi. Il me prend le visage à deux mains et il m'embrasse.

– Hé, murmure-t-il, je dois aller à un mariage et j'ai besoin d'une petite copine. Appelle-moi.

Je lui fais un clin d'œil et il sort.

Avery regarde la porte se fermer et hume son omelette.

– Miam.

Je repousse la mienne.

Elle rit.

– Tu ne comprends pas, n'est-ce pas ?

Je la regarde fixement.

– Il n'a pas de putain de mariage. Il se moque de toi. C'est rigolo.

– Tu sais, pour ma meilleure amie, tu prends beaucoup de plaisir à me voir souffrir.

Ave hausse les épaules et pose son assiette dans l'évier.

– Uniquement quand tu fais semblant de ne rien comprendre.

Chapitre vingt-six

La vérité, et rien que la vérité

Je regarde mon téléphone. Ça fait trois fois qu'il sonne avec le nom d'Adam. Jusqu'à présent je l'ai ignoré, mais je vais finir par craquer.

Adam : Quel est ton signe du zodiaque ?
Adam : C'est quand ton anniversaire ?
Adam : Combien tu te donnes sur dix pour les pipes ?

J'éclate de rire et je jette mon téléphone.

Putain de merde. On est tombés bien bas. Je ne vais pas répondre à ça. Il essaie de me pousser à le faire. Je ne veux pas céder.

Non. Non, Monsieur. Non, Madame. Non.

Avery me jette un coup d'œil.

– C'est Adam ?

– Non.

Je reprends ma peinture. Je suis sur le point de terminer le pavot. Ce n'est plus qu'une question de détails. Je veux rester dans mon coin et ignorer ses textos, pour pouvoir peaufiner les derniers pistils.

– Ohhh-kay, lance Avery. Je vais au boulot.

– Amuse-toi bien, dis-je en me concentrant sur l'image.

Les graines, c'est le plus important. Le centre d'intérêt du pavot. Le cœur. Il faut que je les réussisse.

Grain après grain, je peins. Tout ce que je veux, c'est être précise.

Jusqu'à ce que mon téléphone sonne.

Le nom d'Adam flashe sur l'écran.

Je l'ignore.

Le texto suit immédiatement.

Adam : Je sais que tu es là.

Je ne dis rien.

Adam : C'est comme ça, hein ?

Je finis mes graines de pavot.

Adam : Il faut que je te parle.

Je cède.

Moi : Quoi ?

Sa réponse est immédiate.

Adam : Ouvre ta porte.

Je fais la moue.

Moi : Non.

Je repose mon téléphone et j'essuie mon pinceau sur mon bras. Je veux juste terminer cette peinture. Est-ce trop demander ?

On frappe à la porte.

Avery bouge.

– Assise ! je siffle.

Elle se fige, les yeux écarquillés.

– Pourquoi ?

– Je ne veux pas, c'est Adam, je finis par marmonner.

– Et alors ? Pourquoi je ne peux pas le laisser entrer ?

– Il veut me parler.

– Quelle horreur ! Un mec sexy et bourré de fric veut te parler.

Je lui vole dans les plumes.

– Si tu crois que c'est simple.

– Je pense que tu es une mauviette, dit-elle en se levant.

– Je t'ai dit de ne pas ouvrir la porte !

– Je vais chercher à boire !

Mon téléphone sonne à nouveau.

Adam : Je sais que tu es là. Je peux t'entendre dire à Avery de ne pas répondre.

Moi : Tu pourrais le deviner en te basant sur le fait que je n'aime pas les gens.

Adam : Mais tu m'aimes bien.

Moi : Je n'ai jamais dit ça.

– Salut, Adam ! lance joyeusement Avery en ouvrant la porte.

– Traîtresse !

Adam sourit.

– Je peux entrer ?

Non !

– Bien sûr ! (Avery se pousse pour le laisser passer.) J'étais sur le point de sortir.

Je la dévisage un instant.

– Non, tu ne l'étais pas.

Adam entre et glisse ses mains dans ses poches.

– Tu vas dans un endroit sympa ?

Elle attrape son sac et tapote dessus.

– J'emporte mon livre avec moi pour aller manger un gâteau.

– Est-ce qu'ils font des pâtisseries à emporter ?

– Tu veux un gâteau ?

– Au chocolat, ce serait super. Merci. Tiens. C'est moi qui régale.

Il sort son portefeuille et me demande :

– Tu veux du gâteau ?

Je les regarde, l'un après l'autre.

– Qu'est-ce qui se passe ici ?

– Je vais lui en rapporter, dit Avery en lui arrachant son billet de vingt dollars de la main. Au fait, il n'y aura pas de monnaie.

– Je ne m'y attendais pas. (Il glousse.) Régale-toi !

Sérieusement.

Qu'est-ce qui se passe ?

La porte se referme sur Avery.

Je suis complètement perdue.

Ils m'ont tendu un piège ?

– C'est un piège ? je demande à Adam par-dessus ma toile.

Il a la décence de prendre l'air penaud lorsqu'il lève une main pour rapprocher son pouce de son index.

– Un petit.

– Un petit ? C'est un coup monté ou pas ? Je n'aime pas ça, de toute façon.

– J'avais besoin de te parler, et je savais que tu ne me laisserais pas faire. J'ai donc dû faire preuve de créativité.

– Créativité ? Cela ressemble plutôt à une violation flagrante de mon droit à t'ignorer.

– Tu m'as ignoré toute la journée, Red.

– Je ne t'ai pas ignoré. J'étais occupée. C'est mon jour de congé et je veux finir ma peinture.

– Je peux voir ?

Je soupire.

– Tu vas le faire quand même si je refuse, alors vas-y.

– Tu me connais tellement bien.

En fait, c'est effrayant.

Il s'avance et s'agrippe au dossier de ma chaise.

– Wouah.

Je déteste montrer mes peintures.

– C'est un bon ou un mauvais « wouah » ?

– Tu ne vois pas à quel point c'est incroyable ?

– Non. Je suis une artiste. Je suis une spécialiste de l'autodévalorisation.

Il rit en baissant la tête.

– C'est incroyable. C'est... l'un des pavots que je t'ai envoyés ?

Je renifle en trempant le pinceau dans le noir.

– Oui.

– Pourquoi tu l'as choisi ?

– La peinture doit venir du cœur. C'est ce qu'il y avait dans mon cœur ce jour-là.

– Poppy...

Je laisse tomber la brosse et je me lève, en faisant le tour de la table.

– Non. Je ne peux pas avoir cette conversation avec toi, Adam.

– Alors, ne parle pas. Ça ne me pose pas de problème si tu m'écoutes.

– Je ne veux pas t'écouter, lui dis-je doucement en me retournant pour le regarder en face. (Je croise mes bras couverts de peinture.) Et ce n'est pas parce que je m'en fiche. Je me soucie de ce que tu veux dire, mais je me soucie aussi du fait que ça va faire mal à entendre.

– Tu n'as pas besoin de souffrir pour l'entendre.

– Mais ça va faire mal. Nous le savons tous les deux...

– Tu t'entends ? (Il s'éloigne de la chaise et avance vers moi. Ses mains encadrent mon visage, et il me force à le regarder dans les yeux.) Entends-tu à quel point tu es ridicule ? Non, Red. On ne sait rien du tout.

– Je sais que tu pourrais me briser le cœur.

– Et je sais que tu pourrais briser le mien.

Il pose son front contre le mien un instant, avant que ses yeux ne s'accrochent aux miens à nouveau.

– Et je m'en fiche, Poppy. Quatre jours. On a passé quatre jours ensemble, et trois semaines plus tard, je suis toujours en train de penser à toi. Tu sais la dernière chose à laquelle j'ai pensé au bout de trois semaines ? À de la bouffe.

Je me mords la lèvre inférieure pour m'empêcher de sourire.

– À des tacos vraiment extra, juste à côté de chez ma mère, poursuit-il. Sérieusement. Donne-moi toutes tes raisons pour ne pas tenter que ça fonctionne entre nous et je parie que j'ai une réponse pour chacune d'entre elles.

– Bien.

Je m'écarte un peu parce que je ne peux pas me concentrer quand mon cœur bat aussi stupidement vite.

– Tu es riche et célèbre.

– Ok, ce sont deux bonnes raisons pour être ma petite amie. Des raisons vraiment géniales, en fait. (Il sourit.) Tu ne commences pas très bien.

Je pince les lèvres.

– Tu voyages tout le temps.

– Seulement pendant la saison, qui va d'octobre à avril. Un peu plus longtemps si on joue les play-off de la Coupe Stanley. Le reste du temps, je suis là. Et les voyages ne sont pas permanents. Je peux rentrer à la maison, ou t'emmener avec moi, nous pouvons aussi faire du FaceTime.

– J'ai un Samsung.

– Ok, donc on Skypera tous les jours. Raison suivante.

Il croise les bras, ce qui lui donne un air suffisant.

Je suis déjà à court d'idées.

– J'ai un boulot. Je ne peux pas le laisser tomber pour prendre l'avion et venir te voir.

– Je connais mes dates de matchs à l'avance. On peut choisir des week-ends et tu peux demander à les prendre.

Merde.

– Rory s'attendra à ce que tu deviennes son coach personnel et que tu viennes à toutes ses fêtes d'anniversaire.

– J'aime beaucoup Rory. Je peux faire face à ça.

– Y a-t-il une chose à laquelle tu n'as pas pensé ?

Adam secoue la tête.

– On a déjà passé en revue toutes les raisons pour lesquelles on devrait faire semblant de rompre, tu te souviens ? Et avant que tu n'en parles, je peux gérer les médias. Il suffit de les menacer de les poursuivre pour harcèlement et ils te laissent tranquille, la plupart du temps. Tu es à court d'idées, Red ?

– Non. Je réfléchis.

Réfléchis, Poppy, réfléchis. Bon sang.

Ah-ha.

J'ai trouvé.

– Tante Blythe ! (Je le pointe du doigt.) Ma famille !

– Wouah. Tu ne veux vraiment pas être avec moi, n'est-ce pas ?

Je cache mon visage dans mes mains en riant.

– On ne se connaît pas si bien que ça !

– Conneries. On a parlé toute la journée. On se connaît très bien. Je sais même toutes les choses que tu n'aimes pas chez toi. (Il lève les mains sur les côtés.) Allez. Avoue-le. Tu ne peux pas penser à une seule bonne raison de ne pas essayer pour de vrai.

Purée.

Je déteste que les autres aient raison. Ça m'empêche de discuter avec eux.

– On est bien ensemble et tu le sais, Red. Et ce n'est pas tout. Je suis riche. Je suis célèbre. Je suis un bon coup au pieu. Je suis un sacrément bon parti.

Je secoue la tête en riant.

– Je ne sais même pas comment répondre à ça.

– Dis que tu es d'accord et que tu veux bien être ma petite amie.

– Ça fait très lycée.

Adam rit et passe les bras autour de mes épaules.

– Bon Dieu, ce que tu es têtue ! Est-ce à cause de tes cheveux ou est-ce juste un des traits de ton charmant caractère ?

– Probablement un mélange des deux, j'avoue contre sa poitrine. Mais c'est surtout un trait de caractère. Je suis sûre qu'il existe de splendides rousses pas têtues pour un sou, mais je n'en ai pas encore rencontré une seule. Est-ce qu'on doit décider de ça tout de suite ? On ne peut pas juste voir comment ça se passe ?

– Oui, et non. Avery m'a très clairement dit que si je quitte cet appartement sans que nous soyons officiellement ensemble, elle va te tuer pendant ton sommeil. (Il fait une pause.) Et qu'elle m'impliquera pour que je trinque avec elle parce que l'orange n'est pas sa couleur.

– L'orange n'est pas sa couleur. Je te le confirme.

– C'est noté.

Je soupire et je passe mes bras autour de sa taille. Ça me paraît juste. Comme si j'étais censée être ici avec lui. Comme si j'étais faite pour être ici avec lui.

– J'ai peur, Adam.

– Je sais, Red. (Il m'embrasse sur le sommet du crâne.) J'ai les jetons, moi aussi. Je n'ai aucune idée de comment faire fonctionner une relation, mais je sais que je veux que ça marche avec toi. Je crois qu'on peut y parvenir.

– Tu crois qu'on est fous ?

– Absolument. (Il rit dans mes cheveux.) Mais tu te souviens quand on bavardait sur la plage le dimanche soir ?

Je fais un signe de la tête.

– Je t'avais dit que je calmerais le jeu si je trouvais la personne qui en valait la peine.

Je hoche à nouveau la tête.

– Je l'avais déjà trouvée, dit-il doucement. C'est toi.

Je le serre fort, et il fait la même chose avant de me faire remonter le menton et de m'embrasser.

– Est-ce que c'est un oui ? demande-t-il contre mes lèvres.

Je l'embrasse à nouveau. Et encore. Et encore.

– C'est un oui.

Épilogue

Un bonheur sans fin

UN AN PLUS TARD

– Je n'aime pas ça, je grommelle alors qu'Adam m'entraîne dans le couloir, les yeux bandés. Je ne peux pas voir où je vais.

– C'est un peu le but, Red.

– C'est à ça que ressemblera notre vie commune ? Si c'est oui, je veux être remboursée.

– Tu ne peux pas. Avery a emménagé avec Warren et ton appartement a déjà un locataire.

Il rit. Invisible, ce rire est délicieux.

Bon sang.

– Je peux trouver un autre appartement.

– Avec des émoluments de peintre ?

Il a raison. Je suis fauchée. C'est surtout parce que je me refuse à taper dans l'héritage que mes parents m'ont finalement octroyé quand j'ai décidé, il y a un mois, de quitter mon travail pour pouvoir peindre à plein temps.

Je pensais emprunter la voie de la morale. Adam s'en est servi pour me faire chanter et m'obliger à vivre avec lui, parce qu'après qu'Avery a déménagé, je n'ai plus pu payer le loyer sans taper dans ce fric.

D'accord, ce n'est donc pas du chantage mais un argument très bien pensé auquel je n'ai rien pu opposer.

C'est une habitude qu'il a. Je n'aime pas ça.

– Tais-toi.

– Ok, arrête-toi.

Je m'écroule sur lui.

– J'ai dit stop, Poppy.

– Je me suis arrêtée, Adam. De fait.

– Tu rends tout le truc vraiment difficile.

– Tu ne savais pas dans quoi tu t'étais embarqué quand tu as décidé de sortir avec moi pour de vrai, n'est-ce pas ?

– J'aimerais pouvoir argumenter sur ce point.

– Je t'avais prévenu et tu ne m'as pas écoutée.

– Super. Je vais en faire une règle de la maison. Écouter Poppy.

– Hé, c'est un conseil précieux. Tous ceux qui viennent ici feraient bien d'y prêter attention.

– C'est noté. Tu peux arrêter de parler maintenant, pour que je puisse te montrer ?

– Me montrer quoi ?

– La chose que je te cache, dit-il lentement.

– C'est de la bouffe ?

– Pourquoi tu dis ça ?

Je hausse les épaules,

– C'est l'heure du déjeuner. J'ai faim. C'est donc très plausible.

– Poppy.

– Oui ?

– Ferme-la !

Je mime une fermeture Éclair sur mes lèvres.

Adam passe derrière moi et dénoue le bandeau. La lumière dans le couloir m'éblouit. Je dois cligner plusieurs fois des yeux pour qu'ils s'adaptent et que je n'aie plus le vertige.

En me concentrant, je regarde droit devant moi.

– Euh... c'est une porte.

– Tu es au meilleur de ta forme aujourd'hui, dit Adam en riant.

Je lui lance un regard noir.

– Pourquoi m'as-tu bandé les yeux si la porte est fermée ?

Il ouvre la bouche pour dire quelque chose, mais il se tait.

Je hausse les sourcils.

– Tais-toi et ouvre la porte, murmure-t-il. Merde !

Je me mets à rire en tendant la main vers la porte. La poignée grince. Une vague d'excitation m'envahit quand la porte s'ouvre.

La première chose que je remarque, ce sont les baies vitrées. De grandes et énormes baies coulissantes à l'autre bout de la pièce inondent l'espace de lumière naturelle.

La suivante, c'est le chevalet.

Puis les tables.

Les tabourets. Les étagères. Les peintures. Les pinceaux. Les crayons. Les stylos.

Et le pavot que j'ai peint, qui est accroché au mur.

– Qu'est-ce que c'est ? je chuchote.

– C'est ton atelier, répond Adam qui s'avance derrière moi et passe ses bras autour de ma taille. Aussi charmant que ce soit de se réveiller pour te découvrir en train de peindre en sous-vêtements à la table de la cuisine, je me suis dit que tu aimerais un espace où tu pourrais peindre cul nu sans effrayer les invités.

– C'est arrivé une fois, Adam, et je ne savais pas qu'il y avait quelqu'un.

Il se met à rire.

– Mais quand même. Les baies t'offrent toute la lumière naturelle dont tu as besoin. Toute cette peinture est à toi, et il y a une tonne de rangements à remplir avec tout ça. Et tout l'espace nécessaire sur les murs pour exposer des œuvres. Tu peux carrément vendre tes peintures en ligne à partir d'ici.

Il a même installé un ordinateur dans le coin.

– Oh, wouah, je murmure. Et il y a une machine à café !

– Pour les fois où tu oublieras de faire du café avant de venir ici.

– Là encore, ça ne s'est produit qu'une fois.

– Poppy, tomber sur toi un matin sans café, c'est une fois de trop.

Je lui donne un coup de coude, mais c'est vrai.

Je me retourne dans ses bras et je le serre très fort. Adam m'embrasse dans le cou pendant que je murmure « Merci, merci », encore et encore à son oreille.

Je me détache pour faire le tour de la pièce en touchant à tout. Je passe mes doigts sur les nouveaux plans de travail que je vais pouvoir recouvrir de peinture. Je farfouille dans la pile de toiles de différentes tailles, j'examine tous les carnets de croquis, neufs et anciens. En regardant par les grandes baies qui ouvrent sur le patio arrière et en admirant la verdure dans l'immense cour.

C'est parfait. C'est l'atelier dont j'ai toujours rêvé et je ne savais même pas que j'en voulais un avant d'entrer ici.

Je me tourne vers Adam en souriant.

Ses yeux étincellent.

– Épouse-moi.

Je me fige en clignant des yeux.

– Quoi ?

– Épouse-moi. (Il s'avance et m'attrape par le menton.) Je suis sérieux.

J'entrouvre les lèvres.

Oh mon Dieu !

– Tu as l'air tellement heureuse. Je veux te voir ici, dans cette pièce, tout le temps heureuse.

Il n'y a aucun doute dans son regard, juste de l'amour.

– Je suis sérieux, Poppy. Je veux que tu m'épouses.

Je réponds dans un murmure.

– D'accord.

– D'accord ?

J'acquiesce d'un signe de tête.

Il m'embrasse fort. Je souris contre ses lèvres.

– Je pensais que tu résisterais.

– Non. Comme tu me l'as dit un jour, tu es riche, tu es célèbre et tu es un super-coup au pieu. Tu es un bon parti.

Il rit en me serrant dans ses bras.

– C'est peut-être la chose la plus risquée que j'aie jamais faite. Enfin, ça et aller au mariage de ta sœur avec toi.

– Tu as remarqué que je suis partie prenante des deux ?

– Ouais, eh bien, je te l'ai dit. Tu vaux la peine que je mette la pédale douce.

Il m'attrape par la nuque et m'embrasse à nouveau.

– Je t'aime, Red.

– Je t'aime, Hockey Boy.

Et c'est la vérité.

Qui aurait cru qu'une aventure de quatre jours puisse durer éternellement ?

Pas moi, et pourtant je suis là.

Pour toujours.

DÉCOUVREZ LES AUTRES TITRES DE LA COLLECTION HUGO NEW ROMANCE®

EVERYDAY HEROES

#1 CUFFED — BRAVER LES DANGERS

K. BROMBERG

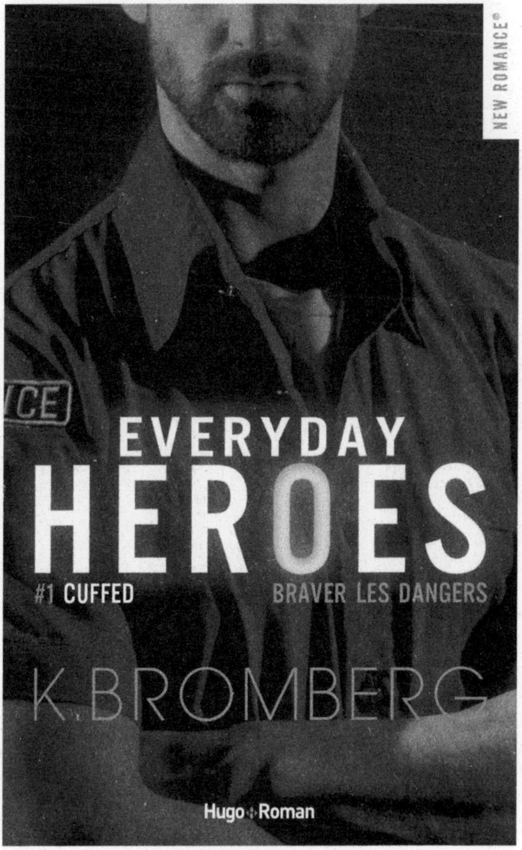

Hugo Roman

ADÈLE NINAY

PAS NÉS SOUS LA MÊME ÉTOILE

Hugo Roman

Si seulement

MAGALI INGUIMBERT

Hugo Roman